有一种力量,叫文学;
有一种美好,叫回忆;
有一种感动,叫青春;
有一种生命,在鲁院!

鲁迅文学院·百草园文集

我爱桃花

文清丽 ◎著

从平凡日常的生活中发现与捕捉情感的流向乃至漩涡,揭示其看似寻常却又隐秘本真的生活与心理脉络。

WOAI TAOHUA

知识出版社

图书在版编目（CIP）数据

我爱桃花/文清丽著. --北京：知识出版社，2017.2
（鲁迅文学院百草园文集）
ISBN 978-7-5015-9411-5

Ⅰ.①我… Ⅱ.①文… Ⅲ.①中篇小说-小说集-中国-当代②短篇小说-小说集-中国-当代 Ⅳ.①I247.7

中国版本图书馆 CIP 数据核字（2017）第 022065 号

我爱桃花

出 版 人	姜钦云
责任编辑	易晓燕
装帧设计	游梽渲
出版发行	知识出版社
地　　址	北京市西城区阜成门北大街 17 号
邮　　编	100037
电　　话	010-88390659
印　　刷	北京一鑫印务有限责任公司
开　　本	787mm×1092mm　1/16
印　　张	15.25
字　　数	280 千字
版　　次	2017 年 2 月第 1 版
印　　次	2020 年 2 月第 2 次印刷
书　　号	ISBN 978-7-5015-9411-5
定　　价	39.00 元

版权所有　翻印必究

目录 Contents

我爱桃花 …………………………………… 1
面　石 ……………………………………… 12
女友的1.0时代 …………………………… 23
那年秋天，那年夏天 ……………………… 58
我们为母亲做了什么 ……………………… 95
桃之夭夭 …………………………………… 124
云　端 ……………………………………… 172
你为什么要这样 …………………………… 206

我爱桃花

财务处会计唐梨素衣讷言,在单位目不斜视,男士们都"良家妇女""良家妇女"的逗她,听得唐梨极为不爽。这年头,叫你良家妇女,引申意就是你没有女性魅力,引不来群蝶飞舞。她的心里虽翻江倒海,但表面仍静水一泓,在家相夫教子,进到办公室,逐项工作落实得泾渭分明。忽然有一天,新调来的预算处处长楚天舒明察秋毫,一顿饭下来就知道她外表冷如寒冬腊月,芳心却似七月骄阳。

话还得从头说起。旧年的最后一天,财务部集体聚餐,辞旧迎新,大家少不了你敬我一杯,我致你片辞。轮到唐梨给楚天舒处长敬酒,她说了跟敬其他人没两样的祝辞,说完轻抿红唇,转身就要走,楚天舒忽然叫住了她,问她叫什么名字。唐梨答后,楚天舒笑着说:"我说呢,怎么这么脱俗,真如白居易说的:玉容寂寞泪阑干,梨花一枝春带雨。"唐梨脱口而出:"含情凝睇谢君王,一别音容两渺茫。"因为大家都在敬领导,谁也没在意他们的谈话,唐梨答完,头也不回地扭回自己的座位。楚天舒在她身后的桌上,她不知他听了自己说的诗有何反应?越想越感觉自己的唐突,怎么能这么跟一个初次见面的领导说话呢?而且这诗句用到这儿绝对是个错误,想回头张望,又怕人家误解了自己。她坐着乱想,忽然想起小时候看过一部影片,两个特务对暗号,一个说曲径通幽处,另一个答禅房花木深。诗对上了,两人就开始商量干坏事。想到这里,唐梨感到自己真滑稽,怎么就情不自禁地跟新来的领导对上诗了,而且还对得这么暧昧,男人对女人再暧昧，人们最多会说这男人风流，其神态大多是肯定的，是羡慕的。可女人对男人暧昧一下，人家就会说这女人太放荡。这么一想，她在心里暗骂自己轻薄。

饭毕大家跳舞，她想着也许楚天舒会主动先邀请自己，结果七八曲终了，跟其他的女同事跳完舞，楚天舒才慢腾腾地走到她面前，做了个请的姿势。唐梨对楚天舒的冷落非常不满，拒绝跳舞，可舞曲响了半天，楚天舒还是不走。唐梨只得妥协，她机械地跟着走步子，脸板着。板着板着，她终忍不住轻声笑了。楚天舒说你笑什么。唐梨就把刚才联想到的电影里两个特务对暗号的事说了，之后又补充，"我们也好像是搞地下工作似的。"楚天舒低头笑道："白居易若知道有人用他的情诗调情，一定气得从地底下钻出来算账了。"

唐梨的脸一下子红到耳跟，忙换了话题，"处长也喜欢唐诗？"

楚天舒说："我还喜欢宋词，比如就有这么一首。"

　　梨花香，愁断肠。千杯酒，解思量。世间事，皆无常。为情伤，笑沧桑。万行泪，化寒窗。有聚有散，有得有失。一首梨花辞，几多伤离别。

唐梨听着，说："这首《梨花辞》我还没读过，太感伤了，我还是喜欢唐朝诗人的那句：忽如一夜春风来，千树万树梨花开。"

楚天舒笑了，说，"好一个'千树万树梨花开'，诗是好诗，可惜花开多了，人就顾不上细细观赏了。"

唐梨正要解释，可最后一支曲子恰好在这时结束，两人想说话也没机会了。

几天后，唐梨正在上班数钞票准备发工资，手机突然响了一声，她一看是一条短信："临别殷勤重寄词，词中有誓两心知。"唐梨感觉心跳加快，猜出是谁，不敢确定，发信道："谁呀？"对方复："你含情凝睇的君王。"唐梨抿嘴一笑，再敲："美得你。"对方再复："护城三四里，桃叶船上渡。"唐梨琢磨半天，心惊肉跳，二环附近的护城河旁，真有一家餐馆，就叫桃叶渡，他们上班时班车每天来回路过，莫不是对方想约自己去相会？这么一想，就心旌神摇，数了半天的钱，一次比一次少一百，三次下来，少了五六百元。汗水湿了衣裳，还是理不清头绪。验钞机坏了，还得用手。直到下班，账对得分毫不差了，唐梨这才长长地舒了口气，这可是自己在工作上第一次开小差。

第二天上班，同样的号码，又来一条短信："周末六时桃叶渡，期盼玉人款款至。"

唐梨心跳再次加快，桃叶渡的传说太诱人，没想到今天却有人约她到桃叶渡上相会。

这是唐梨婚后第一次接到一个异性这样诗意的约请，不禁思量许久。不就去一次嘛，现在社会，有什么了不起，哪条法律也没有规定已婚女不能跟已婚男一起吃饭。你看看，人家古代的女子多么勇敢，卓文君听了一曲《凤求凰》就跟着司马相如私奔了，杜丽娘梦见个姓柳的书生竟然殉情而死，还有那个教唆男人来后花园爬过墙的相府千金崔莺莺。你看看，人家古代女子在三从四德、三纲五常的枷锁下都能争取自由身，更何况自己也是上过大学的21世纪女性，怎么也不能逊色于那些古代女子呀。这么一想，她就犹抱琵琶半遮面地赴约了。

京都的桃叶渡虽非南京的桃叶渡，然而美妙的传说无疑为两个相会的人，蒙上了神秘的色彩。楚天舒问她知道桃叶渡的传说么。唐梨如背书一样娓娓道来："南京秦淮河有一景就叫桃叶临渡，传说是东晋大书法家王献之当年曾在此迎接过爱妾桃叶，古渡口由此得名。王献之曾作《桃叶歌》曰：'桃叶复桃叶，渡江不用楫；但渡无所苦，我自迎接汝。'从此渡口名声大噪。'桃叶临渡'遂成千古佳胜和久传不衰的风流佳话。我到南京时，专门去看过，渡口还立有王献之的塑像呢。"楚天舒听得两眼放光，双手握着唐梨的手，边摇边说："同志，我可找到你了。"

"现在不能叫同志，同志有断臂之嫌。"

"那请问现在还有谁谈恋爱用唐诗？我们两个是过时的人，要在茫茫人海中找到彼此是多么的不容易。"楚天舒一句"谈恋爱"就为约会定了性，把刚才还诗情画意的话题引入了私密的境地。结果两人谈到夜半饭店打烊，仍觉还有许多的话没说完。一来二去，情由景生，两人就在美妙的时间做了一桩美妙的事。谁知春风雨露一相逢，使原本见好就收的两人欲罢不能，不觉间梨花开了菊花谢，一年匆匆而过。两人一直是柔情蜜意，恩爱有加。经常相会谈情说诗，其乐融融。把平淡的日子调剂得花团锦绣，诗意盎然。

为了给爱再加点糖，有一天，唐梨看到人艺演出消息，就买了两张票，约楚天舒去看人人叫好的话剧《我爱桃花》。

虽一个是罗敷有夫，一个是使君有妇，但两人行事谨慎，即使在一层办公楼里在同事的眼皮底下相爱一年之久，却一直没人发觉。除了手机联系，还有暗号频频。两人在公众面前出现，食堂呀、班车上、会场上，也想来点亲昵的小动作，就用眼神、手指传情达意。比如楚天舒十指交叉，两个中指成人字，就表明特想唐梨，想约会。唐梨呢，如果同意，就手指触唇，做亲吻状。如果不方便，双手托腮，忧伤连连。

当然手机是最便捷、最方便的联系工具，但危险的系数也很大。唐梨怕丈夫发现楚天舒发给她的短信或打电话起疑，想了半天，就在通信录上加了个叫满庭芳的联系人。一想起这个优美的词牌名作为楚天舒的代名词，就让她兴奋得不亦乐乎。两人一次相会时，唐梨把自己的鬼把戏告诉了楚天舒，楚天舒说："每天记着一定要删掉我的短信，任何名字都不保险，再说有人姓满么？就算有人姓满，你丈夫还真信有人叫满庭芳？我看叫后庭花得了。"说着，一脸坏笑，气得唐梨做势要打他，两人就滚到宾馆的床上去了。

这次看演出是两人第一次在公开场合双双露面，而且还是大名鼎鼎的北京人民艺术剧院，楚天舒有些担心，怕外人发现隐情。唐梨则宽慰他北京人艺虽然全国人民都知道，可是愿花好几百大钞看场演出的还是一些精英人物。这精英人物在整天数钞票的财政部就更是少之又少。虽然如此，她为了打消楚天舒的顾虑，专门给他置办了一套行头。在单位楚天舒都是西服革履，现在他穿着唐梨给他买的质地精良的名牌休闲装，再戴一副黑色大框墨镜，让人跟那个在单位不苟言笑、横眉冷对的预算处长根本联系不起来。自己呢，也戴上了一副蓝黑墨镜，穿上了一身挺酷的皮装，谁也想不出就是那个不苟言笑的女会计。两人打扮完毕，分别在单位大门口走了几个来回，竟没有一个人上前来打招呼。唐梨平常冷清惯了，可作为预算处长的楚天舒，在财政部里怎么也算是个人物，看到大家对他忽然熟视无睹，在失意的同时，便知乔装打扮成功，立即来到单位后门小巷子，看到一辆停着的出租车窗上扬起一条粉色的丝巾，便跑步拉开后车门坐了上去，坐在一旁的唐梨朝他嫣然一笑，扭头对司机说："到人艺剧场。"

为了今天，唐梨可以说准备了相当长的一段时间，不仅是精心挑衣、打听演出消息，单说为了看啥时的演出，唐梨可是费了好些心机。她专门选了丈夫出差的日子，然后到超市买了一大堆吃的喝的，还准备了红烛、音乐CD、精致的点心和上好的十年红酒，对了，还新买了一件诱人的粉色睡衣和内衣。计划看完演出，让楚天舒在自己家里从从容容过一夜，来个名副其实的伴君过良宵。他们虽说相会的次数也不少了，可都是在宾馆，或是在办公室。都是匆匆行事，现在好不容易盼着丈夫出差了，当然要营造出让楚天舒一辈子都忘记不了的美妙的夜晚。

小剧场并不大，也就容纳百十来人的样子。楚天舒坐下后，怕人发觉，任唐梨说什么也不摘墨镜。唐梨又里里外外细细侦察一番，告诉他警报解除。楚天舒小心地说等灯光黑后再摘镜不迟。

演出开始，舞台中央一张架子花床上轻纱床幔，分外撩人。旁有一张凉椅，一个米柜。唐朝书生冯燕与张婴妻偷情毕，在床上缱绻。

看到这儿，唐梨嘴巴贴到楚天舒耳边说，"楚哥哥对我也是很体贴呀。"楚天舒咬着她的耳根说："晚上到你家你得从从容容地体贴我。"

唐梨说："我就说这话剧好，一张票二百八十块值了。"

"是呀，"楚天舒接口道："你看这旋转的正方形舞台上，花床竹帘缓缓升起，里面缠绵的青年男女渐渐进入我们视线，我好像走进了梦幻的世界，人也好像一下子年轻了许多。"

"楚哥哥才四十岁怎么就言老呢？"唐梨说着，头靠在楚天舒的肩头，手指纠缠着他的手指越发的密实。

当看到张妻的丈夫张婴醉酒深夜回家时，两人相握的手不禁哆嗦了一下，大气也不敢出，直到张婴睡着了，这才相视一笑。唐梨把一只口香糖拨开，送到了楚天舒嘴里。楚天舒含着糖粒，说，"真是神仙过的日子，有演出，有温柔的小手摸着，还有口香糖伺候着，想我楚天舒何德何能竟有如此艳福消受。"

唐梨说，"你享福的日子还长着，至少今天我要伴你到明天的第一缕太阳升起。"

"注意精力，快看戏。"楚天舒搂着她的腰，提醒道。

张妻的情人冯燕要逃跑，才发现自己的巾帻被张婴压到了身下，让张妻去拿，张妻以为他要的是刀，就递了过去。

冯燕心里暗自思忖真想不到天底下有这般的恶妇，结发夫妻一丝情义也没有，我要巾帻你却给了我一把刀。让咱杀了这妇人吧！将张妻杀死在地，然后大大方方地从张婴屁股下扯出巾帻，英雄般下场。

看到这里，唐梨说："我的天，这男人太差劲，怎么忍心杀了自己的情人呢？刚才他们还如胶似漆，还吟诗作画呢。看来男人说变脸就变脸，说无情就无情。"

楚天舒则说："这妇人心太歹毒，今日冯燕不杀她，明日死的就可能是他自己。谁让她给男人的是一把刀呢。"

"你这人怎么能这么说呢？明明是冯燕的错嘛！自己的巾帻怎么自己不去拿，非要让一个女人家去拿。你说万一人家丈夫醒来了，一看妻子要从自己的身上拿男人的帽子，肯定会说：'好呀，你这个贱人，我说你今晚为啥不让我上床，让我睡到凉椅上，原来家里有野汉子呢。'还不把妻子杀了？话又说回来，就算张妻把东西给错了，你冯燕可以说：'妹妹，我要的不是刀，你把我的巾帻给我呀。'怎么能怪刚才还跟自己柔情蜜意的情人，而且一刀杀了人家，你说他不是无情是什么？"

反正这女人心太毒，一日夫妻百日恩呢！怎么能递给情人刀让杀自己的丈夫呢？这丈夫也没啥错呀，不就是出去跟同事多喝了几杯酒么？你这夫人大门不出二门不迈，靠着丈夫养活不说，还在家偷汉子，当然该死。"

唐梨心里忽疼痛起来，鼻子哼了一声，把手从楚天舒宽大的掌心里挣脱出来，身体也离他有半尺之远。

楚天舒拉过她的手说："怎么生气了，这不是在讨论戏么！看戏，看戏，整部戏才演了不到四分之一，精彩的还在后面呢。"

戏从唐朝回到了当代，原来扮张妻和冯燕的演员也是一对现实中的婚外情人。女演员把戏跟现实联系起来了，说男演员就是剧中人，并一针见血的说："我看，你一直想以一种杀戮的方式，把我从你心里除掉！理由是我给你打电话你总不接，也不跟我主动联系。"

男演员不承认，女演员开始找证据："去年春暖花开的时候，在西山的一棵桃树下，你读到了一个叫凤子的女人写给失踪的丈夫或情人的寻人启事，说自己错了。就在那一刻你忽然问我，假如这失踪的人是你丈夫刘欣，你会怎样?！"

男演员回答他只是被那个叫凤子的女人的忏悔感动了。

两人争执半天，继续排戏，冯燕听从情人张妻的建议，杀了丈夫，两人却不知走向哪里。这时扮演张婴的演员醒过来了，催他们快些杀，张婴言，冯燕当杀自己。冯燕自杀，张妻哭得半死不活，张婴气急之下，杀妻。最后觉得也不妥：一个是为情而死，成了风流鬼，一个被我杀，为情而亡，我却是妒情生恨，让后人骂我。最后三人又商量，冯燕说干脆刀放回刀鞘，谁也不杀，然后大家回到各自的轨道，生活仍然维持现状，情人仍是情人，夫妻仍是夫妻。并且冯燕约好第二天继续跟张妻约会。第二天，他却反悔了。

观戏的唐梨和楚天舒神情极其凝重，心事重重，两人偎依的身子更紧了些，唐梨刚一张口，后面的观众就踢椅子腿了，两人便不再说话，默默观戏。

张妻忽然说："等等！哥，那刀是你要的！"

楚天舒小声说"，你看看，我说这女人不行，杀人不成，又给情人栽赃了不是。"

"这叫自卫你懂不懂？"唐梨狠狠地捏了楚天舒一下。

冯燕则强调："我？我要的是巾帻。"

张妻解释:"巾帧在张婴屁股底下,谁看得见?你指的就是那把刀,是你要杀人!你疼我!你要为我付出一切。"

冯燕回答:"我疼你,可我没说过要为你去杀人!"

看到这里,唐梨再次愤懑:"你看看,这还叫男人,干脆称二两棉花把自己碰死算了。"

楚天舒抢白道,"这女人我认为狠毒如潘金莲,你想想,怎么能杀自己的丈夫呢。"

后面的胖女人把头伸到楚天舒和唐梨之间的空隙,大声说,"你们有完没完,看戏还是看你们?"随着话音而来的是一股刺鼻的大蒜味。

楚天舒回头想跟胖女人抢白几句,唐梨捂着鼻子,摆了摆手,楚天舒就此作罢。

戏中一对情人从此分手,张妻跟丈夫张婴又过起了乏味的生活。话剧结束,灯亮了,身边的观众陆陆续续走光了,楚天舒看唐梨还是一动不动,说走呀!两人坐到车上,一路无话。到了唐梨家里,情绪好转,两人在烛光下,随着音乐翩翩起舞,唐梨边跳边让楚天舒谈谈观看话剧的感想。

"我认为这样的结局最好。"

"可是他们还在思念着对方呢。"

"那只能怪张妻,说什么刀虽没有下去,却杀死了三年的恋情,这种事,当然只有瞒着,唐朝解决不了的问题,二十一世纪同样也解决不了。"

"可是纸包不住火,你想一想她的丈夫张婴看到了,他也会杀人的。"

"就像戏里说的,现在谁还杀人呢?网恋、一夜情、婚外恋,多得你想杀都杀不过来。最多也就离婚散伙吧。"

唐梨一甩手说不跳了,没情绪了。说着,挣脱了楚天舒的手,坐到沙发上,不停地嗑起瓜子来。

"我说咱们不说这个破话剧了行不,所有的小说戏剧都是人编的,大可不必替古人担心。春宵一刻值千金,我还想着你怎么体贴我呢？来吧，我们可是有一周都没单独在一起了。"楚天舒说着，拉唐梨往卧室走。

"好吧，我先洗澡了，你吃些点心。"

唐梨进到浴室，不再像以往那么急地洗，而是慢慢地洗，边洗脑子里边还转着剧情，怎么酝酿也酝酿不出了看演出前的那份激情。

我不能扫兴，装也要装出情绪来，这不是他的错。唐梨看到楚天舒坐在床头笑眯眯的讨好的样子，一再叮嘱自己道。唐梨刚躺到床上，楚天舒就搂住了她。唐梨还是感觉自己的身体太僵硬，一点儿也不配合，就努力地想着他们曾经的幸福生活，一点点地想着，一点点地就说了出来，渐入佳境。楚天舒抬头就望见了对面唐梨和丈夫的婚纱照，忽然就不行了。唐梨会意，起身把婚纱照摘下反扣一边，让他聚精会神。原以为天赐良宵，一定把美妙的事情做得美仑美奂，谁知却比以往任何时候都糟，匆匆了事。本来计划好要在唐梨家过夜的，可是楚天舒说他睡不着觉，还是要回家。唐梨生气了，想要吓吓他。说着，故意用手指敲了敲床头，装惊恐状说："你听什么声音，好像是我丈夫回来了！"楚天舒提着衣服就往外跑。

唐梨躺在床上笑得前仰后俯，说："我这可没有米柜让你藏呀！"

楚天舒知道是唐梨骗了他，脸色极为难看，就要夺门而出。

唐梨来不及穿衣，立即跳下床用身体顶出门，四肢缠着他说，"我错了，该掌嘴。再说人家说的是假若么，假若我丈夫现在忽然进门，你怎么办？我们预演一下，万一遇到，好及时逃离。"

"你自己演吧，恕我不奉陪了。"楚天舒说完，推开唐梨摔门而去。

唐梨还想再叫，跑出门，结果说出的是"你要走，就再也别跟我来往。"

后来气消了，两人又开始了来往。唐梨吸取教训再也不提那个该死的话剧了，可是两人却越来越敏感，好像任何事，总绕不开那个让他们情感走入盲区的话剧，那如刀子般的台词常常割得他们遍体鳞伤，无论两人怎么努力，终回不到过去那诗情画意的热恋状态。

唐梨再提看演出，楚天舒说什么也不去了。嘴上说没时间，心里则想会不会又是她变着法子让我对我们目前的生活重新设计呢。搞不好看《我爱桃花》就是她蓄谋已久的，是呀，北京演出多了去了，昆曲京剧音乐剧多如牛毛，什么《玉簪记》《牡丹亭》《日出》，哪个不是经典哪出不是人人叫好？你唐梨安得什么心，非要让我去看什么《我爱桃花》。难不成这女人根本就不像她表现出的那样单纯，什么不要名分，不要钱物，对我甘愿奉献，全是骗人的鬼话。她让我看演出，就是想让演员替她说话，给我暗示呢。比如不想跟我好了，跟别人好了？或者想让我离婚娶她？这么一想，楚天舒头脑轰隆一下，好似看到自己平稳的家庭基石轰然倒塌，亲生的儿子跟自己形如路人，越想越害怕，再三告诫自己别轻意上当。

唐梨的心里也嘀咕着，你口口声声说对我好，可是真出了事，比如被人发现，一定会像戏中的主人公一样要么把我杀掉，自己跑掉，要么继续让我过着心在曹营身在汉的生活。男人都一样，一个比一个自私。

这么一来二去，两人虽然还时不时在一起，兴致却越来越不如从前，慢慢地，先是两周见一面，然后一月，最后干脆半年过去了，谁也没主动约过谁。

唐梨挺想主动的，可是一想，这事还是得男人主动。楚天舒也想着唐梨，特别是看到自己乱蓬蓬的家，想着唐梨精心为自己布置的烛光晚餐，忍受着河东吼狮的老婆，更想到了唐梨的百般体贴，心里一股又一股的浪潮涌来涌去。便一时兴起，写了一句：在天愿做比翼鸟，在地愿为连理枝。感觉太直接，万一她丈夫看到起疑心，现在可是晚上时间。这么一想，立马删了，又发：承欢侍宴无闲暇，春从春游夜专夜。这一句子让他想起了他们在一起的每一个美妙的时刻，又能蒙过唐梨那学工科的丈夫。又想发，还是觉得不妥，万一人家那个工科生看出端倪了呢？最后发出去的是：我有许多话要说，你现在有空不？他想这句话从一个叫满庭芳的女人嘴里说出来，无论如何都是安全的。

这条短信还真被唐梨的丈夫看到了，当时唐梨正在洗澡。唐梨丈夫看到一个叫满庭芳的女人发给妻子想聊天的短信，就想女人话多，一打电话就是一两个小时，说的全是废话。吵得让你连场球赛都看不安宁。

如果唐梨看见，一定又要跟她煲电话粥了。好长时间唐梨都不愿意跟他过夫妻生活，说没情绪，而且整天脸上一点儿笑容也没有，他搞不懂她是怎么了？他爱她，非常的爱。今天晚上经他再三的做工作，他包了做饭，还包了洗衣服，唐梨才勉强答应了，现在他洗了澡胳膊肘儿也喷了香水，还预备了打扫战场的东西，总不能让一个吃饱了没事干的女人搅了精心安排的好事吧，这么一想，就悄悄地把短信删了。

第二天，唐梨丈夫忽然问唐梨，"是不是认识姓满的女人？"唐梨心一惊，然后从容地说，"我有个女同学，就叫满庭芳，老姑娘了，整天没事干急着想找个丈夫。按北京的话说，这人有点二。逮着谁就乱发艳词。不管是雄是雌。"然后细想丈夫问话的由头，暗喜自己反应的机灵。丈夫果然说，"这样的二百五就别理她了。""是的，有时就是应付一下。"丈夫走了，唐梨抹去额上的汗水，嘴里轻嘘良久。

唐梨一周了也没有反应，楚天舒就生气了，心想，这女人给你点颜色你就想尽情地染，给你点阳光你就想灿烂，真把自己当作杨玉环了，决定永远不再理这个无情的女人。

唐梨更生气，认为这男人也太无情，说断就断了，比那戏上的冯燕还不如。心里恨了，就在行动上表现出来了。在楚天舒来报账时，以发票不合规范为借口把单据扔出了窗口，在众人面前出了口恶气，并在那天起把楚天舒的电话从手机通信录上删掉了。楚天舒恨在心里，并不声张。一年后，楚天舒调到财政部当副部长，上任后的第一件事就是找到财务处处长，说，"有人反映你们处的唐梨干工作太死板，整天吊着个棺材铺脸给谁看呀，干脆给她换个闲差，财务是咱们的门面呀，让上级领导看见不好。"

唐梨在自己不知何故的情况下，就被调到收发室了。工作挺杂，可是她倒有更多的时间读唐诗宋词了，只是一年过去了，再也没有人跟她说起唐诗，她好寂寞。一天翻开日记本，她发现了两张《我爱桃花》的话剧票，想起不远的从前，眼泪打湿了话剧票，她一下一下、一点一点地把它撕得粉碎，扔到了马桶里，亲眼看着纸条冲得干干净净了无痕迹，然后重归宁静的生活，全心全意地相夫教子，全心全意地收发书信报刊，全心全意地成为一个名副其实的贤妻良母。

面　石

周一一大早就忙活开了，她要亲手给闺蜜王然做顿家乡臊子面。王然丈夫出国半年多了，王然整天喊着一个人呆着没意思，睡觉没意思，吃饭没意思，做美容没意思，逛商场也没意思。总之，一个人，无论干什么，统统的都没意思。周一一的女儿在外地上大学，丈夫李伯刚是公务员，起早贪黑地上着中规中矩的班。她除了工作，除了家人，就只有王然这么一个铁杆朋友，两人形影相随，如花缠枝，如果倚叶。如果她们一周不联系，必然有一个坚持不住了，必定手机打爆也要把对方喊到跟前，痛诉一周来的酸甜苦辣。然后两人就像洗了一次痛快的热水澡，清清爽爽地迎接又一周的俗风世雨。

王然跟周一一样也是北方人，现在一所大学教授古典汉语。丈夫不在的日子，大部分都跟周一一在一起。这不，又喊着没意思了，周一一就提出她请客，两人在一起吃吃饭、聊聊天。王然却说，外面的饭没意思，她要吃周一一亲手做的臊子面。面食听起来很简单，可是做起来却非常复杂，凡是做过的人都知道，擀面、炒菜、做汤必不可少。超市什么没有，光面条就分许多类，刀削的、手工的、机器压的，买回来下到锅里浇上臊子即可。可是好朋友张口了，周一一就下决心亲手做了。周一一虽然是吃着面食长大的，但真做起面食来，充其量只是个及格水平。可在城市职业女性中，能跑遍全北京城，买一付擀面杖，一周三天的给丈夫、女儿做手工面条吃，怕是凤毛麟角。更何况周一一还有一个响当当的职业，某时尚类杂志的主编。倒不是说周一一是多么的贤惠，实在是吃惯了面食的她，吃不下超市买的现成面条。多年来，丈夫也吃惯了她的手工面。有时两人懒了，下筒挂面，或者到超市买斤切面，吃得味同嚼蜡。没想到，这吃饭像传染，连好朋友都要吃自己亲手擀的面了，可见近墨者黑。

丈夫李伯刚听说周一一要亲手做臊子面，便自告奋勇去买菜。周一一说臊子面，最主要的是做汤，所以调料要好，当然是那种精挑细选的八角、桂圆，再用手工压成细细的五香粉，而不是超市的那种装在塑料袋里的大路货。肉臊子，也一定是家养的肥猪的后臀肉，一刀刀切成的肉丁，然后用猪油炒，快熟时，再放好大料，加干辣椒面炒。大料和肉臊子现成，是母亲千里迢迢做好让人捎来的。配料也是必不可少的：红萝卜、鸡皮、葱花、韭菜、黄花菜、海带、木耳。李伯刚看着周一一列的购物单子，说，"不用这么复杂，就咱两人吃，只要是你亲手做的面条，我就认为是世界上最好吃的。大周末的，别太累了。"周一一这才告诉丈夫闺蜜王然晚上要来吃臊子面。说完，她紧盯着丈夫的脸，丈夫最不喜欢王然了，动不动就不让周一一跟她来往，说王然婆婆妈妈，太计较，麻烦事太多。

周一一跟王然从大学相识，到现在二十年的友谊了。四年的校园生活，她们用电热杯煮方便面，吃得吸溜半天。发誓将来无论走到哪里，无论嫁啥样的丈夫，只要对方出现，就立马把丈夫赶得远远的，两人再煮方便面。毕业后，周一一在外省成家立业。王然找了在北京工作的男友，自然分到了首都。周一一每次到北京出差，必定都住在王然家。王然遵守约定，早早把丈夫赶到别处，跟周一一两人倚在床边，头顶头地聊天，常常聊到东方即白还意犹未尽。每次王然送周一一西行时，总说，"你赶紧调到北京吧，你来了我就有亲人了。"十年努力，周一一总算跟丈夫女儿来到了北京，起初的生活是艰难的，没房子，三家合挤一套三居室的房子，厨房、卫生间共用，伸展个腿都难。此时的王然就生活得舒适多了，一家独住着三居室的房子，还有一辆桑塔纳轿车。嘴边不是说到郊区买别墅，就是到某某俱乐部打网球，典型的中产阶级生活。很多时候，王然都会邀请周一一一家。大多时，李伯刚都不去，他认为一个大男人跟着老婆的女友家蹭玩，面子上不好看。女儿呢，要复习，他要在家照顾。周一一乐得前往，跟王然丈夫儿子处得像一家人，王然儿子总叫周一一为干妈，王然的丈夫陈稀医生，对周一一更是热情有加，动不动就叫一一姐姐。时间过得真快，又是十年过去了，周一一总算有了自己的房子、自己的车。好朋友王然的生活又奔向了更高的台阶，作为外科主任的陈稀到国外发展，势头还不错。儿子也考上了法国名牌大学。王然因为是学科带头人，准备把已经拨下来的专项课题破题后，就跟丈夫儿子到美丽的普罗旺斯相聚。

"她一个人在家，今天跟我们吃饭，明天一起去看樱花。"李伯刚听完妻子的解释，拉着脸坐在沙发上不再说话。周一一说，"去吧，快点，王然一会儿就来了，我还要和面呢。这面可得揉半天呢。揉了面，还要擀开，一只锅烧水，另外一只锅做汤。"说着，双手把李伯刚从沙发上拉起来，又是递衣，又是系扣，甚是殷勤。

听到大门嘭地关上了，周一一松了口气，把李伯刚扔得乱七八糟的鞋子收进鞋柜里，头朝里整整齐齐摆好，就进了厨房。王然在一本风水书里看到，鞋子朝门放着，一辈子就是劳碌命。

把雪白的面粉倒进瓷盆里时，周一一闻到了一股小麦的清香，鼻子舒服得打了个喷嚏。她在碗里放入少许碱，用温水化开，倒进面粉里，将面粉揉搓成面絮，再倒些碱水，加进去，把面揉成团。母亲说，好面条是揉出来的，她右手下了很大劲，开始揉。刚一揉，出问题了，手心接触到的面团不甚光滑，她把面团展在手心往灯光下一瞧，才发现面里有一粒粒变干的面粒——面石。面粉可是上周李伯刚才从超市买回来的，上周没有下雨呀。放面袋的柜子里也是干干的。周一一提起面袋，底部水迹斑驳，袋里面粉随手一掏，果然不少面石，触到手心，还挺扎手。

看看表，已经五点了，她打电话给李伯刚，想让他再买一袋面回来，可是李伯刚的手机一直占线。算了，反正王然也是自己的朋友，幸亏没有外人。这么一想，周一一就边揉面边挑出刺手的面石，她想能挑出来多少就算多少吧。挑了半天，竟然挑出一团，周一一把这一团面石放在纸巾上，准备回来让李伯刚看看，好好的面，怎么会成这个样子。

面团擀成厚薄均匀的大薄片，本来光滑如绸，可是因为有了面石，擀出的面，和长了麻子脸的女人一样，怎么看都不舒服，要是吃到嘴里，一定倒味。追求完美的周一一又在薄薄的面片上一一摘除着面石。最后擀成一张大片的面片坑坑洼洼、凹凸不平。周一一越看越不是滋味，草草切成细条，散散晾开。

王然跟李伯刚是一同进门的。周一一让李伯刚洗菜，自己烧水。切葱花、豆腐、泡黄花菜、切红萝卜，对了，还要摊鸡蛋皮。事儿太多了，一看那个切得并不满意的面条，她做这一切时，脑子里还是挥不去一粒粒的面石，手上就有些心不在焉了。

上着红色羊绒大衣、下着洗得发白牛仔裤的王然一进厨房，先夸张地伸伸鼻子，说，"我已经闻到一股扑鼻的清香了，一一，我能干什么？"周一一把王然推到沙发上，让看球赛的李伯刚陪她说话。李伯刚面无表情地说，"你想看哪个台？"王然笑嘻嘻地说，"随便。"她说着，脚一抬，拖鞋掉到了沙发底下，她把双脚放到沙发上，做了个半躺的动作，说，"姐夫，不介意吧。"周一一笑着边往厨房走边说，"你又不是第一次这样了，他啥时介意过。李伯刚，你招呼王然吃水果。"

"周一一你不要管我。姐夫你忙你的吧，我躺下休息会儿，刚赶完一篇稿子，累死我了。"说着，王然就闭上了眼睛。

面石煮到锅里，一定化开了！把一碗碗汤浇透进面条里时，周一一在想；当王然吃着面条时，她又忍不住想。

一大锅面和汤全吃光了，李伯刚和王然，谁也没有提面里有面石的事，周一一自己呢，感觉好像吃了一粒，牙硌得很不舒服，大家没人说，她也没提。

众人坐到沙发上时，周一一拿着纸巾上的面石，询问李伯刚上周买的面是不是淋雨了。李伯刚迅速望了王然一眼，说，"可能是淋雨了吧。"

"面淋雨了你应当告诉我一声，你看好好的一袋面却成了这样子，真是浪费。就像米里有了沙子，吃着老不舒服。"

王然从随身的包里掏出一本书，忽然说，"你们看，这比喻多好：午后，树影筛出的阳光斜进半开半合的木制百叶窗，如同半梦半醒的眼波，那诱惑令人难以抗拒。"

"妙妙，光线如眼波，亏得作者能想出来。啥书？给我看看。"

"《普罗旺斯一年》，送你的。"王然说，她丈夫工作的地方离普罗旺斯开车只需一个小时，她去法国后，一定要在普罗旺斯住一年，就像这本书里讲的一栋农舍，一片葡萄园，日享暖阳，夜听虫吟，品赏美食美酒，结交农人匠工，适应乡俚乡俗。四季流转中，山居生活舒缓光阴，涤荡浮躁，沉淀快乐。这就是她最向往的生活。

"普罗旺斯我不想了，不过北京郊区可以想一想。李伯刚，咱们在波尔多庄园买套别墅吧。王然你知道，那房子我告诉过你。三层，四百平米的使用面积，带两个车库，还送三百多平米的花园。地下室可以酿造葡萄酒，放电影。"

"离庄园不到十分钟，就是官厅水库的浴场，去浴场的路上，穿过老百姓的梨园、海棠园、苹果园，还穿过大片的芦苇荡，对不对？我都能背熟了。"王然笑着说。

"真的挺好的，等葡萄成熟时，咱们再去，我下决心买了。"

"给我留间客房，地下室就行。"

"让你住二楼，对着书房向阳的一面，正对着湖水，很美的。当然比不了你的普罗旺斯。"

"你到那，我给你留最好的房间。"

李伯刚起身走进了书房，王然偷偷地朝周一一一笑，做了个鬼脸，说，"李伯刚可能都烦死我了。"

"别理他，你就像在自家一样随意。"

"你不怕他生气？"

"只要你不生气。"

"我比你丈夫还重要？"

"当然了，二十年的友谊是钢是铁，是大浪淘尽了众沙，保存了绝对的优质品。"

两人坐到沙发上边聊边笑，李伯刚关上了书房的门。

十点，王然告辞回家，李伯刚站起来准备送客了，周一一说"明天不是要到郊区看樱花吗，去晚了就会堵车。你干脆晚上别回家了，在我家挤一夜。你要是不困，咱俩说说话。你要是想睡，就睡我女儿房间。"王然面有难色地说，"我不能在别人家过夜，否则睡不着觉。"周一一说，"那好吧，让李伯刚送你。"

李伯刚这时却坐着不动了，王然抢着说，"不用不用，我打车很方便。"说着，她就出了门。周一一又是双手把李伯刚从沙发上拉起来，把他推出了门，然后对王然说，"明天别睡懒觉，七点半我们准时到你家楼下。"

"那我顺便到办公室去拿份材料，周一领导要用的。"出门时，李伯刚说。王然笑着说，"姐夫很忙呀！""他呀，整天就那样，穷忙。"

11点，李伯刚回来了。倚在床边看书的周一一说，"怎么这么晚？""我把材料在单位改好了，"李伯刚说着，就去洗澡。他出来时，周一一已放下了书，躺在被窝里把普罗旺斯的美景说给丈夫听，又说了到郊区买别墅的事。李伯刚打了个哈欠，说，"睡吧，明天还要早起呢。"周一一说，"你明天对王然热情些，人家是我的好朋友嘛。"李伯刚回答，"你离王然那种女人远些。"

"王然是哪种女人？"周一一心里一沉，她知道好朋友王然漂亮、性感、聪明，有不少追求者。

"就是那种——就是那种梦想超过现实的人。"

"我还以为人家王然把你怎么着了似的？你们男人呀，吃不到葡萄就说葡萄是酸的，王然是什么人，我们是二十年的朋友了，她从记事起所有事都不瞒我。"

无论周一一怎么说，反正李伯刚就一个态度，郊区的别墅不买。

本来周六是过夫妻生活的日子，周一一老早就做好了准备工作，可一看到睡得香香的丈夫，也不忍心打搅他了。

普罗旺斯，普罗旺斯，王然真去了普罗旺斯，我的心里话还能说给谁呢？躺在黑夜中的周一一想。

昱日，七点一刻，周一一给王然打电话，说他们已经出发了。看丈夫李伯刚正在接电话，便小声对着话筒说，"你一定要及时呀，他那个人，你知道。你来晚了，他会生气的。"

七点半，车准时到了王然家楼下，王然却没有下来。李伯刚阴着脸说，"我就知道她是那个样子的，我就不明白你为什么要约她出来，这个人真是烦死人了。"

周一一打王然的电话，手机、家里电话半天没人接。"走吧，我们走。"李伯刚说着，就要发动车，周一一拦住了他，指了指楼道，披着烟灰色的风衣、头顶墨镜、脖子上系着一条长长的宝石蓝棉布围脖的王然满面笑容的出来了。就在这时，李伯刚忽然把车开出了足足五百米。急得周一一大叫，自己在好朋友面前好没面子。李伯刚说，"这是我对不守时的人的惩罚。"车刚一停，周一一忙打开门，迎上跑上来的王然，埋怨她不守时，时间都八点了。

"抱歉抱歉，睡过头了。"

李伯刚忽然大声笑出来。坐在旁边的周一一捅了他一下，他立即收住了笑，发动了车。周一一回头看坐在身后神彩奕奕的王然，说，"昨夜过节了？"

"过啥节？"

"装蒜！"

王然脸红了，推了周一一下，李伯刚又低低地笑出了声。周一一没有再理丈夫，而是对王然说，"我理解，非常的理解。你色如艳花，盛时开放，没人采摘，岂不资源浪费。"

王然挥手打了周一一后背一拳，换了话题，"你女儿上大学谈恋爱了吗？"

"她就是有也不会告诉我。对了，你丈夫出去半年了吧，平常给你打电话还是发邮件？"

"两者都有嘛，谁知道说的是真是假，反正邮件就像写情书，每天一封。"

"听见了吗，李伯刚，学着点。"

李伯刚从后视镜里看了王然一眼，说，"学啥呀，他是画饼充饥，我是雪中送炭。"

周一一剜了丈夫一眼，王然抢先说，"快到了吧，听说今年樱花开得比日本的还漂亮。"

周一一答非所问，"王然，李伯刚这个人呀，在中学时语文就学得太差，常常用词不当，好在你不是外人，否则让人听来，好像我成了急需救济的贫困户了。"

李伯刚哈哈大笑，说，"跟你们搞文字的女人说话，可真得留心，搞不好就下了文字狱了。"

王然说，"那当然，说话跟行为一样，都要负责。对不对，一一？"

"是呀，所以李伯刚你以后说话注意点，特别是在单位，千万不要多嘴卖弄，否则就自食其果了。"说完，回头对王然说，"他们领导是女的，心眼小。"

大家絮絮叨叨着，不觉间就到了樱花岛。拍照、游玩，甚是热闹。丈夫李伯刚话说得少了，不时地给两位女士照相。走着，走着，周一一忽然笑了，王然问她笑啥，她说，"前两天看了日本电影《细雪》，男人陪着他的大姨子、小姨子和老婆赏樱花的画面非常美。"王然脸红了，说，"我可不是正宗的小姨子。"李伯刚笑着说，"如果是，就好了。"

"想得美。"周一一笑着，说，"王然，我没有姐妹，你也没有，这么多年我们走过来，要说处得跟亲姐妹也差不离。"

"我感觉比亲姐妹还亲。"王然说着，搂着周一一的肩，"来，姐夫，给我们姐妹在樱花树下来一张。"

正吃着饭，周一一看王然去上洗手间了，就要先去买单，李伯刚说，"你别急，反正王然那么抠门，她才不会买呢。"周一一狠狠地瞪了他一眼，付了款。

晚上送王然到楼下，周一一忽然想起好长时间没有到王然家去了，说上去看看。李伯刚抢先说，"别去了，太晚了。""不晚，现在还不到八点呢。"周一一说着，就要下车，王然却面有难色地说，"我，我家里很乱，等我收拾好请你跟姐夫来吃饭。"

周一一说，"乱算什么，咱们是什么关系？走，开路。"

"别去了，我还要看球赛呢。"李伯刚说着，已经发动了车。

"就是，我家里确实太乱，改天，改天我请两位吃饭，今天我玩得很愉快，谢谢了！"

周一一说："好吧，回家。"

周六，朋友送了周一一三张话剧票，她请王然去看。王然跟周一一都不会开车，只好又请李伯刚同去，李伯刚坚持了半天，最终磨不过周一一的好话，勉强同意了。

他们是在外面吃的晚饭。饭吃到半途，周一一蓦然发现对面的王然表情很不自然，好似有人挠她的痒痒，甚是陶醉，她说话半天没有反应。她一时没有反应过来，上卫生间回来时，蓦然发现丈夫的腿跟王然的腿交结在一起。她如五雷轰顶，晚上的演出内容，她脑子一片模糊，眼前只有一条男人的腿和一条女人的腿交缠在一起的画面。

演出结束，她忽然说，"王然，我要去看个朋友，你自己一个人回去吧。"王然说"好"，丈夫李伯刚却忽然说，"看什么朋友，我怎么不知道？"

"为什么凡事都要告诉你呢？"周一一说着，狠狠地关上门。

夫妻两人一路无话，快到家门口了，看周一一还是不说话，李伯刚问到哪看朋友？

"回家！"

李伯刚进门就躺下了，周一一知道他没有睡着，却不揭穿他。她在书房里坐了很久，回想起自从跟王然交往后李伯刚的态度，越想越觉得这事情从一开始就疑窦丛生，只是自己太没感觉。前天晚上丈夫说去办公室拿材料，怎么回来那么晚？真去办公室了？还有那袋该死的面粉，为什么里面充满了面石，细心的丈夫却没有发现？吃饺子那晚，为什么李伯刚不接电话，真的是跟王然在路上碰到的？自己说王然暧昧的夜晚，丈夫为什么会笑？还有丈夫为什么说自己是雪中送炭？原来，原来人家是为王然雪中送炭呀，自己真是个傻瓜，还自做多情的以为……他们是从什么时候开始的，是王然第一次打电话说灯泡坏了，让李伯刚去修；还是王然病了，周一一让丈夫帮着她到医院看急诊；或者就是王然在自己家沙发上慵懒的娇容，激起了李伯刚的好感……想到这里，周一一双手哆哆嗦嗦地拿起李伯刚的手机，想给王然发个短信，她好像是在一本小说上看到这么一个细节，妻子怀疑丈夫跟好朋友之间有外遇，给两个好朋友以丈夫的名义分别发了短信，说，"现在干嘛呢。"一个回复，说，"姐夫，是我呀。"另一个说，"想你呢。"她立即确定是后者。她要是仿效，不但朋友失去了，丈夫也失去了。为了女儿，她还是想跟丈夫过日子的。为了友情，她还是需要王然这么一个好朋友的。这么想着，她慢慢地放下了丈夫的手机。

又一周过去了，周五丈夫说晚上朋友有个聚会，他回家晚些。周一一打电话约王然去看电影，说是新公映的《晚秋》很好看。王然说晚上单位有活动。周一一就没了看电影的心思，一个人到公园转了转，不觉间就转到了王然家。看到王然家的灯亮着，她忽然想也许丈夫就在王然家里。这么一想，她满院子找自家的车，没有，她心里放松了下来，然后上楼。王然开门一看是她，很不好意思地说，领导有事，把活动取消了。王然并不惊慌，也不像她想象的样子，没让她进屋，反倒让她进到屋里，给她洗水果，跟她聊天。周一一时不时地看着卧室的门，老想也许丈夫就藏在里面，在衣柜里还是在阳台上？如果自己进去，这场怎么收？如果不进去，带着疑团回家，继续让人像傻瓜一样的骗着？

餐桌收拾得很干净，没有两人吃饭的痕迹，沙发上也没有丈夫的围巾、大衣之类的，对了，地上没有丈夫的鞋子。清一色的女式拖鞋，新新的，刚撕过标签。

两人说了半天的话，都不在状态。再好的朋友，人家不请你到卧室，你怎么好意思要去看呢。周一一站了起来，说，"你的房子布置得真好，我看，书房在阳光下，一定更好看。"说着，她走进了敞开着的门。里面当然也没有问题。有问题的卧室门关得紧紧的，你能进去吗？站在她身后的王然越坦然，越证明她心里有鬼。一股悲悯之情忽然涌上周一一的心头，看着好朋友的难堪，她那颗脆弱的心终是不忍了。她轻轻地拍了拍王然的肩，不知是安慰王然，还是借此消除自己心底的忧伤，总之，她准备此次行动到此为止。走到鞋柜，她几乎是下意识地打开了鞋柜，虽然她的鞋子就在脚下放着。鞋柜里并没有丈夫的鞋子，丈夫的所有鞋子都是她精心挑选的。男人嘛，鞋子总要讲究的。她每次都给擦得亮亮的、光光的，蚂蚁在上面都会掉下来。鞋柜里的鞋子沾满了灰尘，她长长地松了口气，心里几乎是唱着歌走下高高的楼梯的。她感觉自己好像爬了很高的山，在最险峻的峰顶，看到了最美的风景，终于意得志满地下了山。

刚要走出楼道，她发现了自己家的银灰色奥迪，在一阵强光下，忽然从院外急急地开了进来。她不知是冲上去，还是躲起来，情急之中，她忽然往地下室跑。通向地下室的门口堆着一塑料桶的垃圾，上面放着一袋跟家里一模一样的面粉，面袋底部黄色斑点圈点密布，好似画了地图。她猜测里面一定充满了更多的面石，这么一想，她感觉嗓子里好似充塞着一大堆面石，让她窒息得喘不过气来，她倚在楼梯口，使劲呕吐起来。

女友的1.0时代

1

饭刚递到嘴里,电话铃就响了,丈夫不接,儿子也不接,电话铃仍然固执地响个不停。我生气地对丈夫和儿子说:"你们怎么不接电话呀?好像只有我有电话似的。"

丈夫头也不抬地说,"肯定是卓乐的,只有她才会这么固执地不厌其烦地打。"

儿子说:"那惨了,我妈肯定又要跟她聊半天了,妈,你还是先让我把作业问完了你再慢慢地打吧。"

我说:"不会的,卓乐到北戴河去了,昨天才刚走的。现在的她可不像过去了,会过日子了,恨不能把一分钱当两分钱用。"

这样想着,我还是拿起了电话,耳边立即响起了卓乐的声音,只是这声音不再像过去那么清亮圆润或者说霸道,而是充满了阴冷、凄婉、绝望,如从幽深的隧道里忽然冒了出来:"小童,我完了,完了。"话一说完,她就放声大哭。周围人声、车声也掩盖不住她连绵不断的哭喊声。

这话让我心里咯噔了一下,"怎么了,是不是方磊要跟你分手,我告诉你,你一定要改改自己的毛病,说话太直容易伤人。"

电话里的卓乐大声地争辩道，"不是，不是，方磊的儿子在海里……没了。"

我见过方磊的儿子，一想起一个活生生的人一下子就在这个世界上消失了，我的心里隐隐作疼，说："怎么回事呀？不是都成大小伙子了吗？怎么会发生这样的事。"

"我也不知道怎么就没了，我全完了，完了。"

"别老是完了，完了，你这个继母对他也够好的，已经这样了，节哀吧。"

卓乐好像知道我急于放下电话似的，说话一点儿也不像她这个女博士平常的话，说的语无伦次、颠三倒四："都怪我呀，不该来呀，风浪这么大。我跟方磊的婚事算是完了，完了，儿子就是他的命呀，为了儿子，他就是不跟老婆离婚呀。可现在，儿子没了，他老婆都晕过去了。你说我怎么办呀？都怪我，都怪我呀，我不该来，你说这该死的海浪怎么就没有把我吹走。"

"好了，我知道了，方磊儿子没了，你怕他跟老婆不离婚对不对。不行就算了，这世上又不是只有他一个男人。这样吧，我一会儿给你打过去。"

"怪我没有说清楚，是我，是我把方磊的儿子弄到海里去的，是我呀，我是凶手，我没办法活了。"说着，她大声地哭了起来。

"别胡说了，你先冷静一下，咱们再聊。"

"我不是故意的，不是的。小童呀，我真的没法活了。"电话断了，她是用手机打的，我再打，手机已经没有任何声音了。

我再端起饭，却无论如何也吃不下去了，我在想，卓乐这个继母真够倒霉的，还没过门，就把人家的儿子弄没了，这叫什么事儿呀！

2

卓乐是我大学里的好友，大学四年她一直是文学系的高材生，在校时就发表了无数的作品，被大家称为才女。我很是羡慕她，于是经常写东西让她看,她总是能指出一二三来。我们最头疼的高等数学和计算机,她也是一学就会,为此我曾笑道:"卓乐,我真想把你的脑袋安在我头上。"

说这话的时候,是一天晚上,一个周末的晚上,同学们回家的回家,出去玩的出去玩了,因为男友有事,我只好待在宿舍里,刚好,卓乐的男友也在外地,于是我们就睡在一个被窝里说起了悄悄话。

卓乐说了一句让我感到莫名其妙的话,卓乐说:"你知道我最想做的是什么吗?"

"当作家,当大作家,走遍世界各地。"

卓乐望着远处说:"不是,我想当个真正的女人,一个绯闻缠身的女人。"绯闻缠身的女人,在我的理解里就是不正当的女人,换言之,就是水性杨花的意思,我们系的才女却要做这样的女人,我以为自己听错了。

"真的,我没有骗你。"

卓乐看了看我说:"你说我是不是身上没有女人味?"

"没有呀,你要身材有身材,要头脑有头脑。"

卓乐叹息了一声说:"真的,有时候我真不想这么聪明,真想做个小鸟依人的女人,哪怕笨一点儿、傻一点儿,可是我做不到。要是心里有话不说出来,就感到好像要窒息了。"

"胡说什么呀,你现在不是挺好的吗?男友在一家大公司,给你三天两头地捎吃捎穿的,还不知足?"

卓乐笑了,说:"这倒也是。对了,你毕业后怎么办?"

我说:"我爸给我联系好工作了,在一家杂志社上班。过一两年清闲日子就结婚。你怎么办?你那个男朋友也怕等不急了吧。"

卓乐的脸上充满了忧伤,说:"他分不过来,我又不想过去。无论怎么说,得等到他调回来吧。我想考研。"

毕业前夕,卓乐果然顺利地以总分第一名的好成绩考上了我校最有名气的教授的研究生。

我却没有那么顺当,以为自己分到杂志社没有问题,结果,在紧要关头,爸爸忽然被调到了外地,联系好的单位借口我学历低,将我拒之门外。因为事先就跟同学们说好了留到杂志社,而且家在北京,怎么也不可能分到外地,所以我羞于见任何同学,连毕业像都没有照,就直接回了家。第二天就来到爸爸所在的城市,当了省报的记者。

一直到六年后,因为工作成绩突出,我被中央某报调回北京,我才又跟同学们建立了联系。第一个联系的就是卓乐,卓乐一听到我的声音,高兴地说:"快来吧,到我家来,我刚分了三居室,你给我暖屋吧。"

我一听到这个电话,心里热热的,说:"大教授,你可是第一个欢迎我这个外地人到你家去的,不瞒你说,我到外地后,咱们同学都不理我了。"

"我一直打听你的消息,我给你打电话写信你都不回。少废话,来吧,快到我家,咱们先吃饭,然后住到我家,想住几天就住几天。"

"好吧,反正现在我也没事,至于晚上怎么办,再说。"

卓乐没变,即使当上副教授、教研室主任了,还是我心目中的闺密。我们吃完饭,到她家。她又买了一大堆东西说够咱们俩吃的,其热情我认为不是假装的。

我一进门,她就递给我崭新的拖鞋还有睡衣,说去洗个澡,咱们好好聊聊。

"你丈夫呢?"

"我没有男朋友,哪能结婚呀!"她说着,把迷迷糊糊的我拉到洗澡间里,说:"你看还需要什么,说一声。"

门一关,我发现真如她所说,她是没有男朋友的,卫生间里的一切布置,都表明她是一个独身的女人。

我一出来,满茶几的红红绿绿、大大小小的水果已经等着我了,我再次感到一阵温暖涌上心头,我说:"卓乐,你真好,只有你把我当朋友。"

"胡说什么呢?谁把你不当朋友了。"

"我刚回到北京,给同学打电话,大家都说忙,好像我有事要求他们似的。"

"可能有这样的人，但是我不会的，你需要什么，尽管说。就住我这，一直住到走，我的家就是你的家。"

"当然是有这样的人，你不知道，他们一知道我调回来了，又调到了大报，他们又热情地给我打电话。"

"你调回来了？太好了！太好了！"望着卓乐的高兴劲儿，我却想她跟别人一样，认为我调到大报了，以后好办事了。搞不好刚才不知情都是假装的。就这么几年的工夫，不是我把人想的太坏了，而是有些人确实是这样，让人想起来都心寒。

卓乐没有发现我心里的小九九，而是非常热情地说："太好了，你调回来了，先不要着急，工作的事我帮你想办法，我的学生有不少都在中央机关。"

一听这话，我一把握住她的手，说："卓乐，你太好了，不过，我已经调到某大报了。"

"那就更好了，离我家近，你经常到我家来吧，跟我做个伴，反正我一个人够闷的。"

"怎么？你没结婚？男友呢？"

卓乐没有说话，而是把一盆红红的、灿灿的樱桃递到我手里说："尝尝，我星期天到郊区农户的地里采摘的，特鲜。"

我吃了一口，果然爽口，又吃了一个后，我问："你那个男友呢，还没调过来？"

卓乐沉默了一会儿，背对着我，望着窗外说："其实我一直没有男朋友。"卓乐说着，眼角在灯光下好像湿了，我不敢再问，急忙用别的话岔开，"房子不错，我什么时候有这样的房子就好了。"

卓乐却好像没听见似的说："我一直都没有男友，真的，我一直都是骗你的。我不知道为什么，我长得也不差吧，脑子也不笨，可是一直到上大学，都没有男生追过我。你知道我这人又清高，怎么也不会主动追他们。说起这事来，怪丢人的。所以我才骗同学们说我有男友，在外地。"

"那些信呀花呀礼物呢？"

"都是我自己买的,我怕你们瞧不起我。"卓乐说着,眼泪流了出来。

我一听这话,大吃一惊,不相信呀,在学校的时候,卓乐性格开朗,她要不说,我一点儿都不知道。虽然我经常回家,可是每天都听到她高高兴兴地跟我说跟这个男同学出去玩了,跟那个男同学去玩了。

"我知道我说了你也不会相信,可就是这样,我知道我不会像其他的女孩子一样撒娇、讨人喜欢,遇事总要跟人争个面红耳赤,可没办法呀,就是这性格。男人都喜欢女人在自己面前是弱者。"

我明白了卓乐的话:"我帮你介绍。"

"我从大学毕业后,考研,考博士,的确有不少人介绍,可是不知为什么,不是人家瞧不上我,就是我瞧不上人家。你不知道,我总共见了不下一百个,什么人都有,刚开始,有记者、作家、编辑、国家机关公务员、医生,后来,做生意的、老婆死了的、带着孩子的、离婚的,还有就是心理有疾病的。最近的一个,整整五十七了,听说心脏安了个起搏器,还有,身上不下五种病。你说我要这个五十七的病老头干什么,我虽说三十七了,也不至于去伺候一个病人吧!"

我不知道怎么劝,于是想了想说:"面包会有的,一切都会有的。我儿子经常这样对我说。"

没想到这句话让她再次伤心:"你说说,我能不伤心吗?你的儿子都十四岁了,可我连婚都没结。虽然在同学和同事面前,我说我喜欢独身,可是在你面前,我就不装假了,我想结婚呀,成个家,生个自己的儿子,一家三口下班后去逛公园、散步,多好呀!"

我这次不知道该怎么劝了,怕再惹她不高兴,于是递给她一张纸巾,没想到她一把把我的手握住:"你说咱们是不是好朋友?"

我故作生气地说:"你说呢?"

她说:"在好朋友面前你说实话、真心话,我是不是已经没救了?好几个介绍人都说我瞧上的人嫌我没有女人味,你说小说中不是写了吗,那个爱你的人,命中注定的人,将会立刻透过他呈现的怪的,甚至单调的外表,看到他内心燃烧着的烈火。你帮帮我。"

我认真地打量着我的朋友，诚实地说我发现我的朋友还是很有女人味的，至少在外观上，眉毛是修过的，化妆也很得体，典型的知识女性形象。穿的衣服也是要形有形，要态有态。这可真难住了我。

"我真的没有认为你没有女人味，只能怪他们有眼无珠。"

卓乐看我没有说假话的意思，松开我的手说："我明白了，那就是我这人太没有情趣了，对，也有人说过，说我这个人当老师可以，但是当不了老婆或者情人。"

"胡说，你从前在学校里就爱看电影、看演出，还爱逛服装店。到现在我还想吃你用酒精炉做的汤呢，那味道太好吃了。"

卓乐又像研究她的论文一样，那双近视的眼睛盯了我一会儿说："不错，说我长得不漂亮，还马马虎虎。怎么能说我没有情趣呢？一个女人，没有情趣，不就像花没有香气，叶没有色调？"

"真的很对，不愧是教授。"

"且慢，且慢，让我拿笔记本去，你是我的朋友，一定要帮我分析自己的不足，我已经三十七岁了，今年一定要把自己嫁出去，再不嫁出去，就完了。"看着卓乐大跨步地走进书房，我感到了自己肩上的责任。

正在这时，我爱人打来了电话。

卓乐抱着一个做工考究的笔记本走出来，发现我接电话，一会儿示意我放下电话，一会儿又和我不停地说话。我捂住电话筒，问她咋了。

卓乐说："无论如何，你今天晚上都不能走，我们要彻夜谈话。"

我为难地说："我好长时间没有见着我丈夫了，今天回来，他刚好开会，所以我就先试着给老同学打了个电话，连东西都没从包里取出来，就来找你了。"

卓乐一把抢过我的电话，用女教授在课堂上惯用的口气对我丈夫说："小王呀，我这儿有事，小童回不去了，我给你说一声。好，再会。"根本不问我的意见，就把电话挂了。

说真的，我觉得卓乐有些过分了，但又不好意思说，只好笑笑，心想丈夫肯定生气死了，哪有老婆一年不见丈夫了，回家来，第一夜却睡到了女朋友家里。

卓乐却没有看出我的心思，热情高涨地翻着她的笔记本，边翻边说，"你不知道，每次相亲失败后，我都把我自己能看上眼的人反馈回来的信息写到笔记本上，没事的时候，就耐心地研究、研究、再研究，以备日后改进。可是我改进了好一阵，到现在还是没有对象。有人说我反应太快，有人说我以自我为中心，还有人说我不会设身处地替别人着想，你说我怎么就没觉得。"

我好像有些明白我的朋友的不足了，心里很想说你就是以自我为主，从不替人着想。可是话到嘴边，却成了："他们可能是随口说的。"

"他们随口说啥？"

我又想起丈夫生气的样子，没有听到卓乐说啥，问了一句："你刚才说的啥？"

"我就知道你丈夫一来电话你就分心了，你怎么能这样呢，咱们是好朋友，你们夫妻以后整天在一起睡着，可我呢，整天一个人过着，你就不能为了朋友做一下牺牲？你不知道当一个老姑娘是多么的可怕，让你受一天，你都受不了。别看我坚强，我保持了健全的精神，睡梦中仍然会哭泣，抽屉里还藏着一只玩具娃娃。有人说刻薄的人使人感到不自在，我是吗？我知道我内心燃烧着秘密火焰，那表明我是一个艺术家的火焰。艺术不可能仅从匮乏、渴望和孤独中得到滋养，还必须要有亲昵、激情和爱。而情人，我则小心地绕过。在一个完美的世界里，我不是仅仅找个丈夫，找个能在一起睡觉的男人，而是一个具有完美的男性气质的人，能和他隐秘的自我相呼应。可是我见到的人，就是跟他们擦不出火花。火花呀，激情才可能有的神圣的精神的花。"

如果她不说这话，我可能不生气，一听这话，我就来气了："你这人怎么这样，我不是没有走吗？"

"你走吧，走吧，我一个人死了你才高兴。"

我很想走，可是一看到她泪流满面的样子，心又软了说："好吧，不理他了，我现在一切时间都是你的了。"

卓乐说："你不知道这六年来我的日子是怎么过的，真的，我为什么考研？为什么要考博？主要是想让时光快点过去。你不知道一个人待在屋子里是什么滋味。你知道我不喜欢看电视，书看得多了，就烦了，眼前全是小黑点。出去吧，大街上全是一家三口，要么就是成双成对的恋人。我曾经去看过几次电影，还碰上了好几个流氓，真的，一个人出去吃饭都怕旁人的目光。还有就是同事们的问话，刚开始，还能对付，时间长了，我都怕别人张口了。这样，跟人接触的就更少了。我盼着上班，上班了，我可以什么都不想，一下班，就急急地往家赶，家对我来说就像一个安全的窝。可是真回来了，我还是睡不着、吃不香。家里待不住，出去也没意思，于是我买了一个望远镜，只要闲着没事，我就望远方，可是望着望着也没劲了。"

"于是我就坐下来收拾书，每一本书都用沙纸擦拭得雪白雪白的。我做的不多，每天晚上两本，我怕我擦完了，不知道以后的日子还能干什么。"

"书还是擦完了，我又开始抄书，我把喜欢的文章一篇篇地用笔抄。刚开始我在电脑上敲，觉得太快，后来，我就用毛笔字抄，这样很慢。"

"这样也有烦的时候，一度我还迷上了上网聊天，谈了很多，没有几个正经人。终于碰到一个，得知我的近况后，很高兴，说他很想认识我。"

"可是你知道怎么的，我一见，我的天，都能做我的父亲了，还在网上说如果他不俊朗立马就走人。当时天黑，他非要把我拉到公园的树林里去，还说他知道一个老处女最需要的是什么？你说这是人吗？"

屋子静得出奇，我的眼泪都出来了，卓乐却没有泪，她就像在讲别人的事一样，安静而沉稳。

"我真恨我自己，为什么不会哭，至少在需要哭的时候，可是我没有。越伤心我越不会哭。我曾经暗恋一个老师，整整暗恋了三个月，实在忍不住了，就写了一封信，夹在他的书里。谁知道让她老婆发现了，他老婆跟他吵。为了证明他的清白，他来到办公室，当着很多人的面侮辱了我一顿。我当时就该哭呀，眼泪至少能证明我的委屈，至少能得到大家的同情。可是我没有，大家就认为我不是女人，就没有女人味。后来有人对我有好感，到学校来打听，有人就说那样的女人变态，是事业狂，你千万不能找。听到这话，我也该哭，可是我哭不出来。我想我可能真的不是女人了。"

"就在这时候，我给你打过好几次电话，你都不在。我留了口信，你也不回。我想你一定知道了我的情况，瞧不起我，我也就不打扰你了。"

"对不起，都是我不好。我那时的境况跟你一样，万念俱灰，恨不能自杀。想想远在都市的丈夫，还有即将出生的儿子，真的，一天都不想在那待。"

"你不想活了，至少是气话，因为你有儿子，你有丈夫，你是不会放弃这一切走的。可我，有了这个念头以后，就要具体实施了。"

"卓乐，别吓我！一切都过去了。"

"真的，我自杀过两次。第一次，我吃了一大瓶安眠药，可是刚吃到嘴里，我就后悔了，我想起了我年迈的妈，立即跑到卫生间去洗。还怕不干净，又跑到医院洗了一次胃。第二次，我又想死。也就是去年，我妈去世了，我再也没有牵挂的人了。我准备割血管。不瞒你说，我连存款都全部寄给我弟弟妹妹了，刀子已经拿到手里了，我还是下不了手。你猜怎么着，我想起了书。没有书的日子，我怎么过呀，在那个黑呼呼潮湿的陌生地方。于是我又活过来了。"

"卓乐，你别说了，我现在不是回来了吗？你有了我，就不会再孤单了，我永远是你一生的朋友。来，咱们好好分析分析你的不足，不为你找到一个好对象，我誓不罢休。"

"不是不足，是现状。"

老姑娘真是敏感，我连说："好吧，好吧，现状，我的姑奶奶，要不是我们同窗四年，我真想骂你一顿。"

卓乐这才破涕为笑。

就在这时，手机再次响了，还是丈夫。丈夫的口气硬多了："今天晚上不回来，以后就不要回来了。"

我把这话说给卓乐听，卓乐说："不管他，看他能把你怎么样？"

这次我真的生气了，生丈夫的气，生卓乐的气，也恨自己窝囊，最后索性说头疼，要睡觉。

卓乐给我换新的床单，换被褥，还问我喜欢吃什么宵夜？我说不吃。她又说你喝什么？咖啡、茶，还是饮料。然后给我七七八八地讲它们的优点和不足。

我听得头更加疼了，捂着被子躺下，卓乐又是给我捶背又是给我捏脚。望着她忙前忙后的样子，我心软了，认真而周密地帮她分析没有男人爱的原因。

这一聊就一夜，天亮了，我要急着到单位上班，说今天是第一次上班，卓乐才同意，我就手忙脚乱地穿起衣服来。

躺在被窝里的大学教授说她不用上班，说她可以睡一天了，然后仍不忘给我布置任务："回去把你丈夫约来周末吃饭，让他们男人来真实地评评我。"

外面下雪了，一打开门，一股冷风吹得我站不稳。再望望躺在温暖的被窝里的大学教授，我心里恶狠狠地说："没良心的，就因这，你也活该嫁不出去。"

3

我没有急着去单位报到，而是拦了一辆出租车，心急火燎地对司机说："快，平安里三号。"

"平安里三号是什么单位。"

"出版社，解放军出版社。师傅快点。"

车还没停稳，我就扔下十块钱说不用找了，急着往外冲。

"你急什么呀，钱不够，快回来。"

我笑了，还当在外省呢，北京出租车起价就十元。补了钱，我就一路小跑着往家赶。

哨兵又挡住了我，我说："回家，回家。"

一看哨兵新新的领花就知道是新兵，新兵都是守纪律的模范，也就是说是死守教条的模范，让我出示证件。我的证件当然还是外地的，于是又登记，又是打电话，我想给丈夫一个惊喜的计划还在萌芽就枯萎了。

丈夫没有像以往一样起来迎我，甚至连句话都没有说，我知道自己做错了，脱了衣服就躺到他的身边。

结婚十几年了，我有办法把对方的冷脊背给暖热。

果然不到五分钟，丈夫就笑了，不，应该说我们无论是从身体还是从语言，都写满了掩饰不住的满足和欣喜。

终于一切都归于寂静，我说真累。

丈夫头也不抬地说："你不是去搞同性恋了吧？"

"胡说什么呀？老姑娘，没人疼呀，我走了怕她寻短见。"

丈夫讥讽地说："你六年没有回来，人家都没有寻短见，你还真把自己当成了观音。"

我不想再说什么了，打了个哈欠，丈夫说："睡一会儿吧，我要上班了。"

"不行，不行，你先送我去报到。"

"我说呢，原来是要我送你去报到才回来的，你的好朋友怎么不送你去？不过，依我对你好朋友的理解，她折腾了你一夜，现在肯定在家里睡大觉呢。"

没想到丈夫真的说到我心坎上了，于是我不再说话，只是急着起床。

"你急什么呀，明天报到不行吗？"

"当然不行，报到完心里就踏实了，你不知道，这是全国报纸第一家呀！"

丈夫断然拒绝了我的请求："不行，我今天上午还有个会呢！"

"我不管，反正你得送我。"说着，我眼泪就要出来了，这当然不是对丈夫的，主要是对还睡在被窝里的女教授的一种变相的发泄。

"好吧，好吧，我的姑奶奶。"丈夫说，"不过，你快点，我先下去开车了，我真的开会。"

坐在车上，手扶在丈夫的肩上，我突然想：女教授有了丈夫会不会也如我一样这般的依赖丈夫呢？

丈夫兴致颇高，给我说个不停，我迷迷糊糊的有一句没一句的听着，心想总算调到一起了，从今以后，我要好好地享受丈夫，享受家庭的快乐。

"你的朋友还没有结婚？"

"是呀，她还请咱们周末吃饭呢！"

"我不去。"

"去吧，人家第一次请嘛！"

"你是不是想带着我给人家刺激受呢？"

"不是，是人家让我专门请你的。"

"她不会是看上我了吧。"

"美的你，人家是副教授，是主任，是博士生，带好几个研究生呢。"

"我明白她为什么嫁不出去了。"

"为啥？"

"书呆子吧。"

"才不是呢，人家让你去帮她分析分析嘛，我们是女人，不知道男人喜欢什么样的女人，你就去吧。"

"好吧，我倒要去见识一下这个嫁不出去又不是书呆子的丑女人是什么样子。"

"人家才不丑呢！"

"那就是讨人嫌，反正给我打电话，就那么几句话，我的直觉告诉我她不可爱。不信，咱们走着瞧。"

"不要胡说，你到人家面前，可要好好的，你是我的老公，一定要给我面子，我们是好朋友，只有她找到意中人，我的心里才能安宁。"

"你怎么越说越离谱，好像人家不结婚你就不安宁，好像你真的跟她怎么着了似的。"

"你说你都想到哪去了，人家是好朋友嘛。她有了家，心里就快乐了，我是她的朋友，当然也跟着快乐起来了。而且她在学校里对我真的很好，我们就像亲姐妹一样。你一定要陪我去，给她面子，就等于给我面子。"

"好，老婆大人的话我记着照办就是。"

没想到一报到，我就被直接分到了文艺部，并且立即就要上班。虽然没有当官，我也知道要烧三把火，于是又是翻报纸，又是向老同志请教。

时间一晃就到周末了，这才想起了卓乐的约定，又一想说不定教授也挺忙的，怕这约定早忘到九霄云外了。没想到周五下午刚上班，教授就打来电话了，很清楚地说明了时间、地点以及我必须带上丈夫按时赴约。

真怕丈夫有客户，没想到电话一打过去，丈夫就笑着说："没忘，没忘，一下班我就去接你。"

已离婚的同事吴大姐羡慕得直说："你丈夫真好。"

让我得意了半天。

4

虽然紧赶慢赶，但还是比约定的时间晚到了十分钟，教授可能等了半天了，满脸的不高兴。好在，我给丈夫提前打了预防针，他没有像平常一样，动不动就生气。

教授不高兴，我就想让她高兴些，说了一些很搞笑的段子，终于使气氛轻松了一些。

教授脸上终于露出了谅解我们的微笑，于是大家就天南海北地聊起来。

丈夫可能是因为与教授不熟，一直没有说话，我悄悄动动他的胳膊，他领会了我的意思，于是主动跟清高的教授拉起话来。

"你真不简单呀，都当上教授了，听小童说还带四五个学生，真了不起。"虽然他说得有些露骨，但还算适当。

教授这才把一张打扮得很光鲜的脸展给我丈夫，微笑着用我认为她从来没有用过的很好听的声音说："是的，带四个硕士研究生。"

"对，对对，是研究生。"

"不是，是硕士研究生。"教授的劲又上来了，我暗暗叫苦。

果然，一向做事为人很直的丈夫意味深长地看了我一眼，好在，谢天谢地，他没有再说出让我跟朋友不舒服的话来。

女教授这时非常和蔼地说："你对中国古代文学怎么评价？比如说陆机的《文赋》和屈原的《离骚》哪个好？还有《还魂》的男主人公叫什么？"

我的天，女教授真的把丈夫当作课堂下的学生了。我忙说："他是学经贸的。"

丈夫没有说话也没有点头，只是把视线递到了窗外。

女教授同情地瞧了我一眼，说："这么简单的文学常识中学生都该知道的。"见我们没有反应，又说："好吧，不说了。咱们喝的这个咖啡是进口的，我特爱吃，听说喝了对人身体非常好，学名叫什么呢，我忘记了。对了，小王，你也来尝尝鲜，这可是我特意点的。"

丈夫听了教授的介绍，不能再无动于衷了，只好喝了一口，马上就呲牙咧嘴不停。

女教授皱起了眉头。

我忙说："咱们说正题吧，小王，你有没有合适的单身朋友，给卓乐介绍一个。"

丈夫说他一定留意。

女教授说："我要求不高，只要两人能谈得来，就行了。"

丈夫笑着说："不过，我的朋友里面可没有人知道符号学或者什么德里达之类的。"

"没关系，只要人好有情趣就行。"女教授又成了我的朋友卓乐。

"对对对，小王，你现在也了解卓乐了，看着跟她合适的就帮着介绍介绍。"

丈夫点头，看了看表，我想必须抓紧时间了，于是我说："咱们点菜吧。"

卓乐说:"我已经点过了,马上就好。"
我笑着说:"今天是你请客,小王买单。"
卓乐说:"那不行。"
我说:"哪有男士跟女人吃饭让女士买单的事,卓乐,咱们多年不见了,谁都一样,等你有了男朋友,再让他买。"
卓乐非常严肃地说:"不行,我说了我来买。"
我们不再争执。
菜一点儿也不合丈夫的口味,太清淡了,丈夫吃了两口,就只管喝酒。我觉得有些歉意,时不时地说着话打趣他,暗示他给我点面子。
卓乐也不时跟丈夫敬酒,吃的还算可以。
这时,一盘青菜端上来了,里面全是绿色,挺好看的,我夹了一口,尝了一下,说不错,建议他们都尝一下。
卓乐忽然说:"不对,这菜不对,肯定是放色素了,怎么会这么绿?"说着,立刻叫服务员过来。
一看服务员就是新来的小姑娘,吓得脸都白了,我说算了吧。
"不行,要么退掉,要么把你们经理叫来。"
小服务员一直站着不动,眼泪开始流。
丈夫放下了筷子。
卓乐的声音越来越高了,惊得周围人都看我们。
我说:"卓乐,算了,算了,小姑娘挺可怜的。"
小姑娘说:"阿姨,对不起,菜是不能换的,经理也不在。"
"谁是你阿姨,我有那么老吗?"卓乐更不乐意了。
丈夫起身走了。
领班总算来了。

东说西说,半小时过去了,丈夫还没有回来,我说:"算了,咱们撤吧。"教授用着她课堂上的语言给领班、给我们、给小服务员、给在座的大家都讲起课来,什么天然绿色蔬菜,什么光合作用,听得我也云里雾里的。
一直到领班说换菜,但不退,卓乐才罢休。忙着结账时才发现,丈夫已经结了。

丈夫在车里，我们找到时，我示意丈夫送一下卓乐，丈夫说回去还有事，刚接到一个同事的电话。

卓乐说："没事儿的，我家离你们家很近，一会儿就到。"

这一会儿又误了半小时，丈夫晚上一句话都没有跟我说，第二天起床的第一句话就是："老处女、变态、过分的挑剔、刻薄，还自以为是，我相信她永远也没有人要。"

晚上，卓乐就打来电话，问我丈夫对她的看法，我把我能理解的比如说不近人情、有些挑剔、还有些不太讲道理，都给她讲了，当然都是很巧妙的，可能是太巧妙了，女教授居然很轻松地说："看来不错，我就等着他给我介绍对象了。"

听了这话，我还真发愁了，觉得自己身上多了一副担子，禁不住想啥时这副担子才能放下来呀？

以后的日子无论是半夜还是清晨，电话都会响起来，电话里的卓乐有时高兴、有时忧伤，但大多时候都是说对象的事，说得我真觉得自己欠了她的一个对象，开始怕接电话了。

每次都让儿子接电话，要么说我出差了，要么说我正在加班。即便卓乐打我手机，我也只是应付几句，借口有事挂掉了。

一次卓乐说她病了，当时我正在郊区开会，没有太在意。那天丈夫接我回家，我想顺路去瞧瞧她，于是打电话过去。她一听说我跟丈夫去，却说："我家里乱，你要是跟丈夫来，就不要来了。"

我很气愤，一时生气，就不再理她。

过了些日子，又想起她一个人的日子，忍不住给她打了个电话，她很高兴，说"你到我这儿来吧，我有许多话要对你说。"

我听着她的声音，觉得不好意思，于是答应跟丈夫商量。

丈夫说："咱们不是说好去公园的吗？"我一下子想起，于是给卓乐说改时间。

卓乐生气地说："你让我生气，你既然答应我了就必须来。"

我说："好吧。"

我们正在说着话，丈夫就生气地训我了，我想卓乐这时候会说算了，你们还是到公园去吧。可是卓乐没有说，我只好去了卓乐那里。

当然又是谈朋友，又是谈一次又一次的相亲，于是我如实地说出了她的不足：要善解人意，凡事站在人家的立场上去想。

卓乐笑着说一定改，一定改。我叹息了一声，真不知如何再劝她。

吃饭的时候了，卓乐说："咱们就吃剩饭吧，你没有意见吧。"

我说："没意见。"

我当然有意见，我跑了这么远的路，不惜跟丈夫吵翻，听你啰嗦半天，怎么能让我吃这样的饭？你到我家我可是都让你到外面吃饭的。

这时儿子打电话来了，说作业本找不到了，我借口就回家了。

又是两个月我再没有主动跟卓乐联系，卓乐也没有跟我联系。她知道我为吃饭的事生气了。

一周接不到卓乐的电话，我心里就空空的，说真的，卓乐虽然有许多毛病，但是仍然是我的好朋友，我们两个能聊得来，在一起的时候还是很快乐的。于是我又想打电话，丈夫不让打，说给人家还没有找到对象呢，打了不好。于是作罢。

5

我开始四处帮卓乐找对象。不管我认识的不认识的，只要碰到能说上话的人，都是一句话："请帮我朋友介绍个对象吧，她长得挺漂亮的，挺可爱的，还是大学老师，有房子。"

最好玩的是我妈，她老去街心公园锻炼，跟着一伙老头老太太学跳舞。听了卓乐的故事，又见了人后，眼泪流得像断了线的珠子，非常保证地说："多可怜的闺女，妈也没了，我就是她妈，我一定要给她找个好对象。"

老太太办起事来很认真，先找一个本子，仔仔细细地把卓乐的情况问清了，又要了一张照片。我说："不用的。"

老太太两眼一瞪，吓得我立马住口了。更好笑的是，她还让我亲爱的老爸也拿一份。因为老爸是在老战士大学上学，接触的人更多。

最后搞得我家好像成了婚姻介绍所，老头老太太整天接个电话就一条条地全记在本子上，就连我跟丈夫弟弟弟妹随便说过的一个人，或者就是同事，只要人家没有妻子，都成了老人们下手的对象，全都记下来，好多还放着照片，让卓乐细细地择优"录取"。

谁也没想到，死要面子的卓乐认为这样丢人，坚决不见。

我跟丈夫、老爸老妈，还有弟弟弟妹，轮番轰炸。弟妹以她在医院的经历说老姑娘时间长了，会得病的，小则打针吃药还管点用，大则坐着看电视，可能一会儿心脏就不跳了。同时还能叫出人名、单位、病名，听得我都心惊肉跳的。

可是卓乐卓教授却说："我怎么不知道呀，什么报纸什么书什么网站告诉我，我明天就去查。再说了，这些我还不一定信呢，据我所知现在可时兴单身贵族呢。我想到哪儿，就到哪儿，根本就不用人管，不用向人请示。"

这家伙怎么又成了这德性了，难道那天哭哭闹闹的不是她？

丈夫说："好吧好吧，卓教授，算了，我们都咸吃萝卜淡操心了，对不起，算我们一家子义务劳动了。"

我一看卓乐脸色变了，有些不忍。老妈也瞪了我丈夫一眼，说，"走，到一边去。"我的弟弟弟妹们也不理卓乐了，各自回房。

卓乐瞧了瞧我，我给了她一个冷脊背。卓乐只好走到母亲面前，"大妈呀，大妈，不给谁面子我也给您老面子呢，您就像我亲妈一样，我怎么能不去呢，怎么能让您操心呢。"说着，就要老妈给她具体介绍。

丈夫不阴不冷地悄悄对我说："都什么时候了，还摆臭架子，只有我知道她心里是恨不能明天就结婚。"

我一把捂住他的嘴。

丈夫说得没错，卓乐是装的，跟我热心的老妈老爸整整研究商量了一个下午，最后定了四个相亲目标。四个人中，我最看好的是个出版社编辑，人长得一般，但年龄不大，我认为还行。最主要的是虽然离婚了，但是没有孩子。母亲看好的是一个科长，母亲说当官是不错的，而且是在水电部门，将来过日子省水省电能省出一大笔开销。老爸则执意说他一个老战友的儿子，部队干部，人可靠。虽然自主择业了，工资还是能保证的，如果再有本事，生活过得就像大富翁。

我问卓乐看好哪一个，卓乐回答："都不错，一天见一个。"听得我们大家都很高兴，看来老姑娘动了凡心。

果然，卓乐一会儿让我带着她去美容，一会儿又让我陪着她去买衣服，要不就是找相亲的地方。还说每一次行头都要不一样，要体现出自己的特色来。

谁知道对方一见面，卓乐就问人家为什么跟前妻离婚了，对方刚开始还有点耐心，后来经不住卓乐的再三追问，拂袖而去。

后来的我就不参加了，就让他们两个人单独见面。她刚开始还愿意去，后来因为见了一个，听她说人家连杯水都没喝完就再见了。于是她就死活不见。我亲爱的妈说："姑娘，干妈陪着你去，看谁敢这样没教养。"老妈一出场，果然扭转了局面，那个科长一心看上了卓乐，三天两头地给老妈打电话，无论老妈怎么做工作，卓教授都说"大妈，你不知道，那人有病，我发现他口腔有问题，真的，满嘴都是臭味，肯定胃不好，要不就是有牙周炎，你说我怎么能跟一个有这病的人生活一辈子呢。"

老太太收了科长的一袋水果，结果没有让他们再见一面，老太太觉得很对不住科长，伤心得大病了一场，说，"我再也不管了。"

老爸也陪卓乐去了一次，只是没有在饭店，到人家家里。结果卓乐根本就没有见上人家的儿子。原来是老头老太太剃头担子一头热。

争胜好强的弟妹又介绍了一个，是他们院里的医生。这次是卓乐不愿意了，说："这人是我以前见过的，他四十岁的时候我就没有瞧上眼，现在四十三了，我还能瞧上他？"

把我气得要死，没想到这家伙是这样子。但话说回来，大多数时候，人家瞧上一面，就不想跟她相见了。刚开始，我为了不伤她的自尊，还找借口。后来看她仍执迷不悟，就变得尖刻起来了，说出了真相。气得她说："我知道，你是烦我了，恨不能把我像破烂一样处掉，我要过一辈子呀！总不能凑合吧，我要凑合早就凑合了，还能等到现在。"

我也生气地说："你呀，太不切实际了，要现实一些。现在五十岁的男人找三十来岁的都嫌大，你呀，没有多少优势了，差不多就行了。"

"反正我不是什么垃圾处理站，只要是男人就嫁，你们这不是伤我的自尊吗？"说完，她头也不回的走了。

你说这算什么世道，我们贴进电话费，费了时间和口舌，还搭了人情，没想到换来这个下场，大家都埋怨我不该有这么一个老处女朋友。

丈夫说我活该，自找的。

我气得半天说不出一句话来。

6

我真的挺想卓乐的，几次拿起电话，又放下，我想这次我一定不先给你打电话了，谁让你这么气人呢？

不给卓乐打电话的时候，我真的度日如年，心里的幸福和痛苦我发现丈夫根本就不能理解，说确切点，也不是不理解，而是他根本就不能体察女人的心思，只有卓乐懂我。可是我就是不给她打电话，我要她知道有个好朋友是多么好的一件事，要让她学会珍惜。

一个月后，卓乐忽然给我打来了电话。接电话时我又惊又喜，故作生气地说："你这家伙还知道给我打电话？"

卓乐说："别生气，我出差了，到外地开会了。"接着她兴奋地告诉我她找到了意中人，对方是个画家，现在已经跟老婆分居了，他们是在开会的时候认识的，都有一种相见恨晚的感觉。自己一点儿也没想到很快就陷进去了。这次自己可是一点儿自尊也没有了，三天两头地给人家打电话，一来二去，两人就好上了。

俗话说的好："老姑娘谈恋爱，就像老房子着火，没救了。"我真为她高兴，让她抓住机会，一定不要放过。

我把卓乐有对象的事告诉家人，反应最快的是妈妈，妈妈说："快让她带来给我们瞧瞧，我倒要看看她能找个什么样的佳婿。"

虽然是这意思，可是我说话的时候，是不能对我们女教授这么说，当然要请他们到我们家做客。

卓乐很为难地说："他很忙呀，整天画画。一点儿时间都没有。"

我说："还是领来我们瞧瞧，给你把把关。"

"不用不用，我这辈子就是他了，谁说啥也没用了。"卓乐笑着说。

"那不行，你说不定又是骗我呢，这次我要是不见人，咱们的友谊就到此为止了。"我认为对卓乐这样的人，最好的办法就是使用激将法。

果然，卓乐说："好吧，好吧，我可不是那种重色轻友的人。"

一个画家，听说还挺有名，我的家人特别是受到给卓乐找对象打击的弟妹爸爸妈妈，包括我自己在内，都迫切盼望见到画家的尊容。

为了表示我对朋友的重视，在卓乐告诉我他们再有十分钟就要到达的时候，我已经到院子的大门口恭候了。

当时天太热了，天气预报说三十八度五，我一出来就后悔了，但是我知道卓乐知道我顶着烈日恭候大画家不定在男友面前多有面子呢！于是只好边擦汗边不停地朝来路望去。

远远地我发现卓乐了，至于那个画家，我把四周的人都打量了一遍，只有一个撇着腿，穿着廉价的后背已经湿透了的白短袖的老男人离她不太远，两人一前一后地走着。后面再也没任何人。

完了，我妈那一桌菜算是白准备了。

卓乐跑到我跟前，身上脸上全是汗水，我说："小姐呀，你不是一直打车吗？这么热的天，我站了几分钟，都要晕倒了。"

卓乐含羞地一笑，朝后一指："他喜欢坐公交车，说也是一种体验生活。"她指的就是他。

我的天，这个长得特像民工的人竟然就是画家，我一下子不知说什么好了。

"进吧，走吧，大妈可能都等急了。"卓乐又是给我递眼色又是悄悄地拉我的手，我故作不懂。卓乐急得对画家说："我朋友，她从小就被她妈惯坏了，见人从来不打招呼的。"

老男人方磊朝我笑笑，我只好也朝他咧了咧嘴。我在前面走着，画家一瘸一拐地跟在后面，一股臭汗味扑到我鼻孔里，真想吐。卓乐大概看出了我的心思，又是一脸讨好的样子，我只好对这个老男人客气了许多。

一进门，老妈第一个见到老画家，吃惊地连削苹果的刀子都掉到了地下，只有老爸还算好，递给对方一支烟，说："咱们俩谁大？"

画家倒是很谦和，说："我比卓乐大二十岁，五十七岁了。"

五十七岁的老男人看长相至少有六十多岁，满脸的褶子，头发也白了许多，一点儿也没染。跟卓乐坐在一起，就像一对父女。

卓乐说："他一直在农村待着，刚从小县城来的，为了事业，在北京郊区买了一套房子。房子很大的。"说着，一脸媚笑，当然是向着画家的。我没有想到她在画家面前腼腆得就像个中学生一样，手指头不停地动着衣襟。

我这才想起老男人是个画家，于是很有兴致地说："方老师，你画的是中国画还是油画？"

老男人微笑着说："我是给连环画画插图的，偶尔也给一些图书、杂志画些插图漫画。"

卓乐马上说："对，我这儿就有老方画的一些作品，你们看。"说着，从她随身带的皮包里掏出一卷皱巴巴的纸来，那纸上不知是什么味道，反正很呛人，呛得我一下子咳嗽起来。

我们全家一一地扫了一遍画作，很像工笔画，画的不是三侠五义之类的就是三国、红楼、化蝶之类的古装戏，这些已经过时的东西我们也没兴致，倒是卓乐高兴地说："你看这人物的胡须，还有耳环，多细致呀。"

老男人微笑着。

弟妹好奇地说："方老师，这一幅画给你多少钱？"

老男人笑着说："三四十元吧，要是单画，多一些，也就百十块。"

卓乐马上接口:"老方对八十多岁的老母很孝顺,还有儿子,一家子全靠他养活的。"

我明白他们为什么不打车了。

饭上桌了,母亲好意给老男人碗里夹了一块排骨,卓乐马上夹到自己碗里,说,"老方是不吃排骨的,他喜欢吃鱼。"说着,马上给老男人夹了一块鱼,更好玩的是,她还细细地把鱼刺剔掉了,看我们大家都看她,很不好意思地脸红了,但仍然不停地给大家解释着老方同志喜欢吃什么菜。

席间,我进厨房,卓乐跟我进来说:"不要说什么话,我知道你们瞧不起他。但是人不可貌相,我就喜欢他对事业的那种执著的样子。别人画插图,都说个大概就行了。他不,无论是长篇小说还是一篇小品文,他都要全部读完才画,他一年画不了多少画,但是他说画就要画得跟别人不一样,有自己的特色。"

"他对你好吗?"

"当然,对我好的没法说了。"

没法说了就是说不清,于是我也就不问了。

他们一走,妈就大叫:"什么叫一朵鲜花插到牛粪上了,我想这就是。可怜的闺女,要是听了大妈的话,也不至于饥不择食,找了这么一个'国宝'。"

弟妹更是不甘示弱:"我给她介绍的那个医生,你猜人家怎么着,找了一个二十三岁的小姑娘,那个漂亮呀,赛章子怡了。"

只有丈夫说:"我怎么觉得卓乐像换了一个人似的,连我都不认识了。"

7

后来,卓乐的电话就越来越多了,无论是白天还是晚上,无论是什么时候,只要她难过,就是半夜,她也要把我从热被窝里拎出来,听她的电话。这一聊，至少就是一个小时。

反正所有的话题都是"他"，一会儿说吵架了，一会儿又说和好了。就这么吵吵闹闹中，我总想着他们不是一路上的人，肯定会分手的。

结果，半年后，卓乐说："小童，对不起，这两个月我整天跟他在一起，我们俩有说不完的话，我才发现，你过去说的我的毛病太对了，经他一说，我才真正明白了，我最大的毛病就是不理解别人，还自以为是。以后，你一定要批评我，还要让你的丈夫也批评我，只有真正的好朋友，才能使我成为新人，成为老方的朋友加妻子。"

我说："爱情能改变一个人，卓乐，你真的变了。"

"当然，我变了很多了。过去，我一点儿都不喜欢孩子。现在，你不知道，我是多么喜欢他的儿子，就像我亲生的一样。小家伙刚开始不喜欢我，一见我就朝我脸上吐唾沫。我当时愁得几宿都睡不着。我知道，老方是将近四十岁才得了这么一个儿子，真是含在嘴里怕化了，举到手里怕摔了。要想得到他的爱，只有争取他儿子的心。"

"后来，我发现小家伙喜欢打游戏，就给他买游戏碟，带他出去吃肯德基，还有，给他买他最喜欢穿的耐克鞋，现在呀，差一点儿就叫我亲妈了。对了，你看，差一点儿我都忘了正事，你们报社交往的人多，能不能给我联系一所学校，老方的儿子现在转学过来，小家伙学习挺好的。该送礼就送礼，该怎么办就怎么办，只一个条件，学校教学质量要高。"

"你一向清高的人怎么也世俗了？"

"没办法，我也是俗世中的人。"

"好了，现在我可忙了，他儿子现在上好几个班呢，什么数学班、英语班，我说的事你一定要办成。我马上带他去上课，小家伙在这儿，路又不熟，明年就考高中了，现在可要抓紧。"

"他能离婚吗？"

"他说会的，等儿子考上高中后。他对他老婆没有感情，他老婆对他有感情，都是为了儿子，两人为了儿子争来争去。他只有放弃了儿子的监护权，对方才同意离婚。他现在还没想好。不过，这都一样的，小家伙他妈妈为了让儿子有个好前程，还是同意先让儿子跟他一起到北京。"

"那你一定要对他好，男人，其实跟女人是一样的。"

"我明白，我对他好，对他儿子好。无论儿子归谁，都是他的儿子，也就是说是我的儿子，这辈子我也不打算要儿子了，我已经告诉他了，那也是我的儿子。"

我给方磊儿子联系学校的事，一点儿都不顺利。人家都说插班困难，况且小孩子来自于一个县城的学校，学校也不想影响自己的升学率。

我把情况对卓乐一说，她说："不行，你还得给我想办法，你让你们头儿出面总会解决的，实话告诉你，我已经打听过了，全北京就这个学校是好学校，我们不惜一切代价也要上。"

"我们头儿很难说话的，我说你犯不着这样。"

"不行，那是我的儿子，这样吧，晚上你约你们领导吃饭，我晚上过来，这事要搞定。"

"不行，你千万不能这样，我们领导见了女人，可是挪不开步的色狼，你还是别来，他又不是你亲生的儿子。"

"又胡说了，谁说不是我亲生的儿子。其他的事你不要管，只管把人约到。"

领导一点儿也不给我们面子，卓乐这时候一点儿也不像我认识的她了，讨好领导的话语肉麻得都让我想吐，可是领导还是没有松口，诉说了种种难处。

两千元白花了，返回的路上我说："卓乐，你已经尽力了，方磊知道，也该感激你的。我给你联系一个比这个学校差一点的学校，一分钱都不用花的。"

卓乐好像在想什么事，半天没有反应。

我捅了她一下："想什么呢，小姐，给你说话呢！"

她这才像醒过来似的说："刚才你们领导说什么，他喜欢画，对吧？油画，俄罗斯的画。"

"你想送画？"

"对，你认识画界的人吗？"

"你们家老方不就是？"

"他是中国画嘛，再说他到北京才来几次。送领导画当然要送好画了。"

"人倒是认识，可是听说一幅画至少万元以上。小孩子最多上两年学，不划算。"

"你得你儿子上初中以后，才知道好学校对小孩子意味着什么。我现在可是门儿清了，咱们要上的这个学校，听说上四中百分五十，而四中上北大听说也是百分之五十。所以，这孩子上了这个中学，等于已经一条腿已经迈进了北大的大门。"

"好吧，看来我送佛一定要送到西了，没办法，谁让我是你的好朋友呢。"

她抱着我的胳膊说："没错儿，这辈子我缠上你了，说不上以后你还要给处理后事呢！"

我掐了她一下："再胡说，我把你从车里扔出去。"

果然，一幅四万元的画摆平了此事。

8

闲来无事，我到卓乐家，发现满桌都是这样的纸条，为了表明我朋友的敬业精神，我把她用红笔打了圈的一张，一字不差地把其中几个照搬如下。

酸辣泡虾：

材料：

虾500克、柠檬2个、泡野山椒100克、红朝天椒50克、糖1汤匙、白醋1汤匙、鸡精1/2茶匙

做法：

1. 虾去掉虾头，从背部挑去泥肠清洗干净，放入沸水中煮约2分钟，待虾身颜色变红后捞出。

2. 柠檬洗净后，从中间切开挤出柠檬汁。

3. 将煮熟的虾倒在一个大碗中，加入泡野山椒（泡椒的汁也要一起加入）、柠檬汁、红朝天椒、糖、白醋和鸡精，盖上盖子浸泡2个小时。

4. 将泡好的虾和柠檬片拌好放入盘中即可，放在冰箱里冰一冰会更爽口。

我说："这是干什么，是不是要开饭店了？"

卓乐笑着说，"还有呢，你看这一张，是关于啤酒鱼的，就是桂林阳朔那种做法，这些资料我都是在网上下载的，我现在才真正明白生活比文学精彩多了。"

"张爱玲在生活中老是闻到香气，我看不错。对了，你给我念念啤酒鱼的做法，我准备材料。"

我只好一字一句地念起来。

材料：

1斤左右的鲜鱼1条，易拉罐啤酒一罐（我用的是雪津的，不算广告吧，嘿嘿），西红柿1个，尖椒1个，芹菜2条，葱姜蒜适量。

1. 锅内放油，将姜片爆香。

2. 用厨房专用的纸巾吸干鱼的水份。

3. 鱼煎至六分熟时，洒上剩余的姜片和蒜，倒入啤酒、料酒、生抽、鸡精、盐，煮5分钟。

4. 加入切好的芹菜、葱白，继续煮10分钟。

5. 加入切好的西红柿，再加1小勺的醋，稍煮一下，就可以出锅了。

读完，我大笑不止。卓乐却像研究课题一样，说，"什么专用纸巾，你见过吗？明天我到超市去买。今天来不及了，我先用纱布吧，刚消完毒的。"

"今天我们就做啤酒鱼，他们父子最爱吃了。你不知道他们一直生活在小县城，真是啥都没见过，我要让他们吃遍世界上最好吃的东西。对了，把你丈夫儿子都叫来，我已经试验好几回了，一定要让你们尝尝。"

我说:"算了。"

她说:"不行,你丈夫肯定讨厌我,现在我再也不像过去那么不懂事了,你不知道,只有男人才能改变女人。来吧,来吧,他们不来,我可不答应。"

丈夫在我的动员下也来了,啤酒鱼做得真不错,我们全吃光了。就在我们直夸卓乐时,她却说了一句让我们气得喷血的话:"这下,我可以让他们父子吃了。"

原来她把我们当成试验品了,我们心里有点不高兴,但留在嘴里的香气仍让我没法生起气来。

告别时,卓乐没有忘记把那些她在网上下载的菜谱给我装上了,还叮咛我一句:厨房是职场女人最后的堡垒。

丈夫回到家里,一直不说话,我说:"怎么了?是不是又生卓乐的气了?"

他说:"卓乐变了,真的没想到,她怎么一下子就变成这个样子了,真让人难以想象。"

"你羡慕了?"

"当然呀,你要是学会她这几道菜,我们就享福了,看来女人是离不开男人的,男人是女人的大学呀!"

9

以后我见卓乐的机会就更少了,打电话她也是匆匆忙忙的,好多次我话还没说完,她就不好意思地说:"你拣重要的事说吧,我的事真的不少。"

一会儿说帮方磊描画,一会儿又说学骑自行车呢。

我说:"你上班不是就在院子吗?"

"方磊的儿子报了好几个班,方磊没时间,我打算送。"

有次大雪天,天特冷,雪花下在脸上真难受,我坐在丈夫的车里,这时在茫茫人海里,发现了她。她骑着车,后面坐着一个男孩子，丈夫直说："这家伙，真的够可以呀！"

追到她旁边，让她把车放到车里，送她一下。

她脸上红红的，不知是冷的还是出了汗，虽然喘着气，但脸色很好，神清气爽。摸着那男孩的头说，"叫阿姨"，又回头对我说，"我儿子，怎么样，够帅的吧。"

说完，她就着急地说："走了，孩子要迟到了。"

望着她风雪中的背影，丈夫笑着问我："你能做到吗？当后妈。"

我打了他一拳，让他老老实实的，否则就挨大嘴巴子了。嘴上虽然如此说，心里却在想，我比她幸运。

一年后，那孩子考上了四中，全国最好的高中，卓乐为了跟儿子建立感情，也为了让所爱的人高兴，主动提出带儿子到北戴河玩。

走时她给我打电话，我说"你带去行吗？再好的关系处的时间长了，就会有矛盾了。"

"方磊有事，他妻子也要考职称。我虽然还有课题，可这些对我都不重要了，我现在只想学会如何做一个称心的妈妈，一个称职的太太。再说小伙子那么大了，又不让我背又不让我喂的，没事儿的，你放心吧。等着我回来，给我伴陪娘吧。"

"你要结婚了？"

"他老婆已经在离婚协议上签字了，等我回来以后就要结婚。对了，现在，你跟我一起去买婚纱吧。"

"租一件不就行了？"

"那不行，我一定要穿自己的，我从懂事后就梦想着结婚，二十多年了，我一定要自己漂漂亮亮的，要把自己的婚礼搞得隆重之极。一生中唯一的一次呀。"

挑了两天，总算买了一件最合适的，卓乐穿着不停地照着镜子，边照边说："真漂亮呀，要不，人家咋说新娘子是世界上最漂亮的女人呢？"

我说："干脆咱们照张照片吧。"

"不，我要和老方一起照。"说着，她把婚纱小心地让工作人员叠好，提到手里，笑着说："我感到提着这东西，就像提着我的一生一样。"

可老天这么不公平，怎么不让她如愿，说事儿这事儿就来了！小事儿也行呀，过去了就过去了，可这人命关天的大事怎么能说过去就过去呢？

10

我打了十几次电话，都没有人接，我又给方磊打，他说："我回去跟你联系。"我问卓乐，他说人走了，说这样的人真差劲，事出后，竟然一个人跑回了北京。

回家也好！我悬着的心放了下来。

方磊说："你说她多自私，在这之前，竟然要我跟她照一张结婚照，我说可能吗？她说只是个假的，她知道我不会跟她结婚的，我拒绝了，她就走了。"

放下电话，我不禁埋怨起卓乐了：看来你这以自我为中心的脾气还没改。

谁知道，第二天半夜，我又一次接到了方磊的电话，方磊说："我对不起卓乐，真的，对不起，我没想到，她竟然跳海了，她一直就不想活了，只是想圆个梦。"

卓乐是给方磊打完电话后，给我打的电话。

方磊和妻子赶到时，卓乐在病床上，已昏了过去。

方磊的妻子是个小学老师，只是平常话不多，很少见她有过笑脸。我听卓乐说过，她是一个很理智的女人。

再理智的女人失去了儿子，也不会理智了，她到卓乐的病床时，卓乐还没有醒来，他的妻子就一直坐着等着。卓乐刚一苏醒，就挨了方磊妻子的一顿打。

等医生护士赶到时，卓乐已经鼻青脸肿了，但是她没有一点儿反抗，只说："你打我是应该的。"

方磊的妻子边打边哭："我今天要打死你这个没人要的女人，你勾引了我丈夫，我当时就想杀你。我一直以为你是个年轻漂亮的妖精，所以我要杀了你，才解恨。那天我去了你的办公室，我想我一定要把你搞臭。可是我到了办公室，我发现一个比我还臭比我还老的驼背女人正戴着啤酒瓶底的眼镜在电脑前。她的脸上没有光泽，身姿那么僵硬，我放弃了。为啥？是可怜我丈夫，是可怜你，你不值得我生气，这样的女人根本就不是我的对手。我决定放弃丈夫，只要他愿意去拯救一个老姑娘，我就给他开道。可是你不但丑，而且心还坏，你把我儿子，我这一生唯一的儿子弄没了，我今天不打死你，我就不叫人。"

他也因为伤心，可能说了卓乐几句。当时卓乐说海边人可以做证，说着就要下床。

"我当时骂了她，你说我亲生的儿子呀，活蹦乱跳的，怎么能说没有就没有了呢？我心里难过，刚一听到这个消息，我都晕了。我打了她一顿，让她滚，让她赔我儿子。你不知道，我睡了整整三天，我不知道我以后的日子还怎么过。后来理智清醒了，一些当时在海边的人给我做证，其实他们不做证我也知道，卓乐不是那样的人，她对我和儿子的好我一辈子都不会忘记！跟她相处了快一年了，我才知道，什么叫爱情，什么叫被爱。我给她说对不起了，但是我真的不想再见她，让她走。她没有，一直守在我身边，一直到我儿子的事处理完毕。"

我不知如何劝说，没想到卓乐碰到这样的事，天灾人祸的事无法预料。

虽然如此，儿子没有了，妻子不能再伤心，他决定跟妻子过下去。

他把决定告诉卓乐时，她说："我理解，理解。"

他们住了最后一个夜晚，第二天准备回家时，他找不见她，才知道她跳海了，就在他儿子掉的那个地方。

"你说她怎么就那么想不开呢？跟我分手了，她还可以再找其他人，她怎么就那么想不开呢。我儿子没有了，她还这么做，又不能让我儿子重生。"

我听着，木木的，说不出一句话来。

方磊走的时候，递给我一封信，是卓乐生前写的。

小童：

　　当你读到这封信的时候，我已经在深海长眠了，我一直想到我最后的归宿，我是穿着婚纱跳海的，现在我如愿了。

　　你是我最好的朋友，只有你知道我一个大龄女子对爱有多么渴望，也只有你知道我是多么希望能有一个男人爱我，成立一个家庭的渴望；也只有你一定能理解，我不会也绝对不会让那少年葬于深海的，都是那海风，都是那不长眼的海浪。

　　那少年你见过，长得非常可爱，他对我很好。说他喜欢他妈，也喜欢我，对于爸爸的选择，他没有权利也没有能力去干涉。他懂事，学习好，我们成为了最好的朋友。

　　我答应他这一生只把他当作我亲生的儿子，所以我才放弃回家看父母的念头，去带他玩。

　　他说他想去看大海。这不正是一个好机会吗？我要好好地跟他培养一下感情，因为拿下了他儿子，就等于拿下了方磊。去之前，我已经把北戴河的游览景点都搞清楚了，我一定要让他玩得开开心心。

　　我们到了大海边，海真的太美了，我们就住在大海边上的一个小别墅里。晚上，他给我唱歌，给我讲他同学的故事，还讲了一个青涩的爱的故事。我感到我做母亲的情愫涌上心头。

　　第二天凌晨，我们到海边去玩，他在海风中，跑步的样子真英俊，让我从他身上看到了他父亲年轻的影子。他在跑，在唱，我跟在后面，再三叮咛他千万别走远。

　　他要下海，我说水太凉，一会儿吧，等太阳出来吧。

　　他很听话，服从了。他的个子比我还高，但是毕竟还是一个孩子，一个快活的孩子，总不时地一会儿玩沙，一会儿逗水，让我感到以后的日子充满了阳光。

　　好不容易等到太阳出来，沙滩上美极了，游人也很多，我们进到了海里，他会游泳，我还是不敢让他去深水区，我们在浅海里玩。

他说阿姨，去远一点儿吧，这儿人太多，空气不好。

我说别去。

他说没事儿的，现在浪也不大。

我望望金灿灿的海水，瞧了瞧远处，浪的确不大，于是我们就往深海区走了点，离另一家三口人相距100米左右。

人到水里真舒服，我想静静地泡在水里，就是享受。他已经成为一个少年了，我怕他不好意思，离他稍远一些，也就是几米的样子。瞧着他玩水仗，我也情不自禁地迎着浪打了一会儿。不知怎么的，打着，打着，我被一股浪冲打了一下，再瞧他，没了，就急着喊。小童，我晕了。旁边的那一家人跑来帮忙，把他拉起来时，进行人工抢救，已经没治了。我不死心，立即送医院，医生说没用了，被水一下子呛住了。我差一点要把那个医生吃了，可是没用了，小童，我恨不得倒下去的是我，而站起来的是他呀，我可爱的儿子。

小童，这时，我的天地都晕了。

后来的事我不想再说了，反正我知道我失去了我的儿子，失去了我的爱人，我没法再活了。但我特想方磊跟我照张婚纱照，我不能没有结婚就走了，那我多孤单呀，方磊没同意，我知道他不会同意的，他同意了我反倒不会爱他了。

我想了三天三夜，我一口饭都没吃，我想好了，我决定去死。不是为了赎罪，是为了陪那个可怜的孩子，如果我不带他出来，他就不会走的。

还有，我死的原因是我怕自己再回到那个没有爱的日子里，真的，那样的日子我一天都没法过了。你记得我曾经给你说过，我最爱又最怕看《心是孤独的猎手》，真的，好在，我守着大海心安了，我再也不孤独了。

你是我最好的朋友，完成我的心愿，把我的骨灰撒到大海里吧，只有躺在大海里，我才不会孤独。

好了，我走了，你好好生活吧，真羡慕你有幸福的家庭，有儿子，有丈夫，可我什么也没有。逢年过节来看看我，我是喜欢热闹的，带着你的丈夫和儿子。请你和你的家人原谅我，你们为我做了很多，可我为你们想的太少了，这一生我没法报答了，下辈子吧。我多么地渴望有自己的儿子呀。

其实我真的不想死，我刚才学会生活，享受生活，可是不死我活着已经没有意义了，真的，失去了方磊，我就已经死了。

只是让我不能如愿的是我到现在也只能一个人走了，好在，有婚纱为我做伴，大海的浪花为我送行。

死虽然让人害怕，好在，我已经死过两回了，无论如何，这次是不打算再活着回到这个世界上了。

卓乐
于生命最后的时刻

卓乐，你这个笨蛋，你为了这么一个老男人值吗？以后我心里有话，还向谁去说？

我自作主张，把她埋在了离我家不太远的墓地，我想，她会谅解我的，只要我活着，逢年过节我就会去陪她坐一会儿，聊聊天。卓乐走的第七天，我按照我们老家的风俗，带了几本书，来到她坟前，发现一个满头白的发老人坐在她墓前，画着像。

"方磊！"

老头看了我一眼，又低头画起来，边画边说：

"英台英台我的妻。"

画上是着古代戏服的卓乐和身着秀才衣服的方磊，两人头顶，一双蝴蝶飞舞着。

我又叫了一声方磊，老头这次抬起头来，竟然笑着唱道："小姐，你认错人了，小生梁山伯，前面埋着的是我妻祝氏英台。我接我妻子来了，你瞧，那不是我妻来了？"

我顺着他的目光望去，真的发现一对蝴蝶从墓前飞舞而来。

那年秋天，那年夏天

1

多少年过去了，我再也没有见过那么灿烂的秋阳，那么伤怀的夏日。

那时，我十三岁，刚上初中一年级。

初级中学在公社所在地，学校隔壁是卫生院，斜对面是供销社，供销社的隔壁是农机站。中间的大道高低不平，天一下雨，四处都是泥，踩在上面，常常把腿陷进去。农忙季节，农机站带着履带的东方红拖拉机穿过学校大门口时，像一辆坦克横冲直撞而来，身后不是卷起一股黄土，就是成片的稀泥随着履带的滚动，纷纷甩落，人踩到脚下，满鞋都是脏的。虽然如此，我还是很高兴，终于离开了一直生长的村子，住校到了公社所在地，公社还有放映站，时不时能看场电影，几步就能到供销社买块水果糖。公社就像一个小城市，使我上学的情绪极其高涨。学校后面是一大片果园，里面种满了苹果树，枝条长长地伸进校园，红红的果子高高地挂在枝头，我们却没有一个人敢摘。学校里面有三排平房，分别是初一、初二、初三。一个年级四个班。老师宿舍一排，再加食堂和图书馆。教室后面是个大操场，操场里面没有种草，跑起操来，扬起一路尘土。

这是我们第一次上英语课，因为英语是新开的课程，而且是外国人讲的语言，我们对教这门神秘学科的老师充满了期待。我是大家选出的学习干事，当然希望自己能把这门课学得全班第一。我的同桌、劳动委员李二虎则不停地说，要是是女老师就好了，再长得漂亮就更好了。

上课预备铃响了，我们伸长脖子朝着窗外望，果然望到了一位穿着红色连衣裙的高个女老师，她站在我们教室门口不停地说着话，不时发出清脆的笑声，而跟她说话的另一个人我们则看不见。穿红裙子的女老师长长的披肩发在秋日的阳光下闪着金光，还有她那洋红色的裙子，像一片夺目的霞光，搅得我们男生的心都乱了。

正式上课的铃声响了，红裙子老师却走过我们的教室，我们的眼神追着她的身影走了好远，结果，随着班长一声"起立"的口令，把我们的目光一下子拉回到讲台。

站在我们面前的是一位穿着奶白色裙子的女老师。当我们四五十人随着口令腾地站起来时，她的手哆嗦了一下，手里的粉笔盒和书全掉到了地上，她边拾东西边结结巴巴地说："坐坐坐。"

调皮的李二虎忽然大笑，其他同学也跟着笑起来，有些不听话的男生跟着起哄。老师拿起断了一半的粉笔在黑板上写下她的名字：吴琼。我们就小声地念道："吴京。"吴老师说不念京，念琼，玉液琼浆的琼。老师的字不好看，话也说得结结巴巴的。

我在心里轻轻叹息了一声，我想其他同学一定和我的心情一样，我望望同桌李二虎，李二虎正伏在桌上画老师呢，他的笔下活生生一个林黛玉。还别说，跟我们的吴老师很像，充满了忧伤。

正在这时，我们听到隔壁教室传来唱歌声，那是一腔好听的女声：

一条大河波浪宽
风吹稻花香两岸
我家就在岸上住
听惯了艄公的号子

看惯了船上的白帆

姑娘好像花儿一样

小伙心胸多宽广

……

多么好听的歌声，大河、稻花、号子、白帆，心胸开阔的小伙，鲜花般的姑娘，太诱人了，我们想起了《上甘岭》里那个漂亮的女护士，想起了揪扯人心的战斗场面。它可比把我们舌头折磨得不利落的英语单词诱人多了，再加上吴老师讲课实在太糟糕了。一看就是刚从学校毕业的，她说话结结巴巴，脸更是红一阵白一阵。相比起来，隔壁班的老师实在太会讲课了。她先是动听地边弹着琴边唱歌，然后就是教一句让大家唱一句。好像是先让女生唱，接着再让男生唱，再然后又一会儿是高音，过会儿又是低音全唱，最后是她一个人唱。她变化多端的教学方式，非常吸引我们，让我们产生了丰富的联想。我怎么也集中不起精力听吴老师给我们教 ABCDEFG 了。老师说 A，我们刚开始还张着嘴巴跟着念 A，后来声音越来越小，最后干脆我们就跟着隔壁唱起来：这是美丽的祖国，是我生长的地方，在这片辽阔的土地上，到处都有明媚的春光。

先是一个声音，然后是一群，最后是一个班。吴老师不停地说："静一静，静一静，同学们！"我们根本不听她的，吴老师脖子上的青筋鼓得好像要跑出来，她把英语书啪啪地在讲桌上摔了摔，还是没有任何作用，接着她眼泪就出来了，我有些于心不忍，制止李二虎胡唱，可是李二虎根本不听我的。我又回头望班长，班长一副与己无关的样子，眼睛望着别处。最后是，吴老师气得捂着鼻子哭着跑出教室了。

正当我们兴高采烈时，隔壁的歌声忽然停了，不一会儿穿红裙子的女老师带着吴老师走进了我们的教室。红裙子老师往讲台上一站，说："我是以后教你们音乐的柳老师，刚才我上音乐课的声音太大了，影响了你们正常上课，现在道歉。"说完她把吴老师推到讲台前，让我们给老师认错，说："吴老师英语特棒，读了好多本英语原著小说,是学校的高材生。你们要好好地听她上课,如果你们再调皮捣蛋,我不但要记下你们的名字,让你们不能上我的音乐课,还要让你们吃不了兜着走。'兜'字明白吗?"她背着手,"不是让你们把吃不完的好东西装到口袋里拿回家偷偷吃,我才没那么笨呢!我要把好吃的东西放在你们面前,让你们看着别人一点点地吃,让你们流着口水,能看到,就是吃不到嘴里。明白了吗?"我们看着她那双漂亮的秀眉一皱,大声说明白。"明白就是好孩子,"她说着,背着双手,走下讲台,朝着我们边走边说,"你们信不信,我的记性是最好的,比如第一排这个高个子,我知道你叫李二虎,是文体委员。身为班干部,不起带头作用可说不过去。"

李二虎没想到红裙子还没上课,就记住了他的名字,激动得满脸通红。

红裙子老师在我们教室转了一圈,一股香气立马洒遍教室。她边走边打量着我们每一个人,然后重新回到讲台上,说,"你们的长相我都记下了,谁要是捣蛋,就看我怎么收拾他。"说完,她把粉笔盒往吴老师胸前一推,说,"对这帮小子,第一次见面就得给点厉害的颜色让他们瞧瞧,否则他们会整天惹得你哭鼻子呢。"

吴老师破涕为笑了。

我仔细地把两位女老师做了比较,怎么说呢,如果把柳老师比作我最爱吃的水蜜桃的话,那么吴老师,就是紫色的葡萄。每一位单独出现,虽觉明艳,但并无惊艳。可是两人往那一站,才发现春兰秋菊,芳香袭人。吴老师骨骼清奇,有种诗意之美;柳老师,丰满圆润,有种饱满之态。吴老师的"吴"字,开阔大气;而柳老师的"柳"字,又多了婉约之态。

不知是因为柳老师的到来,给吴老师壮了胆,还是同学们害怕柳老师不让我们上盼望的音乐课,都老实了起来。到了下课,我们不但学会了唱 abcdefg 的歌,还一个追着一个说,你是 you,她是 she。就是在这个课堂里,我们第一次知道了英语是世界语,要实现四个现代化,做革命接班人,就必须学好英语。

在课堂上吴老师偶尔会笑,可是一下课,就像换了个人,她除了跟柳老师在一起散步，跟其余老师很少说话，在校园里我们跟她打招呼时，她也会嗯一下，再也没有了下文。

课后，李二虎悄悄问我哪个老师漂亮，我说："都漂亮吧。"

李二虎笑着说："我喜欢柳老师，柳老师长得喜庆，性格又开朗得像五月的喇叭花。皮肤白白的，脸蛋红润得像个水蜜桃，让人想咬一口。吴老师呢，一副弱不禁风似的样子，一看就是一副苦相，像棵没长熟的豆芽菜，没男人会喜欢她。"

说心里话，我喜欢柳老师，对吴老师敬而远之。

2

开学一周后，我们的班主任李涛老师到地区开会回来了，听说他和我们两位女老师一样，也是省城大学毕业的，只是他是中文系，吴老师是英语系，而柳老师当然就是音乐系的了。李老师毕业到现在已经带了两个班，这次又到地区参加教学经验交流。我们为能有这样出色的班主任而感到高兴。作为男生，我以男人的眼光挑剔起我们班主任，他个子不高，书生味重，但是训起人来，还是很有办法。他书读得多，看的电影比读的书还多，听说他最绝的活是学乔榛、童自荣配音。那时，引进国外电视剧非常流行，比如《血疑》《女奴》，他学啥像啥。那个像呀，让很多女生都迷死了。我们听人说得多了，就希望能现场看李老师表演。可是他回来就是赶课，根本没有时间给我们表演。有天，天太热，我们古文课上得昏昏欲睡，李老师忽然说："我给你们表演一段《血疑》的台词吧，大家想不想听？"

我们一下子来了兴致，高声说，"想听想听！"

李老师喝了一口水，清了清嗓子，说，"我学谁呀？"

我们大家，有人说学大岛茂，还有人说学幸子。

李老师笑了笑，说，"女的等我培养了接班人，让她表演不迟。现在我就给同学们学学《血疑》最后的结尾，也就是幸子爸爸大岛茂的一段台词。"

我们立即鼓起掌来。

李老师又清了清嗓子，朝教室外望了望，看空无一人，关上教室门，走上讲台，双手扶在讲桌上，用低沉而带磁性的语气说：

"今天在讲课之前，我想讲一件事。那就是我女儿幸子的事。幸子也和诸位一样，经过努力如愿考上了医学院，但是她死了，就在她期待已久的开学典礼的前一天，她死了。如果她还活着的话，就会和诸位一样，满怀信心地听课。我的女儿为什么等不到这一天呢，这都怪我这个做父亲的和主治医师……"

我们听得眼泪流了出来，我们是多么不愿意这让人难过的情节再次出现，可是我们又想让它出现，我们年轻而善感，敏感而多情。有脆弱的女生竟然哭出声来，而我，眼眶也湿了。

教室里鸦雀无声。

李老师拿起桌上的一本书，学着大岛茂的样子，双手捧起来，接着讲下去：

"这是她的病历，是她多年来与癌症斗争的记录。她是个好姑娘，虽然只活了十八岁，跟病魔做斗争，忍受了任何痛苦。就在她要战胜病魔的时候，脑组织病变夺取了她的性命。怎么会这样？"

李老师说着，猛抬头把飘在额前的长发潇洒地往后一甩，像是自问，又像是询问我们。

就在这里，教室的门忽然被推开，瘦脸校长走了进来，我们的心一下子提到了嗓子眼上。我们知道校长一直对教学要求极严，他脑子里整天就是我们学校跟兄弟学校的总分排名。讲出的话来也是："同学们，你们一定要努力呀，争取我们学校在全县有名，争取多考上几个初中专。"这样的校长，怎么容许李老师给我们表演电视剧？

我们都为李老师捏着一把汗。

"怎么会这样？"我们的李老师继续追问。校长已经坐到了前排的一个空位子上，脸上阴得好像要下暴雨。

"怎么会这样？因为我作为你们的班主任无能为力。同学们哪，你们想想，你们现在十三四岁，正是大好的年华，怎么能虚度光阴？坐在第三排的那位女同学你不要撇嘴，你不好好读书，考不上学，就得回家种地。到那时，你从你丈夫手里要一毛钱都困难。而男同学，你们将来是家里的顶梁柱，你们不好好学习，怎么能教育好你们的儿子女儿？怎么能让他们过上幸福的生活？"

校长的脸多云转晴了，他双手交叉搁在鼓起的大肚子前，不时地点着头。

李老师拿起粉笔，在黑板上写下潇洒的几个字：《孙权劝学》。然后轻轻扬了扬手中的粉笔末，说，"请同学打开书，听我背诵。"说着，他背起双手，走下讲台，大声地背诵起来：

"初，权谓吕蒙曰：'卿当今涂掌事。不可不学。'蒙辞以军中多务。权曰：'孤岂欲卿治经为博士邪！但当涉猎，见往事耳。卿言多务，孰若孤？孤常读书，自以为大有所益。'蒙乃始就学。"

校长在李老师摇头晃脑的背诵中放心地走出教室，我们看他走远了，不约而同地笑出声来，李老师却不笑，而是严肃地说："这课我要求你们课前预习，谁能翻译出来？"

我们以为校长走了，李老师会接着给我们学电影台词，可他严肃的表情跟校长一模一样，我想，也许是校长刚才把他的严肃像卸包袱一样，安在了李老师的脸上。

后来我知道，李老师有一台海燕牌收录机，所以他才学了不少电影里的主人公的台词。我们的柳老师常常到李老师屋里聊天，渐渐地，我们发现他们经常在一起进进出出。随着时间的流逝，同学们都说他们一定在谈恋爱。一个帅气，一个漂亮，我们都觉得这是校园一道亮丽的风景。

3

国庆节前，学校要参加县里八所初级中学的文艺会演，校长很重视，让教音乐的柳老师负责排节目。我在前面说过，我们初一分四个班，每个班都想参加。因为参加县里的文艺演出，可以到县招待所住一晚，最重要的是可以跟大家喜欢的柳老师在一起，大家统一穿着白衬衣，站在全县最漂亮的体育场里高高的主席台上表演，非常诱人。

四个班的班主任都很想争取，最后柳老师选择了我们班，说我们班的学生上音乐课特别专心。我对这个说法持怀疑态度，至少在我看来，包括我在内的所有班干部对音乐的重视程度远没有对英语、数学那么上心。你想想，考试又不考音乐，虽然我也喜欢听歌曲，特别是那些来自我喜爱影片的主题歌是那么的振奋人心："少林少林，有多少英雄豪杰都来把你敬仰。悠久的历史，举世无双。少林寺威震四方。"我相信每一个男人听到这样的歌曲，都恨不能学几招武功，在众人面前显摆显摆。可是我们的人生不是唱几首歌就能改变的，就像校长说的——我们农村孩子不能像城里孩子那样活得奢侈。我们的生活是什么？就像我们整天面对的田野，你洒下种子，就会有收获。那些开在地里的花呀草呀虽然赏心悦目、可爱，却不能喂饱肚子。

因为我们班参加，我们班主任在排节目时自然就要跟班。班主任召集我们班干部到他办公室开会时，柳老师也在场。

班主任说为了提升练歌效果，我们在学校后面老百姓的果园里排练。柳老师说："这个创意不错，但是人家会不会同意？"李老师自信地说，"这事交给我了。"然后又定表演的节目内容。

老师先让我们班干部一个个说。

文体委员李二虎抢着发言道："我们就唱柳老师新教的《我的祖国》，歌曲词美调美，内容更美。"

我说："大家都会唱，没有新鲜感。"

其他的人有支持李二虎的，也有支持我的，众说纷纭。

轮到柳老师了，柳老师让李老师说。李老师在屋子里来回走了两圈，说，"我的意见是咱们唱新的，这样有新鲜感，也能激起大家的激情。离正式演出还有一个月，学首新歌来得及。"

柳老师双手一拍，说，"我赞成。不过，这么多的新歌，选哪首合适呢？什么《让世界充满爱》《在希望的田野上》等，这些好听的歌，人人都熟悉。越熟悉要求就越高。"

李老师把手往桌上一拍，"我来写首新歌，你谱曲如何？"

柳老师高兴地跳了起来，"行！你快些写，我等着。"

李老师果断地说，"我三天后交稿，周日你谱好曲，周一我们排练。柳老师和我下午放学后就去找果园主人。"

果园主人是个长着马脸的矮个子，刚开始不同意，后来一看到美丽的柳老师去说情，再加上他女儿在旁边替我们帮腔，他就让我们保证不动他的一只果子，还让李老师写了保证书，说少一罚十。

李老师让我们几个男同学帮柳老师把学校唯一的风琴抬到果园里的一片空地上。

果园主人看我们排练了一会儿，就让他的女儿守着果园，自己扛着铁锹走了。

我们按身高排成梯形的四排，四周是即将收获的苹果，落日照在上面，果子表皮晶莹剔透，果浆散发出来的甜丝丝的香气比亲口品尝更沁人心脾。

我们排练的歌曲名叫《金色的阳光》，柳老师边弹琴边唱了一遍，真的非常美：

金色的阳光照耀在书页上
我们的课堂在果园旁
青春的日子弥漫着芳香
飞翔的翅膀
把我们托举在梦想之上
啊啊啊
美丽的校园年轻的脸庞
让我们记住这金色的阳光
……

最美丽的是我们的柳老师，她仍然穿着洋红色的裙子，只是这红比我们第一次见到的那件更红、更亮，在金色的阳光下，越发的娇艳。长长的披肩发垂在肩膀下，她笑得非常开心，修长的手指灵活地在风琴上飞舞着，穿着白色凉鞋的脚也富有节奏地踏着。果园主人的女儿一会儿瞧着柳老师的手，一会儿盯着柳老师的脚，满眼都是羡慕。

或许是在流溢着色彩缤纷的秋阳下，或许是在我们熟悉而热爱的庄稼旁，或许，或许有美丽的女老师和帅气的男老师，我们一个个站得倍儿直，脸唱得红通通的。我感觉我们的歌声穿越了果园庄稼，飞过高山大海，飘到远方那个我不熟悉却向往的地方。

唱了一会儿，柳老师就让我们休息。同学们有人坐在地头，有人弹琴。我走到李老师跟前，想看看他手里的歌词。此时，李老师坐在草地上，柳老师则坐在椅子上。我无意中听到了他们的对话。

李老师说："在合唱之前，要是加上男女二人诗朗诵，效果会更佳。"

柳老师连说："对对对，听说李老师你会写诗，那你写，我们俩来朗读。"

李老师说："柳老师，你得弹琴呀，全校老师只有你一个人会弹琴。"

柳老师想了想，说："是呀！不能没有人弹琴。"她想了一会儿，说："那就让吴老师来朗读。她跟我从小就是同学，在大学里她还登台朗诵过，可有感情了。你不知道，她的中文功底也很扎实，在我们学校是才女，还发表过小说呢。"

李老师略有所思地说："吴老师好像不太爱说话。"

"那是你不了解她，只要跟她熟悉了，她会说一整天的话，而且一整天都让你笑得肚子疼。"

"是吗？大家都以为她挺孤傲的。"

"不是，不是。"柳老师说着，站了起来，说，"她内心挺苦的。"

吴老师心里咋苦，在好奇的同时，我发现我盼望着她来。

第二天我们刚到排练地，柳老师果然拉着身着白色无袖连衣裙的吴老师来了。跟排练场紧张热烈的气氛相比，吴老师太安静了。她站在一边，手足无措，看着柳老师和李老师忙碌的样子，她也插不上手，就不时盯着满园的苹果看，闻果树下的小花。她面对着炫目的强光，半眯着眼睛，那漂亮的眼睛里浸满了迷茫。

"来，放松点。大家都是同事嘛！"柳老师说着，拉起吴老师的手递到李老师手中。李老师的脸一下子红了，我发现他们的手只是象征性地碰了碰，吴老师就缩回了手。之后，她拿着李老师给她的朗诵词，旁若无人地走在果园的一边背起来，背得特别专心。她秀丽的影子沿着果园的边缘摇曳，好像忘记了一切。

我第一次发现人的影子也那么好看，结果看呆了，忘了唱歌，旁边的李二虎拧了我胳膊一下，我的思绪才被拉回到排练场。

柳老师问："吴老师准备好了吗？"吴老师这才像睡醒了似的，走了过来。

"我们来次正式的，大家听我指挥。来，刘小小，你来报幕。所有的都要报，比如作词、作曲、表演人。"

"还有诗朗诵。"李老师补充。

刘小小是从县城随着妈妈工作调动转学到我们这儿的，会说一口好听的普通话，她从队列里向前跨出一步，然后微笑着面对果园，说：

"各位领导、老师和同学们，下面的节目是红星中学师生自编自唱歌曲《金色的阳光》，作词：李涛。作曲：柳如眉。诗朗诵：李涛、吴琼。表演者：红星中学初一三班的全体同学。"

她刚一报完，柳老师就说，"报得太棒了。继续！"她说着，朝李老师点了一下头，弹起了过门。

金色的阳光，照耀着大地。我们的课堂，在田野之上。

音符缓缓流出，吴老师的声音响起：

谁没有青春的日子，谁不渴望把梦想高高举起？

李老师吴老师共同朗诵道：

亲爱的朋友，亲爱的伙伴
让我们一起唱响《金色的阳光》。

柳老师回头望望我们，我们齐声唱道：

> 金色的阳光照耀在书页上
> 我们的课堂在果园旁
> 青春的日子弥漫着芳香
> 飞翔的翅膀
> 把我们托举在梦想之上
> 啊啊啊
> 美丽的校园年轻的脸庞
> 让我们记住这金色的阳光

谁也没想到，一直不说话的吴老师一朗诵，让我们大吃一惊：她的普通话说得极为标准，而且感情浓烈得让我们都惊奇得无法将现在的她跟以前的她对上号。

她清亮的嗓音跟李老师的浑厚配合得非常默契，像什么呢？对了，就像柳老师给我们上课时，讲的那个小提琴独奏《梁祝》。若李老师的嗓音是那个大提琴，吴老师的呢，就是那个情意绵绵的小提琴。

歌曲唱了一遍又一遍，新鲜劲一过，我们就唱得不那么专心了。柳老师让我们休息一会儿，然后忽然说，"同学们，我们欢迎李老师给我们来一段电影配音，怎么样？"

我们齐声叫好。

李老师说："好呀，不过你得给我配戏。咱们就来个《魂断蓝桥》，好不好？"

柳老师双手一摊，说，"我没有看过这个电影，对了，吴琼，你来，我知道你最喜欢这部片子了。"

吴老师的脸一下子涨红了，推说不会。

李老师望了望吴老师，说，"放松放松，这不是课堂。"吴老师想了想，小声说，"那就商量结婚那段，我还隐约记得。"

李老师清了清嗓子，说，"就那段吧。"然后朝着我们说，"那我给完整地表演一下，吴老师，你可要记住你所说的每一句台词呀！"

我们的心提到了嗓子眼儿，平时就不爱说话的吴老师能记住吗？再说她是一位英语老师呀。如果让她说英文，没准她能对答如流。

柳老师也从琴椅上站了起来，倚着一棵苹果树，一副专心聆听的样子。

吴老师点了点头。

帅帅的李老师一会儿是洛依，一会儿是玛拉，表演得让我们在场的每个人都屏住了呼吸，学女声的样子让我们捧腹大笑。我看到我们的柳老师一双大眼睛深情地望着李老师，而吴老师呢，好像已进入了剧情，旁边飞舞的蜜蜂都没有打扰她的专注，她跟柳老师一样直直地望着李老师。

"怎么样？开始？"

"试试。"吴老师低着头，羞涩一笑。

玛拉：你来看我太好了。
洛依：别这么说。
玛拉：你没走？
洛依：海下有水雷，放假四十八小时。
玛拉：这真太好了。

吴老师说这句时，脸上露出明媚的笑脸，这是我们从来没有见过的。

洛依：是的，有整整两天。玛拉，今天我们干什么？
玛拉：我——我……
洛依：现在由不得你这样了。
玛拉：这样？
洛依：这样犹豫，你不能再犹豫了。
玛拉：不能？

洛依：不能。
玛拉：那我应该怎么样呢？
洛依：去跟我结婚。
玛拉：哦，洛依，你疯了吧？

吴老师讲到这里，嗓子发颤。我们则围坐在一起，一眼不眨地望着他们，就像真的在看那部著名的影片。

李二虎拉拉我的胳膊肘儿，我不理，他又掐我，我只好低头，耳朵贴到他耳边："你看吴老师的眼睛，她像换了个人。"

"别说话，看节目。"

"真的，你看她高高的胸，起伏有力，证明动了真情。"

"别说话，求你了！"

洛依：啊，那得看怎么恳求了，看恳求的魅力，看他的热情和口才。玛拉，看着我。
玛拉：是，上尉。
洛依：怎么？你怀疑吗？
玛拉：你太自信了，上尉！你简直疯狂了，上尉！你又莽撞又固执又……

吴老师说到这里，不再往下说。

又什么？李老师眼光发亮，像要说出，终没说出。

性急的柳老师着急地说："不就是'我爱你！'嘛，快说，快说！"

热情的柳老师一说出来，我们就嘻嘻地笑起来，我们知道要让高傲害羞的吴老师亲口说出来，一定过瘾。

"我……"

"一二三，吴老师，快说快说快快说。"我们齐声喊。

吴老师求助地望着柳老师。

柳老师笑嘻嘻地说，"不就是一句话嘛，又不是真的。"

吴老师宛然一笑，低着头，望着地面，说，"——我爱你！上尉。"

吴老师说完，忽然拉住了李老师的胳膊，脸上出现了从来没有过的神采，说，"从第一次看见你时，我就爱上了你。"

这一句让我们大家都吃了一惊，李老师惊得手中的歌单掉在了地上，我们张着小嘴，李二虎则吹起了口哨。

柳老师从靠着的树上腾地站了起来。

吴老师又重复了一句："我爱你！从第一次看见你时，我就爱上了你。我爱你——上尉！"

当吴老师说出上尉时，我才松了口气，李老师也拾起了歌单。只有我们柳老师笑呵呵地一把搂住吴老师的肩膀，对李老师说，"吴琼这个人就是这样，干什么不干则罢，一干就一头撞到黑。你看看，刚说了台词，就走进了角色。很好！时间不早了，我们继续排练。"

李二虎站了起来，抓起头顶一只苹果就要摘，被我拉了下来。他莫名其妙地说，"柳老师太可怜了。"

"胡说什么呢，这是在表演。"

从那以后，我发现吴老师不再像过去排节目那样游离于我们之外，而是忽然地脸红，忽然地扭头看李老师，而李老师呢，也会偷偷地看她。吴老师话多了，有时在一边跟李老师说几句话，有时会走到我们队列里，给我们整理衣服。两位老师的细微变化，我们粗心的柳老师好像没有看到，她的心一直放在排节目争名次上。她边做动作边讲解，"放松，吸气，挺胸，微笑，打开身体，腰板挺直，对，就这样，看我的动作。"柳老师每做一个动作都非常好看，特别是挺着胸膛时，那高高的乳峰让我们都不敢看。她看到我们的表情，笑呵呵地说，"你看看，你们这些小伙子，站直了，一个个多帅。还有，你们这些小姑娘，脸红红的，一个个多么漂亮。站在舞台上，就要想，我们是最帅气最漂亮的，我们的歌声一定能打动所有的观众，一定要这么想，像李老师和吴老师一样，很快投入角色，唱出我们红星中学青春的风采。李老师，吴老师，你们说对不对？"吴老师此时正在看歌本，一听柳老师叫她的名字，极快地扫了李老师一眼，李老师也回应了她的目光后,两只目光对视后,立即收回。就在那一刻,我忽然发现吴老师像一泓深泉,那深潜湖底的会是什么,我急于知道。最后是李老师和吴老师齐声说:"对对,柳老师说的对。"

李老师穿着帅气的皮夹克,洗得发白的牛仔裤,两条笔直的腿显得更加挺拔。两位女老师一个着白裙,一个着红裙,围在他周围,实在让我们这帮男生很是羡慕。我们排节目非常认真,好像只有这样,才配跟美丽的女老师在一起。

从此,两位女老师一起到食堂吃饭,一起在校园里散步,形影不离。吴老师还是不爱说话,柳老师仍然唱着歌,一会儿是《让世界充满爱》,一会儿又是《明天更美好》。老远就能听到她的歌声,然后就看到她跟吴老师两人搂着肩从校园任何一个角落里走出来。她们俩好像永远是两极,一个是那么的艳,一个是那么的素;一个是那么的热情,一个则是那么的冷淡。可奇怪的是她们就这样成了形影不离的朋友。

有一天,我发现李老师在吴老师的宿舍兼办公室的门前生煤炉子,柳老师则在一边的水管上洗大白菜。柳老师洗完菜,并不急于进去,而是手里端着菜,一直痴情地望着李老师。李老师的炉子终于生起来了,双手全是黑煤迹。柳老师这才进屋放下手中的菜筐,端着香皂走出来。李老师还在检查炉子里的火是否燃烧了起来。柳老师把李老师像拉小孩一样,拉着他的胳膊,走到水管前,慈母般地给李老师挽起衣袖,一下下地在其手心里打着香皂。

李老师不时地用另一只手给柳老师理顺散落的刘海,这时,我发现吴老师刚要走出屋,看到这情景,头就缩了回去。可不久,那头又伸了出来,一直望着这一幕。

当我再抬起头时,李老师和柳老师已经不见了,吴老师屋里的门关上了。我拿起扫把装作扫落叶,走近吴老师的屋子,马上就闻到了一股炖菜散发出的香气。有白菜、豆腐,还有一股肉的清香。录音机里传出《让世界充满爱》的歌曲。夹或有柳老师那清脆的笑声,李老师浑厚的男中音。至于吴老师的声音,一直没有听到。吴老师门口的大白菜码得整整齐齐的,让我想到她忧伤的面容。

我想这下好了，有了李老师和柳老师，吴老师就不会那么忧伤了。

那时流行跳迪斯科，柳老师带着女同学在操场跳时，我们全校同学争着跑去看，会跳的跟着跳，不会跳的跟着唱。录音机放在高高的墙头，柳老师额头系着一条大红色丝带，身着一袭橘黄色的裙子，在前面领跳。随着音乐，她双眼微闭，双手舞动，双腿或进或退，或左或右，极为妖娆地一会儿跳十六步，一会儿又成了三十二步，变化多端得让我们眼花缭乱。跳着跳着，柳老师忽然不跳了，站立在人群里，看着吴老师，看着看着，眼泪就流出来了。

吴老师先是拉着柳老师的手，最后干脆独个儿跟着音乐疯狂地在全场扭动起来。我发现，吴老师跳舞时才像一朵花似的绽放，舞曲一结束，她又变成了那个不苟言笑的英语老师，着最朴素的或黑或白或灰的衣服，冷漠地行走在校园里。

4

天越来越冷了，校园里的杨树全像患了重病的老人，干巴巴的立在大路两边。周日下午我早早来到学校，校园里还没几个人，宿舍里更是冷冷清清的。我不由自主地来到老师宿舍的那条路上，远远看到吴老师提着一筐煤吃力地走进宿舍，不一会儿里面一股烟雾飘了出来，接着就是吴老师接连不断的咳嗽声。我立即跑进去，屋子里冷极了。我帮吴老师为炉子生火。用木块搭好一个十字架，这样透风。再用报纸点上火，放进去。听到噼叭声时，再加进炭块，这我在家里学过。我以吴老师给我们上课时的认真，一字一句地给她讲。

吴老师用中指撩了撩掉在额前的头发，我在想那是不是就是人常说的兰花指，正笑着，一个火星溅到我的手背上，我哎哟了一声，"怎么了？是不是烫着了，让我看看。"吴老师说着，拉起我的手来，看了看，给我抹上牙膏，说，"可以防止烫伤。"

吴老师的手很软，我感觉一股温暖涌上心头。

我说，"以后你生不着炉子了，尽管叫我。"

吴老师说："那怎么好意思。"

"没事儿，如果吴老师过意不去，就给我多讲几节英语课。"

"好呀！"吴老师说着就坐到桌前，给我读一篇英文短文，然后给我讲解，我感觉比说单词有意思多了。一个陌生而崭新的世界朝我徐徐展开。我知道了香蕉、芒果这些从没见过的水果，知道了外国人吃饭不像我们一样吃面条，他们吃面包，喝咖啡。他们有全世界著名的音乐家，叫李斯特。

吴老师心细，她在她那白花红底的白瓷脸盆里倒上热热的水，让我洗手，然后把自己散发着女性芳香的毛巾递到我手里。我感觉阵阵热气直扑脸面。她会让我坐着，给我读她喜欢的小说，给我讲学英文的重要性。

我感觉吴老师实在太孤独了，需要陪伴。她告诉我，她的父母离了婚，母亲离婚不久，就去世了，这些都是在她上大学时发生的。她回来后，母亲已经不在了，父亲又娶了一个从来没给她好脸色的女人，吴老师把家安在了学校，几乎每天都住在学校。

我坐在暖暖的火炉前，吴老师打开床头放着的一个红木箱子。箱子可能年代已经久远，漆掉得斑驳，掀开箱盖时，箱子会发出咯吱的一阵声响。吴老师从箱子里拿出一只苹果，给我削了皮，看着我一口口吃起来，好像比她吃了还开心。

有时，她会给我看她上大学时的照片，会给我讲述她妈妈在世的慈爱，讲着讲着，她会流下眼泪。

我去的次数多了，吴老师的话更多了。有天，她忽然拿出一袋苹果让我给李老师带去，还不让我说是她给的。我问不说是她给的，说是谁给的？

她脸一红，说，"说谁都行，就是不要说是我给的。"

"为什么不能说呢？"

"不说好。"吴老师慢慢地说。

我感觉我好像明白了些什么，可是具体是什么，我说不清。

"老师您为啥不亲自去？"

她脸一红，说，"你要不去就算了。"

我当然想去了。我到了李老师屋，发现柳老师也在，而且正在给李老师洗衣服，李老师一看我进来，有些紧张，但他马上就舒展了。

我说，"李老师，给你苹果。"

两位老师都抬起头来，柳老师问道："你送的？"

我没有说话，急着就朝门外走。李老师追出来，说，"我刚好要问你班上作业的事。"说着，走到我跟前，手里仍提着苹果，"谁送的？"

我看柳老师在屋里，声音低低地说，"吴老师。"说完，就飞快地跑了起来，我跑着跑着，感觉眼角全是泪。吴老师端着盆子出来，并没有急着到水管上接水，一看到我跑过来了，笑着说，"见到了？"

我点点头。

"我去烧水，你看柳老师在不在屋，请她过来打牌！"

我只好走到柳老师的屋子，敲敲门，然后又故意到校园里转了一圈，回来告诉吴老师，听人说柳老师跟一个同学看电影去了。

吴老师说，"天晚了，你也回宿舍去吧。这是几本我喜欢的书，你拿去看看。"

我拿着吴老师给我的好几本小说，走出门。在我走到拐弯处时，发现吴老师出来了，我赶紧躲在一边。我有一种预感，吴老师一定去找李老师了。

不知是我的心理作用，还是其他，反正，慢慢地，两位女老师不再亲密了，有时我发现她们不再一块儿回家，更不再到对方的屋子聊天，而且她们去李老师屋，都瞒着对方。比如柳老师出去办事了，开会了，反正是离开学校了，吴老师就到李老师那儿坐会儿。而柳老师也是在吴老师不在时，去看李老师。

看着两位我喜欢的女老师一天天瘦了，我真恨我们的李老师，我就想不通，他不帅，也没钱，不就是会学几句台词嘛。再说他不像个男人，喜欢哪个就应该说明，可他好像怕惹恼了她们，总是含糊地与她俩相处着，气得有天我在给他打扫卫生时，故意留着角落没扫，还有，真想给他的床上放几个图钉，当然在最后一刻，我还是放弃了。

5

一天英语课上课十分钟了，吴老师还没有来。我去敲门，敲了半天还是没有人说话，只闻到一股浓浓的煤烟的味道。会不会是煤烟中毒？

我吓得大叫起来，老师们纷纷跑过来，却不知怎么办。柳老师急得把吴老师的房门敲得震山响，半天都没有人应。

这时李老师骑着自行车来了，他浑身都是汗，一听原委，车子一扔，就一脚踹开了门，吴老师的屋子里果然是一股煤烟味，呛得人不住的咳嗽。她躺在床上，一点反应都没有。李老师一把抱起她就跑出了屋。

我看到吴老师穿着一件肉色的丝质睡衣，伏在李老师的肩上。这是我第一次看到一个女性优美的身材。她的身体那么的雪白细嫩，那么的性感。我发现男老师都扭过头，女老师则像呆了似的。只有柳老师跑着进去，拿了一件棉大衣，披到吴老师的身上，并立即扶起了自行车，对李老师说，"快走，我扶着她。"

好在，没有发生什么大事，一周后，吴老师就给我们上课了。这一周时间里，另外一个英语老师帮吴老师给我们代课。因为有了比较，我们才发现，吴老师的音发得准，写的字母有着漂亮的弧度，板书从来不看书，写的所有字母都很准确。那个代课老师，如果不拿着书，单词不是缺胳膊就是少腿，同样的字母她写得直不登的，像森林里的木棍。我们就更为有吴老师这样的英语老师而感到自豪。

病好后的吴老师好像变样了，怎么说呢？我每次去她屋里交作业时，吴老师不再像以前那样给我说这说那，也不再像以前那样让我坐下，而是显得很忙碌、很心神不定的样子。她小声地唱着歌，我问话她也心不在焉，好像半天才从梦中醒来。有一次，我发现她在织一件白色的毛衣，看着毛衣宽宽大大的样子，肯定不会是她自己的。还有一次，我发现她在读《安娜·卡列尼娜》。我随手一翻，书的扉页写着：李涛购于陕师大校园书店。而在书的一边，一张写满了字的纸上，只是一个人名：李涛李涛李涛。

大家知道，李涛是我们班主任的名字呀！

随着春天的到来，柳老师病了，好几天没来上班，校园里再也听不到风琴声了。我们发现，音乐虽然不是主课，可是少了每周的音乐课，大家感觉好像春天没有开花，田野没有绿树，怎么看都寡淡。

柳老师病好后，上课老是给我们教错课，脾气也很大。有天，我跟另外一个同学上课前到她的宿舍去抬风琴，听到她跟李老师说话的声音非常大，但翻来覆去就是一句："你倒是说话呀！你为什么不说话！"

李老师坐在办公桌的椅子上，双眼一直望着桌面，一直不说话。当我们走进去时，李老师如释重负地走了，我们走进柳老师的屋子里，我发现她在流泪。她没有像以往那样叮嘱我们抬琴时小心碰着漆，也没有带着笑脸，而是冷冷的说，"快点，快点，你们怎么那么笨呢。"

课堂上，柳老师弹着琴，不是弹错了键，就是忘了踩脚下的踏板。有次她还唱错了词，把我们的祖国是花园，唱成了我们的班级是花园。有人笑出了声，柳老师啪地合上琴盖，说自习，就走出了教室。

我们的吴老师话却多了，上课时不时地笑着，即使是平淡的英语课，也让我们感觉她有好多喜事似的，衣服不再是白色，一会儿是紫色，一会儿又成了粉色。即使发现有些同学在英语单词下注拼音，也不像过去那样黑着脸，而是耐心地说，"这样学的发音英国人根本听不懂。"

6

春天的一个夜晚，半夜我起来小便。此时月光很亮，照得晚上的校园静极了。院外苹果花的香味迷醉着我，诱惑着我循着花香朝操场边的苹果花而去,就在这时,我忽然看到一个人影摸索着穿过一排排杨树,也奔向操场。我屏着呼吸,悄悄穿过清新而幽深的林荫道,跟在影子身后。我一眼认出这个影子是李老师。就在这时,我看到另一个影子,几乎像猫一样格外敏捷地出现在影子面前,忽然扑向李老师的怀抱。那个身影我太熟悉了,月光下,那张我梦中出现了多次的脸,有一种惊人的美。

他们拥抱了很长时间,而且亲吻了好久,我感觉自己腿都站木了,他们才松开,两人席地而坐,一直偎依着望着操场上空的圆月。苹果花一片片掉落下来,落在他们的四周,在月光下,发出一片让人着迷的银色。不一会儿,我听到了一阵轻声的唱歌声,我朝四下望去,除了我们三个人,再也没有其他人。再细听,原来这声音来自我们的吴老师。吴老师的嗓音没有柳老师的甜美,但有一种让人心动的感觉,只有处在爱情中的人才会唱出如此美的歌曲。

此时夜深人静,只有我望着这静美的一切,我第一次发现了恋爱的甜美。

白天,我又发现吴老师跟李老师见面,他们当着柳老师的面,装得像路人。一股上当受骗的感觉涌上我的心头。

晚上我上厕所,又看到了同样的一幕。

再看讲台上的吴老师,我发现她不再像过去一样忧伤,她的脸上充满了水蜜桃般的滋润,性感地站在讲台上,散发着缕缕令我陌生的气息。

五四青年节,李老师跟吴老师给全校师生表演了节目,这次他们表演的是电影《叶塞尼亚》的片段。吴老师演活了热情的叶塞尼亚。

大家都热烈地拍手,我回头一看,刚才还在给他俩加油的柳老师不知何时离开了。一直到节目结束,她也没有回来。

最后舞会开始了,她回来了,眼睛红红的,她是第一个请李老师跳舞的。他们起初跳得挺好,不久,李老师就总是踩柳老师的脚,因为我发现他总是不停地望吴老师。我又看我们的吴老师,吴老师没有跳舞,她回绝了好几位老师的邀请,一个人坐在椅子上,眼睛望着他们,带着笑,但是这笑在我看来,比哭还难看。

我不再同情她，我感觉她并不像我想象的那样美好。我强迫自己不再到她的屋子里去，可是每次我得把大家的英语作业放到她桌上。

我惊奇地发现，三位老师仍然高兴地做着饭，仍然一起去电影院看电影。我越来越对吴老师和李老师产生了深深的厌恶，每次到她屋里放了同学们的作业，就立即逃出来。

有次，我进去时发现，柳老师和李老师都在吴老师的屋子里。柳老师坐在李老师身边，不时地拉着李老师的手。李老师虽然谈笑风生，可是我能感觉到他在吴老师的注视下，内心一定是紧张的。看到我来了，柳老师和李老师的手就松开了，李老师拿起一本《红楼梦》，给她们朗诵起第二十三回：西厢记妙词通戏语，牡丹亭艳曲警芳心。

吴老师听得津津有味，柳老师听着听着，不时地捂着嘴，打着哈欠。李老师好像已经进入了剧情，或者是根本没有留意，仍在大声地读着：

早饭后，宝玉携了一套《会真记》，走到沁芳闸边桃花底下一块石上坐着，展开《会真记》，从头细玩。正看到"落红成阵"，只见一阵风过，把树头上桃花吹了一大半来，落的满书满地都皆是。宝玉要抖将下来，恐怕脚步践踏了，只得兜了那花瓣，来至池边，抖在池内。那花瓣浮在水面，飘飘荡荡，竟流出沁芳闸去了，回来只见地下还有许多。

这时你们猜怎么着？

柳老师已经打起了盹，吴老师接口背道：

宝玉正踟蹰间，只听背后有人说道："你在这里作什么？"宝玉一回头，却是林黛玉来了，肩上担着花锄，锄上挂着花囊，手内拿着花帚。

李老师看了吴老师一眼，两人会心一笑，柳老师则说，"这有什么好笑的，听得人都快要睡着了，咱们打扑克吧，玩吹牛皮如何？"

吴老师则拿过书，说，"我也喜欢这一节，你看黛玉听曲，真是写得太好了。"

李老师背道：

原来姹紫嫣红开遍，似这般都付与断井颓垣。"林黛玉听了，倒也十分感慨缠绵，便止住步则耳细听，又听唱道："良辰美景奈何天，赏心乐事谁家院……"听了这两句，不觉心动神摇。又听道："你在幽闺自怜"等句，亦发如醉如痴，站立不住，便一蹲身坐在一块山子石上，细嚼"如花美眷，似水流年"八个字的滋味。

吴老师听到这里，眼泪流了出来。

李老师摇头晃脑地说，"情小姐故以情小姐词曲警之，恰极，当极。"

"胡说什么呢？"吴老师嗔怪道。

"这是文艺欣赏之最高境界了，曹公真是后无来者呀。"

"老师们讲得太好了！"我抱着作业本，走进了屋里。

柳老师揉了揉眼睛站了起来，边给各自的杯子添水边说，"又来一个书呆子。你不知道，他们两个呀都是书痴，只要一谈起书来，天地日月啥都忘记了。"说着，她拿起水壶到外面的水管接水去了。我把书放到桌上时，余光发现李老师极快地握了一下吴老师的手，吴老师则热情地做了回应，我刚才对他们的好感一下子就被他们的举动毁掉了，我蓦地又想起晚上看到的情景。

吴老师和李老师还在谈着《红楼梦》，我不耐烦地打断他们的谈话，拿起桌上的英语课本，问了吴老师几道英语语法时态题，我故意问了一个又一个问题，先是李老师走了，然后柳老师也走了出去。

他们一走，我就收住了口，仿佛不认识似的盯着吴老师。

我把吴老师看得发毛，她忽然拉住我，问，"你为什么不来学英语了？"

我不说话。

吴老师站了起来，说，"你是不是听到什么了？或者是看到什么了？"

我咬了咬牙，问道："吴老师，英语'暗度陈仓'怎么说？"

"暗度陈仓？课本里没有这个词呀。"

"我是问你'暗度陈仓'你知道不知道？回答我！"我大声喊道，声音大得连我自己都惊奇。

吴老师好像一下子明白了我的心思，坐到桌前，忽然说，"我知道你为什么不理我，你是小孩子，不懂。有些事是身不由己。真的，身不由己。"

"我不喜欢连暗度陈仓都不懂的老师。"我说完，摔上门，跑回教室。

这件事我谁也没有告诉，我几次走到柳老师的门前，都停住了脚步。

我希望吴老师因为我的保密而中止自己的荒唐行为，因为从小我就知道，啥事都有个先来后到，流行歌曲不是就这么唱的嘛：你到我身边，带着微笑，也带来了我的烦恼，我的身边早已有个她，她比你先到。

吴老师是一个看书都要落泪的善良女子，又是我们爱戴的老师，她一定会把此事悄悄地处理掉。再说，柳老师不是傻子，我一个初一学生都能看明白的事，她能不明白？

7

春末，校园里唯一的一棵梨树绽放得花朵团团，远远地就散发着一股绿草的清香。一位胖胖的男人忽然闯进校长室，他后面跟着不慌不忙的吴老师和李老师。胖男人走一路骂一路，说他抓住了两个伤风败俗的流氓，他们在他的桃花林里亲热。一看就是两个乱搞的，搞得他的桃花落了一层。这两个人，竟然就是我们学校的老师。"肯定是乱搞，肯定家里都有自己的老婆丈夫。对于这种伤风败俗的行为，学校要严肃处理。"对于他这个爱树如命的农民来说，一天天种树是多么的不容易，坚决要求赔偿。他的举动，引来了众多的围观者。

我不敢看吴老师，悄悄地缩在杨树后。

胖男人一进校长室，就大声喊叫，说他的桃花落了满地，一朵花损失一只桃子，那么一地的桃花得损失多少，要求至少赔给他一百块钱。校长朝围观的人们挥了挥手，说，"该干嘛就干嘛去。"说着，重重地关上了门。

不少老师和同学都围在校长室门口。身处人群其中的李二虎则是听到一句，就给后面的同学传一句：

"李老师说他不是搞破鞋，他跟吴老师是正当恋爱。"

胖男人不屑地说，"这话骗人呀！"

校长则做证："他们两个确实是单身，有恋爱的自由。"

胖男人又问："这么大的校园你们谈恋爱还不够，为什么要去深山老林？"

吴老师回答："我们想看花，有错吗？"

李老师则回答："是呀，我们看花有错么？桃花是落到地上的，我们怎么可能从树上摘掉花？"

"现在县上抓教师思想作风整顿，你们怎么撞到这个枪口……"

吴老师："我们没有做错什么，我们正当恋爱。"

"那为什么不在屋里谈？"

"我……"

我想捂住耳朵，可又想听见。就在我难受时，我忽然发现柳老师过来了，我真怕柳老师走来，可是柳老师微笑着说，"你们在看什么？发生了什么事？"

我一时无法回答。

李二虎这时跑了过来，像放炮似的说，"柳老师，是这么回事，吴老师跟李老师两人搞流氓，让人抓来了。"

"你胡说什么呢，怎么会？"柳老师说着，三步并做两步地走到校长室，一把推开门前的众人，直闯进门去。

随着校长出来的是那个仍然在骂咧咧的胖男人。

胖男人在校长的劝说下，走了。

校长站在他办公室门前，黑着脸，人们不敢靠近，我远远地只听到柳老师的哭声和打闹声，那声音跟音乐一样，有高有低，还有回旋。另两个人却没有声响，至于他们三人在里面怎么样，我们无从知晓。我远远地望着，一直到上课铃响了，李老师才走了出来，他的眼圈成了青的，上衣的扣子被揪掉了一个。他刚一出来，柳老师就追了出来，说，"我限你一周时间考虑，你必须给我明确的回答。"

柳老师再看到吴老师，就躲得远远的，好像忽然不认识了似的。吴老师呢，每次总是主动打招呼，柳老师则理也不理。有天下大雨，我去柳老师办公室里还她的歌单，发现吴老师站在柳老师面前流着眼泪说，"我真的是没有办法，真的，真的没有办法，你打我吧，你让我做什么事都行，就这事我不能答应你。"柳老师坐在床头，背对着吴老师，抹着眼泪，一句话也不说。

吴老师看我进来了，假装整理头发，坐到了另一边。我把歌单放到桌前，说老师我走了。柳老师没有说话，头也没有回，吴老师冲着我点点头，我轻轻地带上了门。我刚一出来，门忽然打开，柳老师把吴老师一把推了出来，我没有防备，撞了个趔趄。柳老师理也没有理，就狠狠地关上了门。

这情景被许多人看到了。

我望着无助的吴老师，不知该如何安慰她，真恨罪魁祸首李老师，可是听说李老师母亲病了，在县医院陪着住院了。

这是校长的有意安排，还是李老师想逃出这个尴尬的境地，我无从知晓。

我看着吴老师身上的泥，还有手上的血迹，跟着她往宿舍走，其他的老师和同学远远地望着她，有人朝她吐口水，我不知为什么，总觉得吴老师是无辜的。

我不禁问道，"李老师的妈妈怎么偏偏就现在住院？"

"他妈瘫痪了，挺严重的。"吴老师解释道。

"两个人在一起，总比一个人顶着风口浪尖好受些。"

吴老师回答，"没事儿的，放心，我会给柳老师道歉的，我会一直请求得到她的原谅。"

吴老师说到做到，每天都到柳老师的屋前，柳老师再也没有开过门。校园里议论纷纷，李二虎说这是大战即将来临时的预兆。我说怎么可能呢？

"吴老师横刀夺爱，柳老师怎能善甘罢休？"然后他跟我分析，"柳老师是拥有烈火因素的女人，她一定要报仇。如果她需要我做什么，我一定会为她舍生忘死。"

"胡说什么呀，柳老师和吴老师情同姐妹，我认为这事该怪我们的李老师。他是男人，出了事不该把女人放在风口浪尖上，自己却像个缩头乌龟，再也不露面。"

我晚上躺在宿舍里，一会儿梦见吴老师被柳老师杀了，一会儿又梦见吴老师一个人忽然冲着校门口急驶而过的拖拉机撞了上去，血流得长长的，像一条河。

因为反复做梦，白天我就找借口到吴老师房间里去，吴老师瘦了，她在织一件毛衣，粉色的，她问我是否好看，我说："吴老师你穿着一定好看。"

"不，我是给柳老师织的。我们是最好的朋友，我们家在一起，从小就像亲姐妹一样。上大学，我们又考上的是同一所大学，同校不同系。但每天我们都在一起，有说不完的话，她病了，肯定是我守在她跟前，我病了，也一定是她带着我去医院。"

我听着，不知如何作答。

"有些事，你不懂。你太小，长大就明白了，感情到了，大江大山都挡不住。"

"可是柳老师好像不能原谅你。"

"她的心情我能理解，我会想尽一切办法求得她的理解的，她一定会理解的。"

李老师终于回来了，我们总以为会发生些什么。比如柳老师像村里那些被骗的女人一样揪着李老师不放，去告他，打他，骂他，让他身败名裂，或者揪着吴老师的头发，骂她狐狸精、骗子，然后把她搞臭。可是让人想不通的是，柳老师除了不理吴老师和李老师，竟然好像什么事也没有发生，照常给我们上课，照常在操场带着女同学跳迪斯科，校园里时不时地还能听到她的歌声，一会儿是：在那桃花盛开的地方，有我可爱的姑娘。一会儿又是在那遥远的小山村，有我可亲的妈妈白发鬓鬓。她的衣服换得更勤，妆也化得更加艳丽，笑得比以前更脆。我们就奇怪，刚看的电影《人生》里刘巧珍被高加林甩后，难过得生病了好几天，为什么我们的柳老师既不生病，也不哭泣，跟以往一样，有说有笑，有唱有跳，让去安慰她的老师一句话都说不出口。

有天晚上她竟然穿着一件坦胸露乳的短上衣，下着一条刚到大腿的皮裙，被一个长相英俊的男青年扶着回来了，她边走边吐，嘴里还不停地说，"酒，给我酒，我还没喝够呢。"据说为此校长还找柳老师谈话，柳老师仍然我行我素，一放学，就打扮得花枝招展地出了门，回来时常常是半夜，害得看门的老头再三地向校长要求加工资。

不久，就有一辆黑色的小汽车常常目中无人地闯进校园，守大门的王老头要拦，有人说，这车是县委的，连校长都不敢拦的。小汽车停在柳老师的宿舍门口，下来一个很帅的小伙子，来接柳老师。每到这时，柳老师就会大声说笑着给周围的老师介绍说，那个小伙子是县委书记的儿子，在县委组织部工作，正在追她。

柳老师的男朋友因为经常来，我们一眼就认出了他。每次他来，柳老师就会挽着他的胳膊肘儿唱着歌儿在校园的角角落落转。有一天，他们竟然转到吴老师的宿舍前。因为吴老师和柳老师一直不说话，现在带着男朋友忽然去她的宿舍，一定是要揍一顿吴老师。李二虎边跑边说，"有好戏看了，有好戏看了，打死王八蛋不违法。"正在宿舍备课的李老师一听柳老师他们闯进了吴老师的宿舍，外套的一只袖子还没穿好就跑了过来。

吴老师的宿舍门大开着，柳老师双手倚在男朋友的肩膀上，坐在吴老师的桌上，一副小鸟依人状。吴老师呢，坐在办公桌前，背对着我们，我们看不清她的表情，李老师一进去，刚要关门，柳老师就起身拦住了他，还对站在外面看热闹的人说，"大家进来吧，来，吃糖，这是我的喜糖，我马上要结婚了，我男朋友陈大国在宣传部工作，他爸爸是咱们县委书记，大家都知道了吧。对了，陈大国，这就是我经常给你提到的我们学校最有名的李涛李老师，他配音最拿手，学谁像谁，也是我最亲爱的最知心的最要好的朋友吴老师的男朋友。他们两个最拿手的配音就是《魂断蓝桥》，等咱们结婚时，让他们给咱们好好表演一下。"

吴老师流着泪，李老师搓着手，只有县委书记的儿子，不明就里，热情地给老师和学生发糖。我仔细打量了他一番，得出结论，县委书记的儿子长得比我们的李老师帅多了。

柳老师说他们结婚后准备到北京度蜜月，还给我们看她男朋友送她的上海牌手表。就在这时，吴老师发现她手腕上有一条长长的疤痕，问柳老师是怎么回事，柳老师忙用衣袖遮住，说，"不小心，让水果刀割了一下。"

后来我们的同学刘小小说那是柳老师自己割的，这是她听在乡卫生院工作的妈妈说的。刘小小还说李老师回来后，柳老师跟他谈了一整天话，下了最后通牒，说："如果你跟吴琼分手，我会原谅你们的。我给你一天时间考虑。"李老师当时说，"不用一天时间，现在我就告诉你，我爱吴琼。"从李老师屋子回来，柳老师就割了手腕，还让人告诉李老师来看她，可是李老师听后只说了一句，"你们快送柳老师去卫生院，我给吴老师熬好药后马上去。"柳老师一听这话，立即用布缠住了伤口，喊人救命。还让人给她说媒，越快越好。

柳老师和陈大国的订婚宴是在县城最大的秦春饭店举行的，我们学校除了吴老师和李老师，其余的老师，连看门的老头也都去了。喝醉了酒的校长回来就说，这是他见过的最豪华、最隆重的订婚宴，县秦腔团不但唱了整本的《天仙配》，柳老师还自弹自唱了《我的祖国》，县委书记和夫人对儿媳妇非常满意，给了一个大红包。至于吴老师和李老师是没有请，还是他们不愿去，众说不一。有好事者想问柳老师，一则怕惹柳老师伤心，二则柳老师除了上班，大家怎么也找不到她人了，只得做罢。听说，柳老师要调到县城一中了。

8

　　县文教局领导带着地区文教局的领导来我校观摩老师授课情况，点名要听李老师的课，作为我们班主任的李老师，当然选择了我们班。

　　校长对这一次观摩特别重视，亲自到我们班给大家讲了此次观摩的重要性，诸如关乎学校的声誉，关乎老师的前程，还让李老师布置了几个学习好的同学提问发言。

　　因为同学们私下议论，李老师这次课讲得好，就会调到县一中，或者要当学校的语文教研室主任。

　　校长走后，李老师说："我从不安排发言人，我相信你们都会回答出问题的。"这话一说，我们每个人都很兴奋，在课下把李老师要讲的古文认真地复习了一遍又一遍，特别是我有预感，李老师会点我的名，因为我作文写得好，古文背得更是非常流利。

　　上课前十分钟，李二虎才急急忙忙地从外面跑了回来，肩上背着大书包。我问他去哪了？怎么脚上全是泥。李二虎说没有墨水了，出去买了一瓶。他说着，把书包轻轻地放在了抽斗里。柳老师进来，望着李二虎笑着说，"你的音乐成绩很不错。"李二虎朝我诡秘一笑。

　　领导没来之前，学校的老师已经坐了一圈，其中就有柳老师和吴老师。两位女老师一个坐在教室后面的最东头，一个坐在最西头。虽然她们仍然不说话，但我注意到她们除了用深情的目光盯着台上的李老师，就是两人时不时地偷偷打量对方一下。

　　李老师课讲得真好，板书也做得很流利。提问时，李老师果然点名让我背诵《孙权劝学》。"初，权谓吕蒙曰：'卿当今涂掌事。不可不学。'蒙辞以军中多务。"刚背到这儿，我忽然发现书桌上趴了一个癞蛤蟆。它直直地冲着我过来，我脑子里一片空白，一下子吞吞吐吐地说不出话来。我不敢大叫，怕影响课堂秩序，一句话都不敢说。李老师一看到我的情景，可能也没想到，让我坐了下来。他又点了另一个同学的名,这个同学还没开口,旁边女生突然尖叫起来:"癞蛤蟆!癞蛤蟆!"课堂一下子乱了。虽然癞蛤蟆很快被李老师弄到了教室外,但他的情绪也受到了影响,讲课结结巴巴起来,最后连吕蒙是哪个朝代的人都说错了。

吴老师急得站了起来,柳老师气得白了脸。这一堂课,我使学校蒙了羞,使李老师的名誉扫地。当我看到李二虎一下课就急着往教室外面跑时,我就知道肯定是他捣的鬼。

我回想起柳老师上午把李二虎叫出去了一会儿,两人小声说话,李二虎回来我并没问他柳老师叫他有什么事,他却主动说柳老师问他大家对音乐课的反应。我认为他是此地无银三百两。癞蛤蟆肯定是他弄来的,他上课前十分钟才从外面跑回来,而且鞋上有泥。

李老师和吴老师听我说完,李老师说:"我敢肯定是李二虎搞的。"说着就要出去叫李二虎来询问详情。吴老师拦住了,说,"我跟柳老师是一起长大的,她不是那种人。不就是调不到县上去嘛,即便是,我也能理解。她心里苦得很。"

9

工作组走后的第三天,李老师就接到调令,调到了二十里外的一所小学。

李老师走的前夜,半夜,我忽然听到一阵声响,跑出来一看,原来柳老师窗户上的一块玻璃掉了下来。此时刮着风,绝对不是人为的。

李二虎非说肯定是人为,有风只是巧合。他脸上恶狠狠的样子,更使我认定蛤蟆事件与他有关。

李老师走时,天刚下过大雨,吴老师跟在后面,眼睛红红的,全校老师都送他到大门口,柳老师是最后出来的,她提着一大包东西递给李老师,李老师扭过头去,骑上自行车就走了。柳老师又拽住吴老师的车子,带着哭腔说,"不是我做的,请你们相信我。我要是做了，让拖拉机压死我，让雷击死我。"说着，她想把她给的一大包东西都挂在车头上，吴老师推了一把，柳老师没防备，一下子就坐到烂泥堆里，坐在泥堆里的柳老师不停地说，"我没有，我真的没有，请你们相信我。"围观的人群中有人摇头，有人小声责骂，就是没人上前去扶。李二虎叫我去，我看看人群，也没有动。李二虎跑上前去，一把把柳老师的胳膊放到自己肩上，说，"柳老师，咱们走吧，我相信你，我相信你。"柳老师听到这里，轻轻地把手放下来，慢慢地爬起来，微笑着说，"老师自己走。"

这时校长跑过来，想扶柳老师的手，也被柳老师推开了。柳老师浑身是泥地走进了校园，后面跟着李二虎，提着那包被吴老师和李老师拒绝的礼物。

吴老师刚走，柳老师调到县一中的调令就来了，柳老师不但把调令撕了，还跟县委书记的儿子吹了，我们分析是柳老师主动提出来的，因为县委书记的儿子的小车整天放学就停到了柳老师的门口，他在楼下不停地敲着门，可门再也没有打开过，里面传来一阵风琴声和柳老师那略带伤感的歌声。一支接一支地唱着，直唱到门前的人走了，歌声停了，不久，就传来一阵轻轻的抽泣声。县委书记的儿子坚持了十天后，就不来了，听说跟县广播站的一个广播员处上了对象。

柳老师从此好像变了一个人，变成了从前的吴老师，独来独往，穿的衣服不是黑的，就是白的，头发也胡乱地扎成一团，除了上课、打饭，再也不愿意出门。

吴老师经常去看李老师，在这期间，李老师写了许多感伤的诗，在省报上发表了。不久，吴老师自愿要求调到了李老师所在的学校。

柳老师后来找了个在省城当兵的军官男友。听说，这学期结束时，她也要调到男友所在的部队去当老师了。

麦子成熟时，吴老师和李老师双双回到学校，跟许多老师和同学见面，还给大家发了喜糖，说他们是来办结婚登记的。吴老师和李老师还到了我们班里，此时正是课间，我们围在吴老师和李老师中间，有说不完的话。我发现吴老师越来越漂亮了，脸色比在我们学校里红润了许多。李老师好像更英俊了，米色的T恤，别在洗得发白的牛仔裤里，跟穿黄色小碎花无袖连衣裙的吴老师站一起，的确是天生的一对。

李老师拉起吴老师的手，被吴老师甩开了，吴老师走在前面，李老师走到后面，他们走到柳老师的屋子。下课了，我发现李老师的自行车还停在柳老师的宿舍门口，里面传来三人热热闹闹的说话声，据知情人说柳老师还送给他们一面龙凤呈祥的大红色绸缎被面。

三位老师和好如初，让我们禁不住为这样的结局而欣慰。

然后事实并非我们所愿，在吴老师和李老师结婚的那一天，柳老师忽然出事了。

当时，正值小麦收割时节，公社机站七辆收割机整天来来回回、轰隆轰隆地叫着四处收割。吴老师和李老师把婚礼定在此时，可能他们想着学校正好放假，结婚后，可以适当休息休息。柳老师是骑着自行车，穿着雪白的连衣裙去参加他们婚礼的。

我们家的小麦地正好在公路边上，我有幸最后一次见到了美丽的柳老师。

太阳晒得父亲赤裸的背上起了一层白皮，我更是不堪忍受夏日炽烈而又令人晕眩的热气的折磨。阳光刺激得我心神恍惚地拿着镰刀，机械地割着一眼望不到头的麦子。知了在不停地叫着热死了热死了，庄稼地周围都有一股干焦的味道。汗水多得擦得脸皮都发痛了，还是擦不净，它流在脖子里、沟壑里，手一摸，就是一道道黑迹。

我朝李二虎望去，他家的地跟我家的地在一起，他正到地头去喝水。忽然他朝我喊道，"快看，柳老师！柳老师！"说着，他扔下手里的水壶就往公路跑去。

因为柳老师一直穿着鲜艳的衣服，忽然穿件雪白的连衣裙，我一时都没有认出来。看到她远远地向我们招手，我才确信是她，扔下手中的镰刀，朝着公路跑去。

"她穿着白裙子像个天使，你不觉得吗？"李二虎边跑边说。

"我看柳老师还是穿红裙子好看。"

我们边跑边穿过成片焦黄的麦地，着短裤的腿被麦芒刺得火辣辣的疼。

"你说柳老师这是去干啥,这么热的天?"

"今天是李老师和吴老师的结婚日,柳老师家在县城,这么热的天,一定是去参加他们的婚礼。这条官路骑到头,就是吴老师和柳老师的小学校。你不知道?"

"狗日的李涛,我操你祖宗。"李二虎边骂,边跑。

"二虎,快听,柳老师说什么呢?"

这时,我们旁边开过来一辆收割机,轰轰隆隆的声音使我们没有听到对面的柳老师说了什么。收割机前面装着一个巨大的圆桶般的钢刃,在让人烦燥的烈日下发出一股让人害怕的光亮。我盼着它快些过去,好让我们跟柳老师说会儿话,我还想让她给吴老师、李老师捎句祝福。就在这时,我们几乎同时听到了一声惨叫,我一时无措,李二虎说:"不好了,柳老师,肯定是柳老师出事了!"

我们跑上前去!三十年过去了。到现在我都不敢想我所看到的情景,那是血呀,一片片的血,沾在了白色的裙子上,沾在了拖拉机轮子上,还有,还有,那个该死的滚轮上。

柳老师的车子撞在了收割机上,一只轮子飞出了五米之远。

司机是农机站开了二十多年收割机的老师傅,他不停地解释道,"我看那个女人冲过来了,快撞上来了,给她使劲地鸣笛,可她仍然直直地骑过来。我只好打方向盘,官路这么宽,能跑三台车都有余。我怎么可能撞她?她存心要撞上来的,我向左她向左,我向右她向右,还朝着我笑。让人觉得她不像是去死,就像去赴宴。"

"赴你妈个巴子!"李二虎骂着,抓着司机的衣襟说,"你在胡说,胡说,柳老师怎么会想死呢?柳老师是要去参加她的好朋友吴老师和李老师婚礼的。柳老师的男朋友是军官呀,听说马上要调到省城了。她怎么会想死呢?你一定是被热风烧糊涂了。"

"我真的没有,真的,官路这么宽,我怎么能往人身上撞呢?"

柳老师一直爱穿红裙子的,今天去参加婚礼,怎么会选了一件白色的连衣裙呢?而且婚礼十二点举行,现在都快两点了,她怎么才去。

李二虎和司机在争吵时,李二虎的爹拉开李二虎,对众人说:

"快,快救人。"

有人说,人都成那样了,还能救活?

"放屁,救人!救人!"李二虎说着,和父亲一起把浑身是血的柳老师抱了起来,扶到我拦到的一辆手扶拖拉机上,立即送往公社卫生院。车上因为还拉着刚割下的麦子,只坐了李二虎和他的父亲。李二虎抱着柳老师,不停地叫着,"柳老师,你坚持住,坚持住。"我骑着自行车随后赶到。

当我气喘吁吁地跑到医院时,柳老师已经永远地走了。吴老师拿着柳老师送的大红色的被面,一直哭个不停。一旁的李老师身边的椅子上,放着一张沾满了鲜血的信纸,我拿起来,这是一张印着 XX 部队公用信笺的信,信很短。

柳如眉同志:

你好,经过多次接触,我又到你的母校和单位了解,深感到你漂亮、聪明,是一个非常招人喜欢的女孩。但是,恕我直言,我感觉你心中仍有另外一个男人。你还记得那天我们去看电影,走到半路,你忽然说要上卫生间,直奔一个小胡同。你出来后说,身体不舒服,独自回了家。后来我从你的日记中得知,那个胡同里有个人的背影像李涛,你几乎是情不自禁地去追的。还有一次,我到你单位去看你时,你正在备课,我从背后悄悄地捂住你的眼睛时,你惊喜地叫了一声,李涛!你回过头来时那失神的目光,像鞭子一样狠狠地抽在我的身上。我临走时,偷看了你的日记,说真的,我被你对李涛的一片痴情所打动,但我还想给我们一次机会。于是在车站前,我告诉你,过去的事咱们不再提,我尽快回去办你随军的手续,只是你必须向我保证,从此以后把李涛忘掉。如眉,说真的,当时你要是说句哄我高兴的假话,我也不会提出分手的,毕竟我是深深爱着你的,我忘不了你边唱歌边弹琴的样子,忘不了你穿着一袭红裙回眸一笑的可爱表情。可是你半天没有说话,直到我上车,再一次催问你,你才说你做不到。你回答得如此干脆、如此利落，毫无商量的余地，使我万念俱灰。如眉，我是一个军人，部队经常换防，我的工作也决定了我不会常年在家，我不愿意娶一个心中还有别的男人的女人，让我后院起火，动摇我建功立业的决心。为此，我经过反复考虑，还是决定分手。虽然我很痛苦，但我必须这么做。当然如果你改变了主意，马上给我拍电报，我会立即回去接你。

深爱你的张铁军
六月五日

信是一个月前寄来的，显然柳老师没有改变主意。泪水模糊了我的双眼。柳老师从出事到离开人世，没来得及说一句话，我一直猜想她当时一定想对我们说什么呢，都怪那个该死的收割机。

放假后，我上了初二，新加了物理课，课越来越重，为了能跳出"农门"，我们从初二就开始加紧复习，以后的记忆除了复习还是复习，一直到上了高中，离开家乡到城里上大学，我再也没有见过吴老师和李老师，不知道他们婚后是否幸福？

我只知道那个夏天以后，我很快从少年步入了青年。

我们为母亲做了什么

子曰:"夫孝,天之经也,地之义也,民之行也。天地之经,而民是则之。则天之明,因地之利,以顺天下。"

《孝经·三才章》

1

杂志社编辑黄萌约我写一部反映老年人生活的小说,说现在老龄化是全球普遍趋势,老年人的生存现状是一个有社会责任感的作家应当关注的题材。作为作家,我一向不喜欢命题作文,再加上这种题材一点都不讨好,现在人写东西都想着改电视剧、卖版权什么的,老头老太太的题材根本就不能吸引人的眼球。黄萌说:"你这么想就不对了,人家《桃姐》演的是一个老保姆不是也挣足了票房?法国电影《爱》讲的是老头照顾生病的老太太的故事,还得了奥斯卡大奖。动人之作不在于主角是不是帅男美女,而在于你是否有悲悯情怀,是不是能接地气地真诚写作。"话说到这个份上了,再加上黄萌是我多年的朋友,我们合作多次,我不便马上拒绝,想着先缓几天,再找理由推掉。

这当儿,远在西安的婆婆出去买菜时,骨盆摔得骨折,住了半个月医院,做了手术,公公八十三岁了,无法照料,我给远在故乡的姐姐打电话,想请她找个保姆,十几天了,好不容易找来一个保姆,保姆只待了一晚上，第二天说什么也不干了，公公说："如果嫌工资少我们可以再商量"，保姆摇摇头说，"不是钱的问题，我神经衰弱，晚上要一个人住，你们家房子太小，又没有空调。"说完，她扭头就走。公公到菜市场买菜，为了躲开迎面飞驰而来的摩托车，又摔断了腰骨，给爱人打电话，一会儿说他要进养老院，一会儿又说他不想活了。公公婆婆三个儿子，没有一个在本地工作。请了三四个保姆，不是嫌累，就是嫌家里太小，没一个保姆能干够一个月。

我请姐再找保姆，姐说，农村人生活也好多了，许多人不愿意到城里来给人当保姆。又说城里老人好多了，好说也有工资请保姆，农村里的老人就惨了。"咱们村的刘麻子你还记得吧？"我当然记得。刘麻子家住在我们学校附近，老婆接连生了四个闺女，第五个总算生了儿子，两口子对这个老来子真是含在嘴里怕化了，捧在手里怕摔了。费尽心血把儿子养大，又七拼八凑地给他盖了房，娶了亲。孙子三岁了，儿子、媳妇到广东打工，刘麻子整天务弄着地里的活计，多病的老伴在家里带着孙子。一天老太太带着孙子在门口玩，感觉肚子痛得厉害，就靠在树前想休息一会儿，就在这时，同村人刘一刀开着车冲过来，把小孩撞飞了。刘一刀是我中学同学，学习一向不好，但脑子灵光，在县酒厂当销售员。在全村人平掉庄稼种上苹果树后，他立即辞掉销售员的差事，当起了果品经济人，也就是给苹果找买家。他租用村里好几户人家的旧宅子，建了一排大果库，专门把第一年没有卖出去的苹果放在果库里保鲜，寻找时机以更高的价格卖给咸阳、西安的果商。几年下来，他挣了不少钱，在咸阳买了房，买了一辆奥迪小轿车，还把从他家到村委会坑坑洼洼的路修成了柏油路，成为村里第一富人，也成了为村民造福的又一人。

"那肯定给人家赔钱了，刘一刀反正有钱。"

"那肯定，再说有村里、乡里给他撑着腰，我想说的是，刘麻子儿子和媳妇你猜把他母亲怎么了？"

"孩子又不能起死回生，他们能怎么着自己的母亲？"

"刘麻子的儿子儿媳烧了一大壶开水，硬是给他母亲从嘴里灌了下去，当时老太太疼了一夜，第二天还没拉到医院，就断了气。"

"刘麻子的儿子该抢毙。"

"公安局来人调查，刘麻子跪着给儿子求情说，他母亲死了也算享福了，反正浑身都是病，儿子走了，刚生下的娃娃没了爸怎么活？"

我听得心里分外沉重，说，"姐，村里还有啥事你讲给我听听，特别是老年人的事，人家约我写老年人的稿子呢。"

姐想了想说，"李村一个姓黄的老太太生了三个儿子，跟两个儿子分家了，一直跟着小儿子过，老头子死了不久，小儿子又得绝症死了，儿媳妇改嫁了，两个已经分家了的儿子说老人把家产都留给小儿子了，小儿子没了，不是还有孙子嘛，当然得孙子养着老人。这个孙子也长大了，快到娶媳妇的年纪了，不知跟他奶奶为啥原因吵架了，一天晚上竟然把他奶奶活活地掐死了。本来都入土了，他大伯因为想要老太太留下的一个描花柜子，侄子不给，就把侄子告到了派出所，说侄子把他母亲掐死了。挖墓、开棺，果然有掐的痕迹。侄子被判了无期，大伯二伯分了全部家产，不用说大伯也得到了他想要的描花柜子，据说是老古董，值好几万。"

太残忍了，这样残忍的事没法写。

姐想了想，忽然大声说，"你可以写好的呀，都是现成的，写咱们家，写哥哥们对咱父母是多么的孝顺。"

对呀，我就写些温暖的，而且是我熟悉的故事。一语惊醒梦中人，我决定好好写写我们家，写写我们的兄弟姐妹，以告慰父母的在天之灵。

2

母亲去世后，安置后事时，大哥说，"父亲去世时，我们没有条件，他老人家走得很简陋，一直是我的心病。现在母亲走了，我们一定要尽我们所能，以最隆重的送别方式，让她含笑九泉。"

我们兄妹一致同意大哥的意见。

母亲生了七个儿女，除了给人的五哥、三哥是农民外，我们其他子女都发展得不错，大哥是正军级少将，在北方某部担任政治委员。二哥是副军级少将，在南方某部任政治委员。四哥是我们邻县的副县长，我是一个靠写作吃饭的作家，姐姐在我们县农业局工作。

我们为母亲举办了在我们全乡或者说全县最隆重的吊唁仪式，大门外用黑纱和松柏扎了彩门，彩门两边立着四块闪闪发光的展板，展板上全是母亲游览大江南北的照片。我们请了县剧团最好的乐队、县宾馆数一数二的大厨，请了闻名全乡的醮师给母亲做最好的超度。花圈从家一直摆到了大路边，来来往往的车流都绕道而行。乡党委书记主持了母亲的送别仪式，两位分别从南北不同方向远道而来的少将回忆了母亲生前的言容笑貌，最后由正军职少将大哥代表我们兄妹六人致悼词。大哥是搞了四十多年的政治工作，他把母亲的一生用三句话做了总结，说母亲给儿孙留下了三个传家之宝，一个是省里英才委员会给母亲颁发的"英才之家"牌匾。母亲虽一字不识，却知道读书的重要。她出身于一个略有家私的小商贩家庭，重男轻女的姥爷靠他起早贪黑做的糖供着三四个舅舅上了学堂。从小听着哥哥们读书声的母亲懂得读书的重要，15岁进到我父亲一贫如洗的家里，硬是节衣缩食，从舅舅家里借钱借粮，卖了家里唯一的耕牛供我们兄妹上了学，为共和国培养了两个将军、一个县长、一个作家，她的孙子辈出了十名大学生、五名硕士博士。"惠泽乡里"是全村人为母亲送的牌匾，母亲集资修建学校、修建民族文化苑，被评为感动全县的十大人物之一。第三个传家宝是中国书法家协会、省书法家协会主席钟明先生写的挽联："爱哺子孙造就英才之家，惠泽乡里名满渭北高原。"既高屋建瓴，又声情并茂，使在场的不少人都抹起了眼角。县长、县委书记敬送了花圈，来自全国十几个省市的亲朋好友参加了告别。我们没有像村里其他人把去世的老人抬着轿子进入墓地，而是租了县里刚刚时兴的一辆"人生末班车"，这是辆崭新的白蓝相间的客货两用车。我们家在村头，离路东的墓地不到八百米，我们舍近求远，披麻带孝地护送着母亲的棺柩，朝南走，穿过全村，我们让母亲最后看看她生活了六十多年的老宅，现在已是一片荒地，再看一眼她年轻时爬坡种地的沟壑。最后从我们新家再看最后一眼，安息在她亲手种植的苹果园里，跟早逝的父亲葬在一起。

村里的老老少少亲眼目睹了小村有史以来第一次以这样的方式送别亲人的盛况，奔走相告着说母亲这一辈子值了，八十岁去世，是喜丧，活着跟儿女们走南闯北，穿尽了村人没有穿过的，吃尽了村里人没有吃过的，看遍了村人没有看过的，享尽了村里人没有享受过的荣华富贵。作为母亲的子女，我们听到心里是得意的、是欣慰的，我们都认为我们为母亲做了最好的。在母亲生病时，住在省城最好的医院，以精湛的技术和优质的服务，以最大的可能减轻了母亲的病痛。除了我们兄妹轮留探望，还有三个护工轮班二十四小时的守护，我们已经尽心了。所以母亲走了，我们并不是太难过，我们上午送走母亲，下午就各干自己的事了，我跟着大哥去我们邻县参观一棵千年的开花的铁树，二哥要述职，四哥说要主持个招商引资的会议，回单位了。三哥说母亲房子里的一切都不动，就像纪念堂，我们兄妹再回来时，就跟见到母亲一样。他怕小孩子进去乱动，就锁了门。

家门上的白对联、彩门，门口挂着的引幡也随着母亲化为了泥土。新盖的瓷砖到顶的小楼在阳光下熠熠发光，七天的悲伤复归于平静，生活又回到了以往的轨道，我们忙着各自的工作、生活，母亲没了，家就没了，我们也就很少再回到那个偏僻的小村。

每每走在首都的大街上，看到比母亲年龄还大的老人时，我总会忍不住多看几眼，有时，还会跟他们说会儿话，我想，母亲要是没走，多好呀，北京建了这么多的公园，她那么喜欢花花草草，一定会问这是什么花呀，那是什么草呀，会让我给她在这些花花草草间留下一张张照片。

3

朋友的父亲得了脑血拴，半身瘫痪，作为她最好的朋友，我理应去看望老人。前年夏天我跟朋友一起到我们老家的省城出差，办完事，我想回去看看年迈的母亲。朋友说，"我陪你去看看老人吧。"我说："不用不用，你最近身体不舒服，我们家离省城坐车要三个多小时呢，农村条件又差。"朋友说，"只是看看老人嘛。"

我没有给家里打电话，"忽然袭击"，使母亲一点儿防备也没有，她穿着一件打了补丁的衣服正跪在大门口，从烧过的炭堆里挑选还没烧尽的煤块，这让我很没面子。我一把把她拉起来，嗔怪地说，"家里又不是没有炭，在乎那几块没烧尽的吗？"母亲觉得她在外人面前丢了我和哥哥姐姐的脸，很是不好意思，立马洗脸换衣服，不一会儿就像走亲戚似的打扮得极其光鲜，她穿了一件碎花的真丝短袖，下穿黑色的麻纱裤子，脖子上还挂着二哥给她的珍珠项链，像个城里的老太太一样架起了眼镜。她拉着朋友的手再三跟朋友解释，儿女们对她特别孝顺，她刚从山东回来，大哥带着她走遍了云南、四川、南京、山东，南方就是好呀，有山有水，像画里一样。她游了李慧娘游的西湖，见到了跪在岳飞墓前的秦桧。不识字的母亲一生都爱听秦腔戏、看电影，她的许多知识都是从戏文和电影里得到的。母亲还把哥哥姐姐们给她买的衣服一件件地让朋友看，带着朋友看她亲手盖的全村最好的十二间瓷砖到顶的房子。母亲剁肉丁、切韭菜、摊鸡蛋皮、擀面条，给我们做了香喷喷的臊子面，朋友连吃两碗，赞不绝口。

母亲让三哥赶紧把一进大门的南边房间打扫干净，马桶前放桶清水，（这个房间是留给我们在外工作的儿女回家住，母亲让人专门在房间里安了马桶。因接水管麻烦就没装，这个马桶很少用）把被子拿出来晾在阳光下。我说："妈，我一会儿就走。"母亲看着我，脸扭动了一下，"公家有事？"我点点头，母亲说："好几年你都没回来了，也不多待几天。你不是每年都有假吗？我记得从你成家到现在，从来没在家里待得超过一周。"我无语。朋友说，"你在家待几天，陪陪老母亲吧，单位又没有多少事。"

我很坚决地说，"不了。今晚省里还有领导请我们吃饭呢。"

母亲说，"有事就忙你们的，你看到了，我都挺好的，你三哥三嫂对我都挺好的，我也不做饭、不扫地，整天吃了睡睡了吃，过得像地主。家里现在要啥有啥，米面都是新买的，肉呀菜呀你姐隔三岔五就从县城给捎来了。你安心工作噢。"

从进屋到离家，我待了两个小时，在这两个小时里，我陪着朋友说了半小时话，到离家五里地的果园摘了一大筐苹果，说要带给省城的朋友们尝尝鲜，满打满算，我跟母亲只待了不到一小时。在这一小时里，我一会儿接电话，一会儿跟来来往往的村里人说几句话，母亲的问话我经常是随口应付。母亲摸着我的胳膊说，"又瘦了，怎么又瘦了，多吃些，不要想家。"说着，她拉着我的手，摸个不停。母亲的关节粗大，指甲缝里的煤屑也没洗干净，摸得我感觉扎手，趁她不注意，轻轻松开了。

离开村子很远了，母亲还站在路边，我胳膊朝车外伸了伸，算是告别。朋友说，"你母亲腿咋了？是不是在哪儿摔了？"

"没有吧，我没注意。"

"你呀真粗心，你母亲的腿肯定痛，我仔细看了，她走路时，腰一扭一扭的，眉头皱得紧紧的。"

"我母亲没事儿，我每周都给她打电话呢。"

写到这里，母亲，泪水溢满了我的眼眶，原谅你粗心的小女儿。如果我当时就问你，也许你的病就不至于拖得误了最佳治疗期。每次打电话，你都说我好着呢，你们安心工作吧。我却不知道那时，你腿疼得已经走不到咱家的地头了。外面要关注的东西太多了，我总是望着远处，望着与自己工作和生活息息相关的事情，这个明星又演什么片子了，那个名人又生私生子了。儿子的考试分数，新房子的装修，自己体检时高蛋白超出0.1都睡不着，母亲，我坐在你面前，却没有看到你正在经受的痛苦，而细心的你，连我的胳膊瘦了都能摸到。就是在你病重时，我眼角长出的一颗麦粒泡，都没逃过你的眼睛，你说，让医生看看，怎么回事。

朋友的父亲坐在轮椅上，朋友一双纤细的手不停地给他按摩着耳朵、掏着耳屎，满头白发的老人像个小孩子一样听话，脸上洋溢着满足的微笑。

我在家是老小，父母很少让我干家务，所以我基本上啥都不会。有年回家探亲，母亲不在家，家里就我和老父亲两个人。到中午该吃饭时，母亲还没回来，我进到厨房，和的面软得一擀就黏到了一块；生炭火，满屋除了黑烟还是黑烟。最后还是年已七十的老父亲帮我生火，帮我重新和面，我们才吃上了一顿饭。那年，老父亲到我家里来，我给他洗过一次衣服，结果，因为他口袋里装着大蒜，我忽然就呕吐起来，父亲气得当时就拿走了他的衣服。

朋友又给老父亲剃须了，保姆在阳台上洗着衣服，朋友的母亲坐在我旁边微笑着跟我拉家常。

"你父母健在不？"

"都走了。"

朋友母亲叹息了一声，问，"啥病？"

"父亲骨盆骨折，瘫痪在炕上半年后走的。母亲得的是肺气肿，去年走的。"

"他们走时多大年纪？"

"父亲83，母亲80。"

"有福呀，高寿。"

我如释重负地说："是呀。"确切地说，母亲走时没有到八十岁。病重的母亲从医院回到她的热炕上，好像病也好了几分，大哥提议提前给母亲过八十岁的生日，说没准母亲一高兴，病就好了。我们兄妹立即赞同，我们订了全县最高的蛋糕，十三层，然后请了至爱亲朋二十人，给母亲过还差半年的生日。我们扶起插着尿管、输液针和氧气的母亲，由她的孙子孙女一起给她唱英文《生日快乐》歌。我到现在也不能确定母亲是否是清醒的。她说不出话来，由着我抱着，由着她的孙子孙女搂着照相，脸上呆呆的，眼神涣散。照完相后，我们给她吃蛋糕，她咬了一口就吐了出来，忽然就要下炕。我们手忙脚乱地给她穿裤子，帮她推轮椅，她到院里七八张桌前走完一圈，然后又要进屋上炕。自始至终嘴都在动，可是听不清她在说什么。

"阿姨，照顾叔叔，你肯定很累。"

"老头子瘫痪一年了，你看气色还好，多亏了这个小胡二十四小时在家呆着，我女儿儿子每天都回家，从头到脚都给张罗了，我还行，每天还能闲下来看几集电视剧《金婚》。"

"我父亲瘫痪时,是母亲一个人照顾的。"母亲说洗尿片子,大冬天水凉,洗得她手都不敢碰水,一碰水皮肤就像裂了一般。父亲病重时跟母亲一样,最后都是肺部感染,呼吸困难,整宿睡不着,躺着难受,扶起来坐不住,他得靠着母亲的后背坐一会儿。母亲得病时,我一个人根本动不了,须两个人一个人抱着腰,另一个抬着双腿,那么年迈的母亲是怎样一个人扶起比她重二十公斤的父亲?我没有亲眼看到,无从描述。但我知道父亲去世后,母亲大病了一场。医生说你母亲再照顾你父亲半月,人肯定垮了。如果我们像朋友那样给母亲请个帮手,母亲会不会像朋友的母亲一样,现在仍然健康地活着,听她喜欢的秦腔戏。

想到这里,我心里酸酸的,不知该说些什么。

"我女儿好呀,给她父亲理发、漱口、洗头、擦大小便,比我做得还精细。你父亲病了,你没有回去过?"

"工作忙,没来得及。"事实是当时我们一家三口正在三亚海边度假,那时北方雾霾加严寒,根本没法待,听到父亲病重的消息时,刚到三亚,我想反正我们在三亚也就待半个月,返回的机票已经订了,即便回家也不能治好父亲的病,就一直等到度完假,回去时,父亲已经走了。

"妈,你去看水烧开了没?"朋友发现我流泪了,不让母亲再问下去。我不知道我是怎么回家的,我脑子里乱乱的,一整夜梦见的全是母亲。

第二天打电话问在老家县城工作的姐,"你经常梦见母亲吗?"

姐说,"怎么能梦不见,几乎天天晚上梦见。"

"我也是。"

"给母亲烧些纸,母亲在天堂还想着咱们。"

"姐,你知道母亲走时,会不会恨咱们?"

姐在电话那头沉默了一会儿,说,"有句话一直藏在我心里,我不敢说,母亲入殓(就是棺材合上,再也不能打开)的那天晚上,我跟你姐夫守着母亲的灵,睡到半夜,我忽然听到母亲的三声咳嗽。"

"胡说什么呢?肯定是你的心理作用,母亲病重时,不是经常咳嗽吗？"

"母亲入殓时，眼角有泪水，你说她是不是只是昏迷过去了？"

"母亲确实去世了，这是经过医生确认的。眼角的水，肯定是不小心掉的药水。"

"昨天晚上我梦见母亲给我托梦说，她没有去世，她是睡过去了，她醒来还要回家，要跟熟悉的人告别，还有好多事要处理。你说，我们会不会……"

"姐！没事了，我挂了。"我恐惧地一把扣了电话。

好半天，我坐着一动不动。不知啥时，天已经黑透了，爱人下班回来，他打开灯，问我在想什么，我说我想我母亲呢！说着我拉开抽屉，取出母亲的一张照片，这还是去年母亲从北京走时，给我的，说这张照片她很喜欢，说我想她时，就拿出来看看。照片上的母亲穿着大哥给她买的大红色带寿的绸缎中式盘扣夹袄，上面写着暗色的"寿"字，满面慈祥地望着我，嘴半张着，好像要对我说什么。

4

又到春节了，这是北京有史以来最冷的一个冬天。母亲走了，家也不想回了。在南方工作的二哥打电话说，母亲不在了，你们都到我家里来过年吧，南方暖和。姐姐因为外甥女也在广州，全家也到了广州。

城里的年好像跟没过一样，我们在饭店吃了团圆饭，坐在二哥家的客厅闲聊。二哥话不多，一直静静地坐着，家里其他人打麻将了，我跟姐和二哥坐着。姐望着二哥的眼角，说，"哥，你眼角还疼不？"

二哥摸摸眼角说，"没事了。"二哥说，"我对不起妈。"

二哥的眼睛是母亲奠的那晚（我们老家安葬老人一般用两天，第一天白天招待所有来吊唁的亲戚朋友吃饭，晚上所有的孝子贤孙以敬酒的形式由醮师念经为亡人超脱，第二天上午送亡人下葬），放炮时一个炮仗打到了二哥的眼角，当时把我们吓坏了，立即送二哥到县医院进行处理。那两天二哥一直说，那是母亲在惩罚他。

"别胡想了，咱们兄妹七个人里，你对父母最孝敬。母亲住了五次医院，都是你联系的，你给母亲寄的钱最多，每年冬天不是你陪着母亲在老家过年就是把母亲接到你家里，家里油呀面呀你给家里用车拉，母亲最喜欢的院里的石榴树也是你从南方运回去的。你给母亲做的事，说几天都说不完。"

二哥摇摇头，搓了搓脸，说，"我去睡了。"

半夜了，我在网上看完电视连续剧《她从海上来》的最后十集，发现二哥的书房灯还亮着，就走进去，发现二哥正捧着大哥请江南名家给母亲绣的画像发呆。

二哥看我进来了，说，"你看这像连母亲嘴角的黑痣都绣得那么逼真。"

"听说花了好几万呢。"

"母亲病重时，是啥样子？"

"元元（二哥的女儿）没告诉你？"

"说母亲瘦得都不像她了。"

"二哥，我一直想问你，母亲生病时，整天盼着见你，你为什么不回来？"

"当时工作忙，抽不出身子。我不是让你嫂子、元元和孩子都回去了吗？"

"周末你还上班？坐飞机两三个小时就回来了。"

二哥沉默了。

那时，母亲在省城医院一会儿清醒一会儿糊涂，我跟姐和四哥轮班守着母亲。母亲那时已经确诊是血癌，疼得在病床上整夜整夜地睡不着觉，实在疼得没办法时，就打几针安定或者止疼药。清醒时老问我你二哥呢，你二哥呢，你二哥啥时来？我说明天就来了，第二天母亲又问，我再骗她。一天能问十几遍，问得我无法，只好给二哥打电话。二哥说他回来也没用。气得我当时就扔了电话。大哥当时人虽在省城，但是应酬不少，再加上也是六十岁的人了，坐一会儿就累得打盹，我们让他看看母亲就走。我跟姐、四哥在医院时，母亲身边二十四小时都有护士，可是我们坐在那儿，母亲会一会儿看我们一眼，一会儿再看我们一眼，我知道只要我们在，她就心安了。母亲肺部感染后，必须一直吸氧，做雾化，加强抗感染，医生每次吸痰时，姐都难过得不忍看，跑了出去，母亲疼得直叫，管子吸出的痰里全是化脓的血。到最后，母亲已经说不出话来了，只看到嘴唇不停地蠕动，却听不清在说什么。刚开始，姐能听懂，后来连姐也听不清了。母亲一直到走，只要我在她身边，她就费劲地说着话，我听了半天，一句也听不清，就不让她再说了。

母亲一直闹着要回老家。可当她到了家，以为自己身体好了，四哥把她柜子的钥匙给她时，她又推给了四哥。谁知道，到了晚上，母亲又糊涂了。一直到走，都没来得及处理自己的遗产，最后是哥哥们处理的，母亲不知在天之灵是不是同意，我们不得而知。

"你为什么不回家，看母亲一眼？我一直就想不通。"

二哥抹了一把眼泪，反问我，"母亲得的是肺气肿，你跟大哥在北京，北京那么多的医院，你们为什么让母亲病着回家。要不是得了肺气肿，母亲就不会这么快离开我们。"

我反唇相击："省城医院是你联系的，母亲腿疼一年多了，你找了那么多领导，竟然误诊说母亲得的是腰椎盘突出，要做手术。"

二哥气得一双眼睛圆睁，眼袋深陷，我感觉自从母亲去世，他老多了。一股内疚涌上心头，我低声说，"对不起，哥。"

我怪二哥，难道他说得不是真的吗？我真的就没有责任吗？

母亲在北京时，她说腿痛，我没有带母亲去医院看，只给她买了几瓶药水，让她抹着。再问母亲，她说好多了，我就没在意。母亲老咳嗽，我要带她去医院，她说你们工作那么忙，没事的，吃些药就好了。过完年，母亲就要回老家，说五哥的儿子结婚，她一定要在场，她欠了五哥的，一辈子也还不完。我们一直坚持让她过了正月十五，到了三月，想着天不冷了，送母亲回到家，可是农村没有暖气，再加上倒春寒，母亲回去没几天又感冒了，从县医院、地区医院到省城最大的医院，母亲住了四五次院，确诊是肺气肿，所有的医生都说无法从根上除病。这时母亲双腿疼得走路走不了五十米就得坐下来休息，有时疼得已经无法睡觉，省城医院诊断为椎管狭窄，说做了手术就可以了，母亲不同意，说她不想做手术。

做牵引、按摩、理疗、外敷膏药、口服止痛药，仍然无济于事。二哥联系省城医院专家，专家说这种病只有在气管插管全麻下行全椎板切除减压，不过手术创伤大，老人年纪大了，恐怕受不了。再加上老人还有肺气肿，只要感冒，就会旧病复发，引起肺部感染。

做不做手术，我们兄妹商量了半天，迟迟下不了决心。母亲快八十的人了，虽然我们担心，但不能眼睁睁地看着她受罪，还是决定做手术。我们轮番动员母亲做手术，她还是不想做手术。她摸着自己的腿说，"我是不是得了不治之症？腿怎么治都不见好，是不是你们瞒着我？"让我内疚的是，我们太相信省城大医院了，都以为母亲只得了寻常的病，做了手术就会健康如初。国庆放假，我从北京回到在市里的四哥家，母亲在这治疗。在短短的四天里，我跟母亲只待了三天，因为母亲腿疼，不能走太远的路，在哥哥家的院子里，只能走走歇歇不到二百米。这时二哥也从广州回来了，母亲高兴得也不说腿疼了，不停地问我们这问我们那。可我们并没有全心陪母亲，二哥说他要回老家到小时候玩的山里爬山，再不去，山里挖煤，就会影响自然风光。说着，他还拿出新买的爬山鞋，说他要把从小放羊走过的沟全走一遍。我呢，也想带着一直在城里长大的爱人看看农村近几年的变化，我说我们晚上就回来。母亲说，"你早点回来，我还想跟你说话呢，对了，我病了一直出不去，你从家里回来时把轮椅带来。"回到老家，啥都是新鲜的，原来的县城要搬到新开发区，过去的学校已经被果农承包，家家都不再种庄稼，我记忆中的成片良田，全种上了苹果树。坐在父母亲手种的果园里，我忽然想在老家住一夜，看看好久都没看到的星星，闻闻好久没有闻到的清新的空气。到了晚上八点，母亲打电话来了，问我走到哪了？我才想起没有给母亲打电话，我说我不能回去了，明天一大早就回去。母亲没有说话，挂了电话。四哥后来告诉我，母亲当时就哭了。

第二天我回到四哥家时，母亲拄着拐杖远远地站在门口微笑地望着我。晚上我跟她住在一起，睡到半夜，我听到母亲的呻吟，打开灯，看到母亲正用拳头砸着自己的双腿，我帮着揉了会儿，困得手越来越没劲了。母亲说没事了，睡吧。我睡了。当我再睁开眼时，母亲又是一个人坐着，用酒精给自己揉着腿。我说妈我来。母亲说你睡吧。一阵困意袭来，我又睡着了。母亲是啥时睡的，我不知道。

第二天母亲听说我到市区去逛，说，"你给我买条内裤吧，到你哥这来得急，换洗的衣服没有带，要棉布的大号的那种。"我跟嫂子到两个大商场转了一圈，商店里没有母亲要的那种特大号。我在附近商场转了好几圈，没有纯棉的，只买了两条聚脂纤维的内裤。后来我问母亲，穿着怎么样？母亲说挺好。后来我给母亲擦身时，才发现内裤太小了，勒得母亲腰上全是痕迹，而且不知是因为质量问题，还是其他，母亲穿着老感到皮肤过敏，不停地抹药。晚上，母亲坚持不让我跟她睡了，说她还是习惯一个人睡。我说："你晚上起来开灯不方便。""我行。"母亲说着，用拐杖一碰，灯果然开了。我就同意了。后来才知道，母亲不想打扰我的休息，才故意说的。

第三天早上，母亲说："你给我洗一下头吧，还有内衣。你四哥老洗，让一个大男人洗衣服，怪难为情的，即便是自己的儿子。"母亲说着，脸红了。笨拙的我竟不知道如何给蹲不下身子的母亲洗头。母亲说，"我坐在床头，你把水端来。"我笨拙地端来水，给母亲洗起头来，这是我第一次给母亲洗头。想起小时候，母亲为我洗了无数次头，我却给母亲洗了这么唯一的一次，还洗湿了母亲的衣领。洗了头的母亲笑着说，"清爽，头上轻了许多。"

四哥住处不到三百米有家豪华酒店，听说温泉最有名，我想带母亲去，母亲害羞地说，"不用了，我身上四周都疼，贴了伤湿止痛膏。""撕了不就完事了？"我说着，揭开母亲的衬衣后襟，才发现她的后背上横七竖八地贴满了止痛膏，我感觉自己揭时已经非常小心翼翼，母亲还是疼得叫了一声，撕下来的地方已经烂了。泡温泉的事，就此作罢。现在想来，真后悔，我可以给母亲擦擦身子呀，天那么热，她又爱出虚汗，坐着时不时地擦汗挠痒，我竟然熟视无睹。

返回单位前，我用轮椅推着母亲走出了四哥家的小区大门，大概走了两站路，虽然大街上很是冷清，没有商店，没有市场，爱热闹的母亲还是高兴地一路上不停地说着，笑着，这是她到市里来第一次出院子。为了弥补我心里的内疚，我给了她两千块钱，让她买些自己喜欢的，结果母亲去世时，钱一分也没有少地装在她贴身的口袋里。

我再见到母亲，是一个月后，母亲已经住在了省城医院的重症监护室。腿疼得实在无法忍受的母亲终于同意做腰椎盘手术。在做一系列检查时，不幸的是，因为频繁穿脱衣服，加上天冷，被误诊的母亲又感冒了，肺气肿复发，手术暂缓，从骨科转到了呼吸科。现在想来，幸亏母亲感冒，否则年迈的母亲就要白白地挨这一刀。转到呼吸科，母亲肺部大面积感染，已经发不出声了。她被医生捆在床上，一次次的吸痰，吸出的是一股股的脓血。因为母亲疼得无法，医生对开始的诊断产生了怀疑，做了骨刺检查，我们这才知道母亲得了血癌，才明白了她全身神经痛的原因。她一刻不停地要下床，要回老家。趁人不注意，一条腿就已下了地。最后无法，医生只好把她捆在了病床上。我们非常理解她想回家的心情，可她身体虚弱得连站都站不稳，怎么可能离开病床，离开氧气？在我守候在母亲病床边的日子里，虽然有特护在身边，我还是整夜不敢睡觉，我怕母亲难受时拔掉氧气。在她疼得无法忍受时，给她打一针止痛。在她疼痛得哭叫时，我不耐烦过，甚至希望母亲早些解脱。我们跟医护人员一样，戴着口罩，母亲总是认错人，不时地要揭开我们的口罩，我们总是把她的手放回去。现在回想起来，母亲可能想认清她的儿女真实的面容，可是我们怕自己受到感染，没有让她如愿。

把母亲送回老家后，我最不能原谅自己的是母亲病重时，我没有一直守在她身边，在有限的一周里，我还跟好久没有见面的中学同学去吃饭，到歌厅唱那些甜甜蜜蜜的情歌。唱到半夜，要不是姐打电话，我还会跟一位中学时的好友在她家住一晚上，听她讲自己的罗曼史。我当时想，母亲身边反正有人照顾呢。

母亲的病越来越重，哥哥姐姐们已经开始商量她的后事，性急的嫂子已经拿出母亲给我们亲手做的白孝衣，等母亲百年后穿。我们甚至计划着请谁，坐多少席，当时母亲就躺在离我们不到十米的炕上，我不知道她当时听见了没，如果听见了，她心里会怎么想。

回家第五天，母亲脑子极其清醒，竟然说了一段很清楚的话，说，"我病这么重，快送我到医院。"她还把我们兄妹叫到她面前，除了二哥没有在家，她都一一握了握手，还把她养的一只花猫抱了抱。我们把她送到了县医院，还没到医院她脑子又不清醒了，话又说不出来了。安置好母亲，我先去看了几位中学时代的老师，下午返回北京时，路过医院我也没进去，没再看母亲一眼，我想反正母亲已经不认识我了，说的话我也听不到，去了也没用。我走后那天晚上，母亲就去世了。

当听到母亲走了时，我并没有伤心，我亲眼看到过她痛苦的样子，说实话，我想着她走了也是一种解脱，可是母亲真走了，这世上我再也没有了叫妈的人。

母亲去世，乡邻和昔日的中学同学劝告我，你一定要哭哟，大声地哭出来，否则别人会笑话的。同样置身于一片恸哭中，我也没哭出声来。家人说，老人去世，你不哭证明你不难过。我无语，望着照片上的母亲，我感到很愧疚。我并不是别人说的痛而不言、笑而不语，懂得隐忍之人，那么我为什么不哭呢？是真的不难过吗？母亲为我们吃了多少苦，我当兵时母亲千里迢迢来部队看我，下了火车走了整整三十里路，带着的信皮让小偷偷走了，她以为我是在部队养鸡厂当兵，跑了不少冤枉路，住黑店，被人骗，遭人偷，还是找到了在华山脚下做方便面的我。跟我一起挤集体宿舍的单人床，给我缝棉衣，拆洗被子。我怀儿子时，她住到我的单身宿舍给我做可口的饭菜。后来我分到北京，也是一次次地到我家里，给我擦桌抹椅，一刻也不闲着。我下班了，在家里待了一整天的她，总让我陪着她到附近的街心花园里走一走。看到商店里喜欢的衣服，我多次让她试，她买的总是最便宜的。

我有什么理由怪二哥？我说："哥，你不要内疚，你已经尽心了，村里谁不说咱们孝敬母亲？"

哥说："这倒是，母亲三年时，咱给爹和母亲立块碑，墓地周围种上松柏。"说着他如释重负地走了，我也不觉间轻松了许多，睡得很香。

5

第二天我跟姐逛华南植物园，姐突然问我："你说母亲如果有灵，会不会满意她遗产的分法？"

妈一个农村妇女，竟然留下了三十万元的遗产，这是我没想到的。

"母亲给你说过她存了多少钱吗？"

"她说有五六万。给你说过吗？"

我想起了我最后一次见母亲，就是国庆节准备返回部队时，我推着母亲走在大街上，母亲忽然说，她想在县城买套房子。

"我三哥对你不好？"母亲一直跟三哥住在农村，房子是在母亲的坚持下新盖的，钱是我们在外面工作的子女零零散散地给母亲的，她一直没舍得花。

"不是，在县城生活方便。"母亲说。"县上买套房子多少钱？"

"十几万吧。"我笑着说，"妈，你有那么多钱吗？"

"我有十五万。"母亲说。"我给你四哥说了，他没同意。"

"你在县里住不方便，姐要上班，你总不能一个人住在房子里，没人照顾你。"

母亲说："我可以在你姐家附近买个小居室，你姐晚上来看我。中午我用煤气做饭，很方便，也不麻烦任何人。"

"妈你不要这么想，跟我三哥住在一起也有个照应，或者你到城里来，住到我家。"

"我住城里不习惯，你们整天上班，我都闷死了。县上离家近，一抬腿就到了，我死了还要回家呢，不给你们添麻烦。"母亲又说，"你们不同意我就不买了。"说这话时，离母亲去世不到两个月。

母亲为什么要搬到县上住呢？

姐想了想说，"大概是觉得方便吧。"

"三哥对妈挺好的，妈身体一直挺好，不但不要他们照顾，还给他们盖了全村最好的房子，哥嫂出去干农活了，母亲看家，做饭喂狗养鸡，事也不少。"

"母亲当时搬到新房子时，是一个人搬上来的，三哥三嫂不愿意上来，母亲就叫村里失去丈夫的三妈陪着她，给人家衣服、钱什么的。后来三哥一家跟母亲住到了一起，母亲就不让三妈来了，我有时回去看母亲，她都是很高兴。但有时她会说，晚上一个人睡着害怕，叫娟娟（三哥的女儿）陪着她睡，侄女也不愿来。"

我说："哥嫂都在，怕什么？"

"三哥那人自私，母亲病重的时候，咱俩守在母亲跟前，三哥睡在外面，无论母亲多疼，咱们照顾母亲多晚，睡在外间的三哥都不起来，你知道他为啥要睡在外面？"

"为啥？"

"他怕母亲把好东西留给我。"

"守灵，按说都是儿子守的，除了你四哥，你说还有谁守着母亲。大哥、二哥年纪大了，家里又没有暖气，房间没有卫生间，也不方便。我跟你姐夫守了两夜，你四哥守了一夜。"

我脸发烧，在为母亲守灵时，我害怕得不敢一个人守在那个从小就让我心怀恐惧的大棺材前。我也没有为母亲守过一夜灵。为了守灵，还跟三哥吵了一架。

三哥说他要守着灶上，怕菜和肉让人偷了。厨师做饭是在我们邻居家开阔的场院里，邻居刚平了地，没有盖房，也没围墙，场地大得坐七十八桌不成问题，我们就选了这个地方招待亲朋好友坐席，厨房是一间临时搭起的帐篷，里面放满了这两天招待人用的鸡鸭鱼肉、各类蔬菜和买的几千个馒头。这也是一个重要任务，不能没人管。

"你为什么不守？你是妈的心肝，最疼你了。"三哥略带讽刺地说。

我回答："我是女儿呀，自古以来都是儿子为去世的老人守灵的。"

姐夫说："那是老皇历，我就跟你姐守了两夜了，该你跟你丈夫守了。"

"姐夫，你跟我爱人守吧。"

姐夫说："我打呼噜，怕影响妹夫休息。"

爱人说，"我一个人守，自己的老人怕什么？"那晚，果真是爱人一个守着。

"姐！"

姐望着我。

"我们对母亲挺好的，对吧，我们每个人在母亲活着时，都给母亲吃最好的，穿她最喜欢的，逛了全国许多名胜古迹，即使我们有些地方做得不够好，母亲也会原谅我们的，对吧。"

姐站了起来，说，"那绝对是。母亲在生病时，给我说了：'现在死了都很满足了，整整住了五次医院，从县城医院、地区医院到省城医院，你们花了十几万，病治不好那是命，儿女已经尽心了。'"

"母亲当时呼吸困难，喉管切开后缝合，还会活着对吧。"

哥哥们征求了医生的意见后，他们三个集体决定的。我记得当时四哥拿不定注意，给大哥打电话，当时大哥电话没接通，给二哥说，二哥在开会，问二嫂，二嫂说她拿不了主意，最后大哥到医院跟专家咨询了半天，说他同意把母亲拉回家，保守治疗。一直到下午，才接到二哥的电话，二哥半天才说，把母亲送回老家，也就是说放弃治疗了，这个决定很难。让他想想。到了晚上，二哥说他征求了他们南方省城医院不少专家的意见，说即使切了喉管，母亲还要受罪，满足母亲的最后心愿吧，活着回到家里，处理她想处理的事。

6

外甥女玲玲（姐的女儿），因为姐姐超生，只好放到我家里，从出生满一月后到初中毕业，都是母亲带大的。母亲从医院回来，输液是在家里进行的。玲玲是学医的，在医院工作，每天她从县里到乡下来给母亲输液。

有一天晚上，玲玲单位有事，找了一个据说也懂业务的同事来替母亲换药。这个女孩比玲玲差远了，找不着血管，第一针扎进去，母亲疼得叫起来，我跟姐死死地拉着挣扎的母亲。扎了三针才扎进去，谁知没两分钟，针头就脱落出来，又要重新扎，母亲又疼得叫起来，一直到去世，母亲大腿根输液的部位全烂了。

　　病重时，母亲唯一的一次笑，就是玲玲逗的。母亲经常呆滞地坐着，半天也不动一下眼珠，我们说啥她也没反应。我们给她吃面条，她吃了一小口就吐了出来，玲玲假装打了一下她的嘴，说，"听话，吃一口，"母亲不吃，玲玲说，"你再不吃，我就给你打针，"说着，真的拿起了针管，母亲就听话地吃了一口，这是母亲回家三天来，第一次吃东西，在这之前，她除了喝水，米面不进。当她吃了一口后，玲玲又给她喂了一小碗鸡蛋羹。她竟然也吃完了，玲玲高兴地在母亲的脸上亲了一下，母亲这时笑了，说了一句我们大家都听见了的话，"猴女子。"这是母亲经常说玲玲的一句话。

　　玲玲被抱回我家时，农村刚刚实行承包责任制，土地全分到了各家，我当了兵，四哥考上了师范，三哥跟父母分了家，爹妈除了种地，还包了三亩地种烤烟，经常忙到天黑。妈把一岁多的玲玲放在旁边玩，自己把烟叶往竹竿上绑结实，然后一个个地送到烤楼里烤，就在这来来回回的忙碌中，玲玲忽然把放在高处椅子上的一大碗开水打翻了，多半碗水浇到了脖子里。母亲急得丢下手中的活计，走村串乡，不停地说着"猴女子，这个猴女子，要给猴女子治好伤，一个女孩子，胸上有伤怎么能嫁人呢"。硬是用了五花八门的偏方，治得烫伤处现在光光的，根本看不出来烫伤过。

　　"我姥姥是让我五舅气死的。"玲玲有天在QQ上给我说的。她说："真的，姨，我五舅在我姥姥去世的那天晚上，去看姥姥，连喊了三遍，说，我恨你，我恨你，我恨你。这是值班护士告诉我的。他走后姥姥不到半小时就去世了。"

　　"不要胡说，你五舅不是那样的人，这话说到我这儿就不要再告诉别人了。"

　　玲玲说好吧，就下了线。

　　五哥是母亲的亲生儿子，因为当时家里实在穷得揭不开锅，父母就把他送到我们邻村的陈姓夫妻家，那两口子没有儿子。

五年前，我回家探亲时，遇到五哥。随着岁月的流失，五哥的背影越来越像四哥了。这次五哥来，向妈提出他要回家，说给人家当了三十年儿子，听爹妈的话，已经相继把养父母都送了终，他尽了养子的责任，现在应当回到自己家里。

望着酷似父亲的那双眼睛，看着他的无助，我的眼泪也禁不住流下来了。第一次我知道他是我五哥时，还在公社初级中学上学。有一天，我刚走出学校大门，一个个子比我高半头的小伙子叫住了我，给我了一块电子表，说他是我五哥。我当然不会认他，骂他是个神经病，然后到姐的单位——公社农机站去吃饭。

公社农机站就在学校斜对面，我经常盼着刮风下雨，只要刮风下雨，我就不用走三里路回家吃高粱面条黑面馍了，就可以大大方方的在农机站，跟姐去吃食堂里的炒菜，去看姐车机器零件时，飞出的金属碎花。我还喜欢闻姐房间雪白的纱布上盖着的白白的馒头，喜欢闻姐身上搽着的雪花膏味。还有我不会做的题，姐会讲给我听。只是我不能常到姐的宿舍去，因为姐是合同工，每月只有二十八元工资。

我把遇到那个人的事告诉了姐，姐半天才说，"他是不是长得像你四哥？是不是眼睛不大？"我答是后，姐说："他真的是你五哥，母亲在他小时候就送人了。以后见了他你让他来找我，我给他好吃的。"

后来再遇到他，我已上高中了。一天放学，他在我们家的村口等我，给我一双新皮鞋。我不收，他生气了，我才收了。回家告诉了母亲，母亲抹着眼泪说，"他恨我，不到家里来。"

又过了好几年，我当兵回家探亲，他到家里来了，看来日子过得不错，骑着摩托车，带着他新娶的媳妇。把母亲妈长妈短地叫个不停，每次妈给他钱给他衣服，还让他经常到家来。

五哥每次来都要边流泪边埋怨父母，不该把他送了人。说如果生在我们家，他肯定也会好好学习，会成为公家人。每到这时，就说他要搬回来住。

母亲含着泪让我们帮助当农民的五哥，并劝他安心在养父母家好好过日子，说，这是做人的本份。不过，母亲说他可以经常带老婆孩子回家看看。四哥也劝五哥不要注重形式，无论五哥在哪，他都是我们家里的人，都是他的弟兄。五哥的脸上这才有了笑容，以后经常逢年过节的到我家来，我们也正式以我家成员的身份承认了他。他叫妈那个甜，让人听了心里酸酸的。从此后，五哥就出现在我们家的果园里，出现在我们的庄稼地里。我回部队时，他悄悄地递给我一包核桃，说，"给孩子吃，就说是他五舅给他的。"说"五舅"时，他的脸红红的，我叫了声"五哥"，却怎么也说不出一句话来。

五哥为什么在母亲生病时，还要恨母亲？母亲让大哥五哥的儿子参了军，提了干，生着病从北京赶回来参加五哥儿子的婚礼，五哥为什么在母亲重病之时，还要这样气母亲，这是真的吗？玲玲一向不喜欢她这个五舅，我不相信她说的话。

7

母亲不在了，老家的电话我也很少打，有天，我坐在电话机前，忽然就想打电话。

电话刚一响，就通了，我先是吓了一跳。这跟母亲在时，一模一样。母亲一直把电话机放在她床头柜前，我们打电话时，很多时侯，好像她就在那边等着，电话一响，她就接上了。

这次是三哥。我们说了一些问候话后，就不知该说些什么了。

三哥忽然说，"你说妈一直放心不下她的遗产，如果她活着，会怎么分？她要是会写字就好了，不能说还可以写下。"

"难道你对遗产的分配问题不满意？"

三哥没有说话，停了半天，说，"不该只给我八万，你四哥和你姐都是国家正式工作人员，有工资，怎么还给六万？老五更不该给一万，他不是咱家的人。还有九个孙子孙女，为啥还要给玲玲一万元？"

"可是母亲给你留下的这套房子值多少，我姐儿子现在看不见、听不见。我四哥失去了大儿子，玲玲是母亲从小就拉大的，妈得病时就这样说过。"

"可这房子大哥说是咱们兄妹六人的共同财产，我只有居住权。"

"三哥，你说我们在外面工作的四个人会要这房子吗？还有家里的旧庄子，那么多的树，还有土地。"

三哥没有说话。

"哥，妈刚搬到新房子，叫你和嫂子搬上来，你们为什么宁愿住旧房子，也不跟妈住一起，你知道妈一个人是怎么过的吗？"说着，我想起了那次我回家的情景。

妈的新房子在村头第一家，左边挨着外村的苹果园，右边两三家因为没有钱盖房子，只把空地种上菜。七十多岁的老母亲，一个人住了好几个月。

我回家的那天晚上，随着夜越来越黑，我望着低低的院墙，忽然很害怕，把大门上的锁检查了好几遍。到半夜，听到院里的狗叫了一声，吓得把头埋在了被子里，接着我又听到了人的说话声和脚步声，一下子坐起来披上衣服，叫妈。妈比我还紧张，她赶紧下炕拿起睡前放在地上的斧头，听了听动静，然后战战兢兢地走出上房。我跟在后面，两排整整十间房子的门帘在风中晃动着，里面会不会有人？再看高高的墙外，会不会有人跳进来。她举着斧头走到大铁门前，用手电照着查看了半天，门关得好好的。她听了听，外面没啥动静。她转过头，拿着斧头往上房走。狗叫了一声，她警觉地向四周看了看，没有啥动静，狠狠地骂了一声狗："死狗，你再胡叫吓人，明儿个我就把你卖了去。"话虽如此说，她还是走到跟前，摸了摸狗身上的毛，走进中堂。先是仔细地到客厅里瞧了瞧，然后锁上客厅的大门，进到套间，把斧头放到枕前，然后拿起电话听了听，电话里传出嘀嘀的声音，说，"电话好着呢。"她告诉我说离我家住得最近的三水家有电话，他说有事就找他。"电话多少？"我一问，妈说："怎么一下子都忘记了，不是一直都记着嘛。"

我说："妈你不要急，你不是有个电话号码本子嘛，拿出来。"妈哆哆嗦嗦地终于找出来了，我说："这下就放心了。"夜，复归平静。妈说,"可能是公路上有人,或者是有人偷苹果,安心睡吧。"

"妈,我不在时,你一个人住是不是也很害怕?"

妈说,"对呀。有天晚上跟今晚一样,狗就使劲地叫,吓得我一整夜睡不着,就给你二哥打电话。你二哥给三水的工程找了个大活,让他经常帮着我,有紧急情况,也好应付。当时我还说不用不用,我一个死老婆子,没有啥不安全的。三水以一副见过世面人的口气说:'大妈,现在人心莫测,还是多加注意为好。咱们方圆百里,谁不知道你王老太太家是四个儿女挣钱的财东家,人都说你家藏着银库呢。大妈,让你儿子给你买个保险柜吧。咱们不怕一万就怕万一,就算来了啥也拿不到,光那一惊吓也害怕死人了,大妈你七十多岁的人了,也经不起这吓。'说着当即就给我说了他家的电话号码,然后还教我怎么记怎么拨。三水说:'我家的电话好记,51588,大妈,你记着就是:我要我爸爸,忘了你—想我早就没了爸就想起来了。'三水还告诉我有个键只要拨了第一遍号码,拨第二遍时,就不用再拨号码,拨这个键就行。给我说了好几遍,我也没记住,三水就用红墨水在那个键上做了记号。反正三水家离咱家不远,也就二三百米远,按三水的话说,只要听到电话,他烧根火柴棒的当儿就跑过来了。我要给三水拨电话时,狗又不叫了,我没敢脱衣服倒在炕上,一直仔细地听着院子里的任何动静,结果一夜没有睡着。好容易听到鸡叫,我揭开窗帘望了望院子,还是黑的,叹息了一声,又躺下来,闭着眼睛开始数自家的东西。从电视到桌椅、从房子到炕,数完了,还睡不着,又数起了自己的衣服来。天亮了,我没有顾得上吃饭,就提着东西往村里去了,找你三妈来,晚上住到咱家里来,陪着自己度过一个个漫长的夜晚。人老了,没个伴不行。"

"你为什么不叫我三哥他们来?"

"怕给他们添麻烦。现在人人都想过自己的日子,不愿意跟老人过。"

母亲叫了村里人陪过她一周后,三哥一家到底还是搬了上来。

"母亲生病时,你到医院看过几次?母亲回到家里时,你又照顾过几次?母亲生病五次住院,回家一周,你在母亲跟前坐了多长时间？"

三哥没有说话，我说："都是兄妹，谁多谁少都没啥，再说这些钱大部分都是大哥二哥给母亲的，是母亲一分一分舍不得花存下的，大哥二哥一分钱都没要。母亲安葬时，你也看到我烧她的衣服时，一条线裤她补得都让人心痛。"

"我也就是一说。"三哥说着，挂了电话。

8

母亲三周年忌日，我们在外面工作的兄妹四人都回到了家乡，再加在县上工作的姐，在外村的五哥和家里的三哥，父母的墓地周围种上了二哥让人拉回的松树和石榴树，大哥亲笔写的碑文。我们坐在父母的墓前，是一次真正意义上的大团圆。

大哥说，"老四，你在市里工作，闲了多回村里几次，访访村里的老人，把咱家能问到查到的家谱好好整理一下，写写咱们的祖先，回忆父母对我们的养育之恩，让我们的子孙后代都记着我们的祖先，现在咱们的儿女们还记着爷爷奶奶，孙子辈很可能连老家都不知道在哪了。家谱要写得客观真实全面。"

二哥说："这么多年了，数码相机都换了不少，家里的影集都能出书了，我们竟然没有一张跟父母在一起的合影，不是少了这个，就是少了那个。现在咱们好容易都聚在一起了，父母却没了。"

五哥生硬地说，"你们姓刘的聚，那是不是我这个姓陈的要回避？"

姐白了五哥一眼，望着插在墓头的三柱香，嘴动了半天，才说："我一直不想说，现在大家都在，我还是说了吧。护士说母亲走的那天晚上是自己把氧气拔掉的，才……"

"这怎么可能？"四哥站了起来。

"我接到母亲去世了的电话，根本就不相信，白天我请的省城医院的专家给母亲做了全身检查，还说母亲生命体征是正常的，晚上怎么就没了。"大哥转过身来，面对着我们。

"母亲为什么……"二哥说不出下面的话了。

"不可能！"四哥说。

"是真的，护工也是这么说的，说她跑进去时，氧气扔在一边，老人已经没有了气息。"姐说。

"母亲走的那天晚上，我们都在干啥？哥哥姐姐们，当着爹母亲的面，不能说假话。"我说着，嗓子哽咽了，"我先说，我当时是在北京梅兰芳大剧院看昆曲《牡丹亭》。"

大哥想了想，说，"当时，县委张书记在全县最豪华的饭店请我喝酒，已经约了好几次，人家是咱们的父母官，母亲住院一切都是在县委县政府的大力帮助下办的，那几天都下着大雪，病人又多，人家每天派人到家里来给妈看病。咱们上午决定让母亲住院，电话放下不到一个小时，救护车就来了，病房也安排得妥妥贴贴。不去不合适。"

二哥双手搓了搓他的脸，说："那天我跟广东的几个大老板商量关于我们省教育方面的投资，开完会，陪着他们到广州不远的从化温泉度假村洗温泉。许多在桌上谈不下的生意就在这样轻松的环境下办成了。"

"你呢，三哥？"三哥捏碎着父母墓前的土块，听到我问他，想了想说，"那天晚上，我给我孙子当马骑，小家伙是后响才从城里回来的，跟我一点都不生，老喊着我爷爷爷爷。"

"你别惯着你那个孙子，小孩子不能惯，母亲常说这话。"姐说完，把羽绒服上的帽子戴到头上，说，"我晚上从医院回来，赶紧给江江（姐得病的儿子）熬药，我走时给护工说了，她不要离开，我收拾完家就马上过去。"

"我在小区里锻炼身体，医生说我血脂高，让我多活动。我们那个小院子绿化好，里面小桥流水什么的，我就每天晚上走一两个小时。"四哥慢腾腾地说。

"我跟我媳妇吵架后，一个人刚走到村口，就碰上了村里一个熟人让我跟他去喝酒。"

姐最后说："护工小刘到外面跟男友说了一会儿话，再进病房时，母亲已经走了，她立即拨通了我的电话。也就是说有七个儿女、再加上三个护工二十四小时轮换值班的母亲，在生命的最后一刻，身边一个人都没有。"姐说着，抽泣起来。

母亲在最后的最后一刻，想些什么，说了什么，我们无从知道，只知道我们从全国四面八方赶回家时，母亲已经穿着她亲手缝织的寿衣，安祥地躺在棺材里，我们排着队一个个地瞻仰遗容，我只大概扫了一下，作为母亲最小的女儿，我一向胆小。母亲小小的身子躺在那儿，穿着我只在电视里见到的那种长袍马褂，面色焦黄。排在我身后的侄女忽然说，"奶奶眼角有泪水。"说着，她拿湿巾细心地擦了。

我们兄妹七人，半天没有说话，只听到墓地一片风声，呼呼的响着。

二哥忽然说，"我对不起母亲，我没有在她最需要我时回来看她最后一眼，我当时为什么没有回来，因为是在关键时刻，总部来考核干部，我想着我还有机会上去，这是我一直没有说出的话。"

大哥说，"我不该在母亲病重时，老出去吃饭、参观，我没有多陪陪母亲。"

"母亲在我家时老咳嗽，跟我散步时一会儿说她胸闷，一会儿头痛，我竟然以为就是普通的感冒，致使母亲错过了最佳治疗期，成了肺气肿。"

三哥说，"母亲生病在家里一周，我没给母亲端口水喝。"

姐忽然扭头质问五哥："老五，你那天晚上是不是跑到母亲的病床跟前，望着病重的母亲，连说了三遍：我恨你我恨你我恨你？"

我想制止姐，可是已经来不及了。

"我小时候在那个村受尽了别的娃娃欺负，我养父也经常打我，让我从哪里来就滚到哪里去，我就想为啥母亲只把我送出去，不送老大，或者不送老小，为啥单单把我送人？"

"你不要胡拉被子乱扯毡，只要回答：是或者不是。"

五哥闷声闷气地说，"是。"

"母亲本来还好好的，就是为了你儿子结婚，下着雪从北京赶回来了；那么冷的天，带着你儿媳妇去买衣服，你怎么能说这么让人伤心的话，就是你的话把母亲活活的气死了。你当着爹、母亲，还有哥哥妹妹的面说清楚。"姐望着五哥，怒目而视。

"我要是不给人，就不会生了病，没人管，现在眼睛就不会是斜的。我要是在亲生父母跟前，就不会失学，就不会当一辈子农民。"五哥忽然站起来，说，"我恨爹，恨母亲，恨你们。"说着，他站起来就要走。

"老五坐下！谁把你当外人了，这几年给你钱给你衣服还少吗？把你送出去那是因为家里太穷了。"大哥厉声说完，停了半天，又说，"咱们聚在一起也不容易，爹妈也不愿意他们不在了，我们兄妹之间离心离德。我是老大，常言说长兄如父，你们还要当我是个大哥，就听我的，以后咱们兄妹要像爹妈在时一样，互相关心、爱护。我听说有些人对遗产问题有不同的看法，这是我跟你们的二哥再三商量后决定的，按说老三是农民，应当分多些，但是老三你住着母亲留下的大房子，儿女都工作了，没有什么拖累，给老五分些也是应当，他虽然不跟咱们的姓，但也是爹妈生的，跟我们血肉相连。给老四还有爱玲多些，因为他们一个失去了爱子，一个是儿子成了残疾，以后的生活相对来说比较艰难。这只是大略的分，以后我们兄妹七个，无论谁家有困难，其他人都责无旁贷地去照顾他，不要说爹妈没了，家就散了，我们的家永远不会散。"

二哥说，"大哥说得很对。现在当着父母的面，你们谁还有啥话都说出来，不要放在心里，闷出病来。"

姐说，"妈，对不起，我照顾得你不够好，让你身上有好几处烂了。我记得我上中学时，姥姥正在重病期间，你到姥姥家守在病床前，我因为第二天要上学，要背馒头，冒着大雨到了姥姥家，非让你回家。你让我看看姥姥，我往前一瞧，姥姥气喘得不行。你说你先回去，让你婶子给你蒸馒头，你姥姥活不过今明两天了。我却哭着非要让你回家，最后你跟着我回家了，你前脚走，姥姥后脚就离开了人世。你当时后悔得好几天吃不下饭。"

四哥说，"妈，几个儿女里，你最信任我，你把自己省吃俭用的存折一直让我保管着，可我却没有满足你亲手处理的心愿，你几次要回家，我都怕把你累着，不让你回家，让你带着遗憾走了。"

我本想责怪四哥，妈当时在医院，四嫂就把母亲所有的东西提到了医院，连母亲拄的拐子都拿来了，这不就是不想让母亲再进她家门了。提东西进来时，母亲好半天没有说话，她一定心里很难过。正在我犹豫说不说时，五哥说话了：

"妈，那天晚上我是喝了酒，突然就想去看你，骑着摩托车跑了二十里路，给你买了你最爱吃的的羊肉豆腐包子。你一见我，就伸着手打我，我不知你为什么要打我，是因为我喝了酒，还是因为我一直没有去看你？你嘴不停地动着，我听不清，你就又是蹬腿，又是瞪我，当时我一定是让鬼缠住了心，才说了那些话，妈，我真的该死，你一定要原谅我，你说过，你在这个世界上最放不下我。"五哥说着，抱着头哭了起来。

在冬天的阳光下，我们守在父母的墓前，进行着内心的忏悔。可是如果父母在，我们能放下手中的一切，全心地照顾他们吗？就像他们照顾我们一样，我不能回答。只听见耳边西北风呼呼地吹过来、吹过去，就像母亲病重时不停地说着，我们却听不清她到底在说些啥。

回到家，我忽然感觉有许多话想说，边写边流泪。刚写完，黄萌就打来了电话，说，"你写得怎么样了？我再给你提供一个消息，不知有用没用。我有个阿姨，刚才给我打电话，说她的儿女为了她不再拖累他们，整天给她介绍对象。她就像个木偶一样被带着整天相亲，鱼鳖海怪的什么人都有，对自己还挑三拣四的，可伤自尊啦。我这个阿姨有几分姿色，五十多岁，丈夫去世早，为了把三个儿女拉扯大，一直没有再嫁。儿女小时候，不让母亲改嫁，长大了嫌母亲是累赘，逼着年老的母亲成家，你说听得让人心寒。"

"我已经写完了。"

"快发来，我等米下锅呢。"黄萌说着，手机响了，她说快点噢，就放了电话。

我打开了黄萌的邮箱，就在点"发送"时，我忽然想这违背了我写作的初衷，这么写哥哥姐姐会同意发表吗？爹妈听到我们的真实想法，会不会无法安息？还有村里人会怎么议论我们？想到这里，我按发送的手指蓦然迟疑起来。

桃之夭夭

1

真不该参加毕业二十年后的同学聚会。

我没想到我们怀着久盼的心情，克服种种困难，人到中年，上有老，下有小，还有工作上一大堆的事，从天南海北，不，准确地说，从国内外千里迢迢赶到母校，除了看到同学们一张张面目全非的脸，就是听到了一个又一个让人怎么也提不起兴致的消息。

"杨梅梅进入副军职后备干部的队列了！再进一步可就是将军了，不是专业技术级，是有职有权、货真价实的行政级呀。多少优秀的男人只能望洋兴叹，她一个没有背景的女人，却能如鱼得水，你想想，她是依着何样的大树，登上了这众人只能望其项背的台阶。"李欧跟我走进洗手间时咬着我的耳朵说。

"柳云刚，前两天被双规了，当时人还在主持反腐会议呢。"作为我们新闻系职务最高的杨梅梅，在饭桌上，发布了据说绝对可靠的独家新闻。

"田小冉，你以后别理李欧了，她在很多次同学聚会时，老说你坏话，上次说你生活随便。"刘蕾说着，理了理遮住一只眼睛的刘海，看我没有反应，又说，"你猜这次她又对别人说你什么了，说你是咱们班四朵金花里最漂亮的，你说她这不是骂你嘛！你显然不漂亮，你们在学校时那么要好。以后，你可不能有什么话都对她说哟。"

"以后同学会，我不参加了。你也不要再给我说与他们有关的话题了。"我给负责召集的组长杨梅梅说完，气恼地从她手中接过行李，走进安检。人过四十，按说应该淡定了，为什么每次与同学闲聊，除了青春不在，还有同学们那语态里散发出的世俗，总让人黯然神伤。二十年前，我们可不是这样呀！

2

"晚上请你到小白楼我男朋友家去看内部电影《乱世佳人》。"
同桌李欧把一张字条推到我眼前。李欧是我们新闻系最漂亮的女孩，也是军区首长家的准儿媳。她永远是一个闲不住的人，就是在课堂上，也坐不住，一会儿伸伸胳膊，一会儿扭扭脖子，或者就写条子。条子的读者一般都是我，每张条子的内容都极其诱惑，主题是对女孩子最具杀伤力的，概括讲就是四个字：吃喝玩乐。

这张从笔记本里抽出来的活页纸上所传达出的三条信息，就像三朵妖娆的花朵，远远地朝我扮着鬼脸。小白楼是军区首长家的代名词，内部电影，那是一定阶层才有的特权，《乱世佳人》那是文学女青年最痴迷的电影，虽然八十年代中期了，可是我们能看到的外国电影还是屈指可数。特别是我来自乡村，又在西北偏僻的军营待了两年，除了看过《列宁在一九一八》《第八个铜像》《卖花姑娘》等革命电影外，外国电影，又是爱情电影，就没看过几部。但是，在强烈的自尊下，我掩饰住激动的心情，装出漫不经心的样子，扫了字条一眼，继续专心听课。

我怕我们女生组长杨梅梅发现我在课堂上说话，在小组会上批评我，影响我的进步，开学第三周，我就向她递交了入党申请书。我想了想，在字条上画了一个对号，趁人不备，用胳膊肘儿拨拿过去。老师刚讲到范长江踏上西行的旅程,李欧就递过纸条:"下课后,咱就走,有专车接,先去喝咖啡。"我看了一眼纸条,还是没有说话。

李欧扭过头皱着眉头瞪了我一眼,拿回字条,在背面又写道:"放心,我知道你一个月的津贴只有十二块,我请你。"这话大大地伤了我,新闻系四朵金花中,我是最不起眼的一朵——唯一的一名战士学员。想起这个,让我很是沮丧。

我们学校在南方,虽然离市区足有一百多公里,但背靠秀山,一条小河沿学校后门蜿蜒而过。河岸成片的稻田,远远望去,像片柔软的绿毯,让我禁不住老想,坐在上面会是什么感觉。

我从小生活在北方乡间,闻的是鸡鸣狗叫,走的是黄土小道。当了兵,睁眼看到的是一望无边的戈壁滩,闭眼听到的是荒原无尽的风沙声。当列车进入安徽境内,一片片水塘密布,一座座秀美的山峰缭绕,我的内心也似水洗了,温润而缠绵起来。

我们的教学楼是座有百年历史、中西结方的老建筑,每每走进门楣绘着浮雕的穹形门,踏在铺着红木地板的走廊,我就提醒自己一定要挺胸收腹,脚步一定要迈得稳而自信,好像只有这样才能配得上进这样的大楼。

当我到新闻系报到时,系领导说,"其实你新闻稿写得一般,我们只是喜欢你的散文,还有你的名字,我们一直以为你是一个清清秀秀的江南小姑娘,跟你的散文一样美。"这话初听起来不舒服,但细细思量,我便高兴了,因为我的散文跟我的名字一样美。

新闻系四名女学员,除了我是战士学员,其余的全是清一色的干部,陆海空武警齐全。上学第一天,小组长杨梅梅说:"你是战士学员,我们都是干部,你的任务是每天帮大家打水、发报纸。"我说,"打水、发报纸可以,但不是因为我是战士学员,就必须去做这些事,我跟你们一样,都是学员。这是班主任说的。"

这话无疑让小组长当时就下不了台,好在,小组长并没生气,说,"小姑娘,还挺有性格,跟你闹着玩的,我们都是学员,你不用帮大家打水、扫地,大家轮流值班。"

穿着雪白上衣、蓝色裤子的李欧跟她人一样漂亮。我的部队在深山沟，从来没有见过海军，看到她跟我们不一样的军装，老想用手摸。她偎着头皱着眉，打量了我半天，说，"汪国真、席慕蓉知道么？小丫头！"

我略一沉思，背道："如何让你遇见我／在我最美丽的时刻／为这／我已在佛前求了五百年／求它让我们结一段尘缘／佛于是把我化作成一棵树／长在你必经的路旁……"

李欧一双细长的眼睛笑成了一条缝，说，"不错，这是席慕蓉的《一棵开花的树》。汪国真的诗你熟吗？他有一首《嫁给幸福》的诗，你读过吗？"

我略想了想，开口背道："有一个未来的目标／总能让我们欢欣鼓舞／就像飞向火光的灰蛾／甘愿做烈焰的俘虏／摆动着的是你不停的脚步／飞旋着的是你美丽的流苏……"

"你可以呀！看来真人不露相。"

正在我得意地坐在床边晃起二郎腿时，小组长杨梅梅走了过来，说，"知道荣格吗？弗洛伊德的《梦的解析》看过吗？"还有茨威格的《一个女人的二十小时》知道不？"这一下就把我难住了。这时，一个身高足有一米七五的女孩走了进来，她是武警，让我眼前一亮的是她脖子上挂着一架相机，镜头长得像个小钢炮，绝对的专业。她把背上的行李往唯一的空床上一扔，伸出手说，"大家好，我叫刘蕾，北京武警总队的一名护士。"

"你就是刘蕾哇，我看过你的许多摄影作品，获全军大奖的那幅作品叫什么来着，让我想想，你们都别说。"杨梅梅说着，闭起眼睛，挥着手指让我们别出声，不到五秒钟，眼睛呼的睁开，那对漂亮的厚嘴唇一闭一合地发出了清脆的声音："《打靶归来》，画面是：一片金灿灿的落日中，走着一列队伍。全是逆光，非常漂亮。我说得对不对？"

"正确，你是？"

"我是沈空某部的新闻干事，叫杨梅梅，这个漂亮的海军是南海舰队的通信技士叫李欧，靠在门边的那个陆军叫田小冉，从大西北来，是咱们班四个女生里唯一的一名战士学员。"

"好，我休息一会儿。这火车坐得我浑身都散了架。"刘蕾说着，往床上一躺，脚下的运动鞋随即落地。让我奇怪的是，那鞋落在地上时，两只鞋尖朝里整整齐齐的，比人手摆得还齐整。我盯着鞋，琢磨这其中的奥秘，百思不得其解。

李欧捅了我一把，"干嘛呢？傻了？"

"那鞋，它怎么就那么端端正正地放在那了？"

"因为我有特异功能！能让鞋听脚的话。"

"可是……"我还要发问，李欧一屁股坐到我桌前，说，"别理她，她在取笑你呢。对了，你喜欢不喜欢三毛的作品？"

"我喜欢她的《撒哈拉的故事》《梦里花落知多少》《春天不是读书天》……几乎她所有的作品集我都读了。"

"同志，我终于盼到你了！我有个直觉，咱们是可以成为一生的朋友的，就像俗话说的，是志同道合，臭味相投。你以为呢？"李欧说着，伸出了那双纤细的胳膊。

有个漂亮的海军干部向我伸出手来，而且这个海军干部还是军区首长的准儿媳（她来报到时，队长就悄悄给我们透露了这个秘密），马上让我感觉我并不是只丑小鸭，而是跟我三个同学一样，也是高贵的天鹅。

对李欧的条子，我没有回复，仍在专心听课。李欧开始晃椅子，我们坐的是浅橙色的连排椅，她一晃，其他人都坐不住了，教室里有人朝我们看，有人小声议论，不就是高干儿媳妇吗？有什么了不起。李欧后来干脆连桌子都晃起来了，张老师总算停止了讲课，那双不大的眼睛淡淡地看了看大家，是不屑，还是恨铁不成钢，反正我看不懂。总之，张老师又重新讲起范长江的《中国的西北角》的历史意义。区队长意味深长地看了李欧一眼，李欧才停止了挑衅。

一下课，李欧就一把拉住我说，"你怎么了，请你去吃好吃的，还不高兴？"

"以后上课别再给我写条子了，你是高干儿媳妇，考试自有人替你说话，我是战士学员，考试不合格，连业都毕不了啦。"

"你那么聪明，不会考不及格的，再说我也可以帮你呀！"

"谢谢。"

"不用的啦，谁让咱们是好朋友，到时，替我做作业就行了，晚上我家车来接我，咱们进城，到我家里去看电影，内部片，费雯·丽、克拉克·盖博演的。你不知道费雯·丽有多美，她既天真又邪恶，既冷酷又热情，既优雅又放荡，她的美是一种完全矛盾的结合。你看了，我敢说，你会激动得好几天脑子里都是她的形象。"

"杨梅梅那可不好请假。"

"放心，包在我身上。"

最后不知是什么原因，反正我们202寝室的女生全被邀请到李欧男朋友家。我心里有点小小的失望，看来李欧并不把我当作唯一的朋友。也是，我是战士学员，他们全都是干部学员，哪个干部愿意跟战士学员混在一起呢？况且我跟她们好像两个世界的人。

"田小冉，你怎么不到水房里去冲澡，身上都有味道了。"杨梅梅拿着桃酥边吃边说。

我正忍着口水看书，一听到她说我，脸一下子红了，说前天才刚洗过。

李欧哈哈大笑着说，"你没看到我们今天就冲了好几次澡吗？一个女孩子不勤洗澡可不是好习惯。"

"我们的部队在山里，用水得挑水，所以我们……"

"这不是你们的部队，这在军校，再说水房离我们只有几步之遥。快去！"刘蕾边给脸上抹着油，边说。

我洗完澡，穿着部队发的短袖短裤进屋时，一下子以为自己走错了地方。杨梅梅身着一身宽松的迎春花般的睡衣正在往脸上贴一张纸，只露出眼睛、鼻子和嘴，刚一看到，我吓了一跳，说，"杨梅梅，你吓死我了。"

杨梅梅撇着嘴，嘟囔着说："少见多怪。"

李欧穿着一件毛巾质地的鹅黄色睡衣，正在床上做仰卧起坐，她老是担心自己发胖，每天都要称体重。如果多长了一斤，她指定一天只吃一顿饭，而且这顿饭只能是一两米饭。

刘蕾则穿着一身棉布睡袍在闭目养神，胸前大朵的向日葵正朝我做着鬼脸。

离熄灯还有十分钟,我在日记上写道:刚开学,同学们就使我懂得睡觉要穿睡衣,每天要冲澡。

每当她们逛街回来互相分享水果、点心时,我就悄悄地走出宿舍,坐在大草坪上,在心里计划着我每月的津贴该怎么安排。

因为津贴实在有限,只有十块钱,我不能像她们一样买零食、化妆品、睡衣,我就在其他方面跟他们看齐,比如说读书,比如说写作。后来,我终于找到了一个挣钱的好办法,这儿暂且不表,容后详说。

还是继续说我跟她们隔隔不入的生活方式吧。

我拿着一个苹果吃,刘蕾进来了,我把咬了一口的苹果递给她,"来,尝尝。"

"田小冉,你想什么呢,谁吃你的嘴巴子,把我当成什么人了。"刘蕾横眉冷对。

我挺委屈,在部队当兵时,战友们不都是你吃我一口苹果,我吃你一口香蕉,那情景,让人心生温暖。真是好心没好报,不识抬举,我这么一想,嘴里就嘟囔着说,"我又没有传染病。"

"这不是传染病的问题,是要讲究个人卫生。当兵两年,怎么还没把你身上的农民习气改造过来?"刘蕾说着,哗哗哗地翻起书来,平时这书声就是书声,这时听起来,就像是同学们的讥笑声,一声一声地刺激着我脆弱的神经。

我好委屈,忍着没有掉下眼泪。

"田小冉,你怎么又忘了吃药,整天咳个不停,吵死人了。来,我这有药,拿去吃了。"李欧叫我。

"我身体皮实,在家里时,感冒从来不吃药。"

"那是因为你家没有买药的钱。"

奇耻大辱,真是奇耻大辱。我把牙咬得紧紧的,还是接过了药,却不知是应该把这黄绿色的胶囊剥开,还是直接吃,惹得她们哄堂大笑。

我好委屈,还是忍着没有掉泪。

这样的事多了，我好后悔，不该上这样的学校，我要是像其他战友一样，上什么护校、通信之类的学校，大家都是战士学员，谁也不会笑话谁。

年底了，班里讨论入党问题，女学员只有我一个没有入党。女生组在宿舍里开党小组会，我一个人在大操场上转圈圈。第一次发现时间过得好长。

好容易看到李欧的身影，我撒着脚丫子就跑到她跟前，问情况怎么样？

李欧半天不说话，我说："快说呀快说呀，你想急死我呀。急死我了，你就再也没有好朋友了，就没有人跟你分享你的那些像星星一样密集的秘密了。"

"沉住气，沉住气，像我一样，让急躁的心慢慢地平静下来，对，就像我们的军舰，静静地停泊在宁静的码头。"李欧眼睛微闭，双脚微向外分开，双手抚胸后又说，"像我一样，吸气，再吸气，然后嘴张开，跟我做，连做三遍。"

"你干啥呀？快说，我的入党申请到底通过了没？"

"少废话，我现在是正排级干部，是这儿的最高首长，听我命令。"

我只好跟着她做了三遍，她才说，"你说刘蕾这个人怎么样？"

"刘蕾性格大大咧咧的，高傲，自由散漫，脑子倒是比较聪明，胆大，没有她不敢做的事。"

"你怎么没听清我的问话，要是考试，你肯定不及格。我现在问的是，你觉得刘蕾这个人怎么样？唉呀，你这个人咋这么迟钝，我问你她人正不正？"

我想了想，说，"通过我平时观察吧，我感觉她人还是不错的，虽然有些我行我素，但是人没有坏心眼。"

"那我就放心了。"李欧搂住我的肩膀说，"那我可以告诉你会议内容了，你别告诉别人，要保密，这是党的纪律。"

我点点头。

"你得发誓，发毒誓。嗯，我想想，算了，我相信你，发毒誓不吉利。咱们拉钩，拉钩上吊，一百年不动摇，谁变谁是小狗。"

"你入党的事，刘蕾是第一个反对的，说你爱剪班里的报纸，平时一个人独行，不跟大家搞好团结。还说众女生都是先上中专，二进宫才混个大专，你才二十岁，毕业出来就是大专。一句话，不能让小姑娘太顺了，就像油条一样，不经熬煎，就成熟不了。"

"我不是都等大家看完了以后才剪的吗？我倒是想上中专的，可现在没了呀。对了，还有其他人反对吗？"

"杨梅梅也说你工作没有主动性，到炊事班帮厨，你一不会炒菜，二不会包饺子。最简单的洗碗也没洗干净，洗过的碗上面还有油。"

"我的妈呀，我怎么没有意识到我平时有这么多的问题？也就是说我这次入党申请，本组的党小组都没通过。"

李欧点点头说，"下次吧。你还年轻嘛，我也是去年才刚入党的，你比我要小三岁呢。"

"可我毕业了，要是当了干部，还没有入党，大家会认为我是落后分子，会影响进步的。我怎么办呀，李欧，你是我最最最好的朋友，我怎么办呢？"我拉着她的胳膊，不停地摇着。

"我的意见是，你对说你不好的人也别埋怨，从现在做起，帮着同学们扫地呀、提水呀，取得群众的支持，争取明年入党。"

我牢记李欧的话，装作什么事也不知道，该干什么就干什么。

周六休息时，教室里只有我跟刘蕾，她让我到服务社帮她买卷卫生纸，我不去，她说："咱们是好室友呀，好姐妹呀，好同学呀，将来就是好朋友呀，一生的好朋友。"

"是好朋友你为什么不同意我入党？"

没想到脱口而出的话，一下子掀起了轩然大波，刘蕾先找杨梅梅，说建议马上召开党小组会，查出泄密分子，这样的人连党的纪律都没有，就该开除党籍，接着又是找队里，找系里，队里批评了我，让我说出泄密之人，我经受住了队里的考验，可是在系里，我终是顶不住了，出卖了李欧，李欧气得把我的军帽摔在了地上，狠狠地踩了三四脚，还说，永远不再跟我说话。

这泄一时之愤，我把自己搞成了孤家寡人。

我越来越沉默，越来越感觉宿舍只是我睡觉的地方，只要能不待，我就尽量不在宿舍待着，最后把自己的苦恼跟班主任说了，班主任说，"你们班都是干部学员，把你跟别的系的学生放在一个宿舍，不好管理呀，再说，她们都是干部，比你年长，能从她们身上学到不少东西，对不对？"

话说到这个份上了，我还能再说什么。最后一场参加全市大学生合唱比赛，再加上班主任和组长杨梅梅的努力，我又跟大家和好了。

闲话少说，我继续从赴宴开始说起。

杨梅梅总不喜欢她的粗眉毛，只要有时间，她就坐在镜前一次次地拔，每次拔完，眉骨总是红红的，好像被谁打了一拳。现在到军区首长家赴宴，这么重大的活动，拔眉毛，肯定少不了啦！

李欧边唱歌边换衣服：军港的夜啊静悄悄，海浪把战舰轻轻地摇，年轻的水兵头枕着波涛，睡梦中露出甜美的微笑。海风你轻轻地吹，海浪你轻轻地摇，年轻的水兵多么辛劳，回到了祖国母亲的怀抱，让我们的水兵好好睡觉。

女孩长得漂亮就是通行证呀，李欧除了是高干家庭的准儿媳妇，还是爸爸妈妈的掌上明珠，他们就李欧这么一个独生女儿，经常给她寄钱来，她整天是零食不断，衣服多得衣柜都装得满满的。

"你们说我穿碎花的连衣裙好看，还是穿铭黄的套裙好看？"李欧前后掌镜，举棋不定。

杨梅梅放下手中的眉笔，打量了一下李欧，说，"我感觉你肤色黑，穿碎花的好看。"刘蕾抢着说，"李欧，你穿铭黄的好看。你说呢？小冉。"李欧问我，我两件都看了看，说，"都好看。"李欧哈哈大笑了两声，说，"还是小冉会说话。"说着，她穿着花的跑了出去。不一会儿气喘吁吁地说，哲学系的那个校花妹妹说这不好看。然后三下五除二脱了花的，换了黄的又跑了出去。刘蕾阴阳怪气地说，"要我说，都不好看，她人太黑。"杨梅梅咳嗽了一声，我们忙止了口。我们四人，杨梅梅最大，二十六岁，男朋友是名飞行员。刘蕾比她小一岁，听说男朋友是个参谋。李欧比杨梅梅小两岁，丈夫是军区首长最小的公子，军区文化部的干事。我最小，二十岁，当了两年兵后考的学。李欧重新穿上了花的连衣裙，说她统计了一下人数，赞成穿花的占了七票，赞成穿铭黄的只有两票。这个海军某通信总站的技士满柜子都是她的衣服，每次出去，不把每一件衣服都试一遍，绝不罢休。

我打开柜子看了有限的几件便装，怎么看都觉得没法跟众女生的盛装比。我选了白色T恤和牛仔裤。我的铺位挨着杨梅梅，李欧住在我对面，她把脏衣服一包包地往袋子里装，边装边说，"快点快点，车在楼下等着。"结果越着急越出错，我的T恤的领子夹进了柜子缝隙里，怎么也拽不出，众女兵一齐上阵，衣服总算拉出来了，可是皱巴巴的，像刚从咸菜缸里捞出来的。刘蕾叹息了一声，把自己准备淘汰的那件套裙递给我，换上这个吧，别给我们新闻系丢脸了。

"谢谢，我从来不穿别人的衣服。再说衣服是穿在我田小冉身上的，又没有穿在新闻系身上，凭什么给新闻系丢脸？"

"小姑娘还嘴硬，不是我说你，要不是沾了我们干部的光，你能随便出入校门？就凭你笨得那样儿，拔正步老出错腿，听口令老比别人慢半拍。你们做方便面的兵就不配上军校。"

"军校是你家呀，你让谁上就谁上？"

"行了行了，抓紧时间。"小组长杨梅梅黑着脸说。

"说我笨可以，别说我们方便面兵，没有我们做方便面，你们哪有方便面吃？"我很不高兴地说。

"哟，敢情我们吃的方便面是你们造的？对了，我看看，柜子里还有没有方便面，我吃的可是我们北京产的。"刘蕾说着，就要拉自己的抽斗。

"行了行了，你们再这么磨蹭，我就不带你们玩去了。"李欧说着，走出了门。吃人家的嘴软，坐人家的腿软，我们立马尾随其后，走出女学员宿舍楼。不，准确地说，全校的女学员只住了三楼的一半，一个纸板门隔住了男学员。凡是男学员找女学员，一律不得进门，只能在外面叫名字。这么一叫，我们就知道谁的外事活动多，谁跟谁有情况了，反正干部学员是可以谈恋爱的。

一楼跟二楼之间的连接处,竖着一面大镜子,众学员每每走到镜前,都要对镜整理服装。这次,众女兵几乎是盛装出行,当然要在镜前自我欣赏一下了。平时爱照镜子的李欧这次匆匆而过,因为不时有人给她打招呼:"李欧,回家呀!"

"是呀,带我们班同学到我家去玩玩。"

杨梅梅在镜前的时间不超过两秒,她凑在镜前摸了摸眉头,就离开了。刘蕾是最后一个下楼的,她在镜前一会儿把她的粉色小坤包背在前面,一会儿又挎到肩上。就这,她还朝上上下下的人挤下眼睛,直到李欧在楼下骂了司机,她才跑了下楼。

接我们的是一辆中型乳白色面包车,李欧自然坐在了首长位置。为什么这么说呢?因为她的位子前有一张小桌子,上面放着水果。车走一路,她跟我们讲一路。北京路的盐水桂花鸭最正宗,湖南路的鸭血粉丝汤最好吃,广州路的书店最有情调。同学们听着,有一搭没一搭的和着,只有我贪婪地打量着这个长满法国梧桐的南方城市,心里充满了热爱。我的家在渭北高原的一个小村子里,能当上兵,又能考上军校,真是托了老天爷的福,我对生活充满了感恩。

李欧的男朋友家住在城中最有名的梅山风景区,成片的森林掩盖着一栋小白楼。李欧让我们声音轻些,小心她公公听着不高兴。我们听说她公公是军区首长,军级干部。一听军级干部,我们惊得说不出话来。我在部队时,见过最大的官就是我们的营长。

李欧的卧室在二层,房间里除了衣服多,没多大的看头。倒是那张梳妆台,暗红色雕花木纹,非常漂亮。刘蕾摸了又摸,我真怕她那双大手把那细细的花棂摸断了。老天爷,竟然有一间房子是专门放录相的,放着七八张椅子,勤务员给我们端来了水果,都是我没有见过的,我拿着一个黄黄的就咬了一口,结果苦得一下子吐了出来。杨梅梅笑着说,"那是芒果,要削皮的。"我吐了吐舌头,再也不敢轻意拿了。李欧咯咯地笑着递给我一只肉色的东西,说,"来,这个可以直接吃了。"

她的话惹得众女兵大笑,我也笑了笑,放到嘴里,说:"这个东西真甜,它叫啥?"李欧笑着说,"杨梅!"我以为她让杨梅梅回答,就说，"杨梅梅，这叫啥？"

杨梅梅说："不是已经回答你了叫杨梅吗？"

"你从小就吃过杨梅？"

杨梅梅笑着摇摇头，说，"我爸喜欢梅花。"

"对了，离我家不远就是梅山，等到梅花开了，我带你们赏梅去。"

电影果然就是《乱世佳人》，看着漂亮的男女主人公一波三折的爱情，听着优美的曲子，吃着从来没吃过的水果，我在心里给父母的信打起了伏笔：爹妈，南方太好了，大学太好了，等女儿毕业了，当了干部，一定要把你们接到南方，坐在屋子里看小电影，吃你们从来没吃过的水果。我们村经常有电影看，不过是露天的。大队部门前的空地上，积雪已经被人扫出一片净地，全村男女老少流着鼻涕，津津有味地看着电影。只要看到电影里人吃西瓜，我就特别想吃西瓜。望着那红红的果汁，一团口水涌了出来。

我们出门时，虽然步子放得很轻，结果还是惊动了在书房的首长，他把我们请进了客厅。首长是位有着满头白发的老人，他穿着白衬衣，可能是怕热，袖子绾着。当我们坐下后，他一一问了我们多大后，说，"大学生，了不起呀，军队的未来是你们的。"我们笑着说，"谢谢首长。"首长说："放松点，来，来，来，吃水果。"说着，像投弹一样，一个个苹果被他投到了我们的手里。"首长枪法一定很准。"杨梅梅说。

"那当然，可以说弹无虚发，百步穿杨。"

"首长军事这么优秀，可见智勇双全。"

首长眯着眼睛笑得像朵花，他望着杨梅梅说，"哪个部队的？"

"首长我是沈空 C 军政治部的新闻干事。""怪不得呢，有水平，我认识你们军政委，我们是同年兵。"

杨梅梅忽然像变戏法似的掏出一本书，说，"请首长赐教。"

"你写的书？不一般，不一般！小小年纪，就已有专著，的确很不一般。"首长拿着书，刚要打开，就被杨梅梅止住了，说，"首长，你以后再看。好不好？"女孩般的撒娇，可爱又不失庄重，其分寸掌握得恰到火候。杨梅梅，你不愧是我们的领导，我羡慕死你了。

"好好好！"首长把书放到了茶几上，我正要翻，杨梅梅快速地把书放到了首长坐的沙发旁。

"女才子，我最佩服的就是女孩子有才。女孩子有才，就像一朵花不但好看，还闻着香。"首长说着，接过了刘蕾递给他的削了皮的苹果，问道，"你这个小姑娘，是哪个部队的？"

"报告首长，我是北京武警总队的通信技士，业余时间喜欢摄影，一些作品得了全国大奖。杨梅梅看见过，对不对？"

让我奇怪的是，这次杨梅梅并没有像初次见到刘蕾那样隆重夸奖她，而是下颚稍低了下，要是不细心，根本就看不出来。

"这次出来得匆忙，我没带相机，下次来一定给首长多拍几张特写。首长，您虽是军事干部，却这么儒雅，一看就是饱读诗书。"

"哈哈哈！你还别说，不敢说饱读诗书，但唐诗宋词还是读过一些的，最喜欢的是：大江东去，浪涛尽，千古风流人物。故垒西边，人道是，三国周郎赤壁。乱石穿空，惊涛拍岸，卷起千堆雪。江山如画，一时多少豪杰。遥想公瑾当年，小乔初嫁了，雄姿英发。羽扇纶巾，谈笑间，樯橹灰飞烟灭。故国神游，多情应笑我，早生华发。人生如梦，一尊还酹江月。"

杨梅梅带头鼓掌，我也由衷地鼓起掌来，说实话，我很惭愧，作为一个视文学为生命的人，我却不能一口气把这首词背完。一位老人，还是一个在官场上的首长，却背得如此娴熟。

"你给叔叔表演什么节目？你看看，她们都像孔雀开屏般，露出了自己最漂亮的羽毛。"李欧悄悄咬着我的耳朵。

我摇摇头，没有说话。

"小姑娘，你有什么拿手的戏？"老首长终于注意到我了。

刘蕾忙替我回答，"首长，她是我们班最小的，是个战士学员，家是农村的。

首长细细地打量着我，说，"年轻就是资本呀，我家也是农村的。自古将相出寒门么。小姑娘，家在什么地方？"

"报告首长，我家在陕西最北的一个小县，西兰公路从我县穿过,因长年缺水,庄稼连年干旱,被人称为旱码头。在我记事时,常有人走村窜乡去要饭。不过,这几年,农村土地承包后,农民的日子好过多了,地里打的粮食都吃不完。"

刘蕾再次说,"她是做方便面的,没有当过正规兵,军事素质比较弱。"

首长哦了一声,没再说话。

"叔叔,你可别小看田小冉,她读过许多书,还发表了好多作品呢,她的愿望是当作家。我敢说,她将来会成为一个优秀的作家的。"

我拉了拉李欧的衣服,李欧却打了我一把,说,"我说的是真的,让她背一首刚发在咱们《人民前线》上的诗,题目叫《很想》。"

"那我就背几句。"

"田小冉,你干嘛呀,全背完,阿姨也最喜欢诗了。"说着,她就跑进屋,把首长夫人拉了出来。首长夫人一看就是过着养尊处优的生活,皮肤比我们还白、还细腻,但是说话,却充满了北方味。她一一看了我们一眼,对众同学叫她阿姨,好像不是太高兴,话很少。

在李欧的再三催促下,我只好一句一句地背起来。

很想校园
很想颤动着睫毛任教鞭随时地指拨
很想夏令营恬静秀美的歌吟
很想童稚与纯情的缕缕信息
很想韵致
很想低眉回眸众物之光
很想躺在松软的沙滩让阳光晖沐浴让
海风揉搓淡淡的忧伤

很想田野
我想一个人静静地踏青让露水濡湿心事
很想跪在雪地掬起一捧冰凌

从中凝望自己的影子
很想亲人
很想撕片白云擦拭爹爹额上的汗珠
很想为妈妈忧郁的脸上绘满春风
让微笑和舒畅与她联姻

很想矜持
很想把春天的梦想粘进邮票捎给远方
很想让大雁飞进遥远的小屋
泄露压进心底的秘密

很想成熟
很想走出象牙塔握紧时代的缆绳
很想净化太阳的黑子让其日臻完美
尽情地拥抱温馨拥抱美丽的世界

"净化太阳的黑子，拥抱美丽的世界，志向远大，虽然稚嫩，但是其情真、纯、净，将来必有造就。"首长说。

李欧拍拍首长的肩说，"谢谢叔叔。"

"对了，小欧，你们同学一个个都是从全军各条战线选拔来的，能进首届新闻系，个个都是精英，你要向她们好好学习呀。年轻多好呀，让我这个老头子都羡慕呀。"

首长说着，拿起旁边的毛巾抹了一把头上的汗，却没取下头上的毛巾，顶在头上，惹得我们再次笑了，人也放松了。这时，我想首长也没什么，跟我的农民爹爹差不多，爹锄地割麦时，头上就顶着一块毛巾，只不过是湿的。

首长接了一个电话回来后，看到我的小包说，"那个花包是你们陕北的剪纸呀，这么漂亮，我看看。"

天晚了，首长夫人打哈欠了，杨梅梅忙说，"走吧，天黑了，让首长跟阿姨休息吧。"

"欢迎你们下次再到家里玩，那时我家的小飞就回来了，到时，咱们一起打枪去。"首长送我们到门口时，双手叉着腰说，"你们喜欢打枪不？"

"喜欢！当然喜欢了，是军人不打枪怎么说得过去？"

就在这时，一位军人走了过来，跟我们戴着一样的校徽。首长说，"来来来，这是我们军区最年轻的教导员，跟你们一个学校，在政工系上学，叫柳云刚。小柳，这些花朵般的小姑娘都是小欧的同学，也是你的师妹呀。"

师妹们匆匆地打量了一下师兄，人不高不低不胖不瘦，一个词，普通，就像一只水滴，落到河里，连片涟漪都不会出现。长相普通的师兄却傲慢地没看我们一眼，而是望着首长说，"首长，找我？"

"进书房说。"

师兄旁若无人地从我们身边灵巧地穿过，大踏步地走了进去。众女生嘴一撇，呼啦啦钻进了车里。

我们返回的路上，谁都没有说话。是因为乐天派李欧不在，还是其他？我不知道，反正每个人心里都好像装满了心事，一直到熄灯号吹响了好久，我还能听到每张床上的翻身声。

同学们在想什么，我不知道，只知道刘蕾到水房冲澡时，没有叫一直形影不离的杨梅梅，而是叫我，我不但没去，也没有像往常一样给她提瓶热水送过去。杨梅梅睡觉前，也没有如往常一样跟我们说会儿话，而是戴起了耳机，不知是在听收音机，还是在听录音机。

周日晚上，李欧回校，如往常一样带回了许多好吃的，有榴莲酥、金丝肉松饼，却没有给大家分，而是把我拉到楼下的大操场让我跟她吃。看到周围没人了，才悄悄说，"我告诉你一个天大的秘密。"

我望了望四周，耳朵凑到她嘴前。她小声说："杨梅梅太精了！要知道她那么贼，我怎么也不会带她到我家去。我男朋友说了，我太单纯，不能跟特精的人打交道，否则吃亏的人指定是我。"

"怎么了？"

李欧再次看了看四周，捂着嘴巴，说，"你猜她给我叔叔的书里写啥了？"

"不会是情书吧!"

"不是,不是!你小说看多了,脑子也被那些爱情故事烧糊涂了。"

"那还有什么?"

"她给我叔叔留了她的通信地址。"

"她给你叔叔留她的通信地址干什么?"

"肯定为将来毕业打算呢!我问我男朋友,他告诉我的。"

我无语。半天才说,"她出书了,为什么不告诉我们?"

"不是她出的书,是我叔叔去年出的一本书,里面登的全是我叔叔的讲话稿和一些理论文章,她包了封面,里面还写着不少体会呢。"

"这么短的时间,她到哪儿准备的?"

"所以我说她贼么,我请大家去,也是下午下课后才决定的。她一定是知道了我男朋友家里的情况后,就一直在做准备。以后我不会带她去了。还有那个刘蕾,你看她那个轻浮样,一会儿扭屁股,一会儿挺胸,好像人不知道她有个大屁股、一对大乳房似的。我阿姨说了,妖精样的女人别往家里带,否则那叫引火烧身!搞不好就让你身败名裂、众叛亲离。"

"没有那么严重吧。她们俩还是有两下子的。你看杨梅梅,她现在发表的新闻稿件在咱们新闻系都是最多的,那篇《论新闻人的职业操守》,还得了全校大学生论文一等奖呢。刘蕾的摄影技术也是很了不得的,你没看咱们《新闻摄影欣赏课》上,老师放的优秀作品里就有刘蕾的好几张呢。在首长面前推荐自己没有错。对了,这话你给我说了就行了,咱们是好朋友,你放心,话到我这里,就等于进了保险柜。"

"也是,我当时就是替你打抱不平。我阿姨对你印象好,说,有才华,又不张扬,是个好苗子。"

"你未来的婆婆不愧是首长夫人,也会看人。"

"近墨者黑嘛,你看我就喜欢跟你交朋友。"说着,李欧挽住了我的胳膊。

回到宿舍，我又睡不着了，手里握着一张字条，这是今天我整理牛仔裤时发现的，像握着颗炸弹，我不知道放到哪儿好。放在内务柜、衣柜、桌斗，随时都可能在点验物资时，被人发现，撕了我又不忍心，这是我当兵以来收到最珍贵的一份礼物，虽然它只有一句话：我也喜欢写诗，等你没课了咱们聊聊诗，来时打电话705903。东方杰。

东方杰就是李欧的准公公。

3

晚饭后，我把一只打满水的八磅重的热水瓶放到草地上，沿着操场散起步来。走了四圈，眼看要上晚自习了，我提起水瓶就往宿舍走。忽然听到身后有人叫我，回头一看，灰土中跑来一个身影，一个男学员手上提着跟我一模一样的热水瓶。

我站住，他哈着气，笑着说，"你把水瓶拿错了。"

我仔细一打量，果然我手里提的水瓶上的牡丹花比我的多了一只花骨朵，我笑着换了回来。

"你发在《风流一代》杂志上《给我整个蓝蓝的天空》不错，文字质朴，情感真挚，写出了一个女孩子爱美的心路历程。"

"没想到你们政工系的还看这些青年杂志？"

"凡是你写的我都注意翻阅。你最近发表的三篇文章我都在阅览室看到了，有些地方写得不准确，比如说，那首《夏夜军营》里，关于柏拉图的比喻，你知道柏拉图是什么意思吗？"

"理想主义吧。"

"错了，柏拉图式的恋爱是精神恋爱，人在恋爱时，不能只讲纯精神式的，还有……算了，你还小，不懂。"

我一听这话，仔细地打量起他来，好像有些眼熟，却一时想不起来在哪见过。"你是？"

"我是柳云刚呀！你们的师兄，在首长家见过。"

"师兄好！"我笑着解释，"我这人一向马虎，从来记不住人的面孔，还有老办错事，比如说拿错了水瓶的事。"

"田小冉，快点，集合了！"杨梅梅在二楼的窗前叫我。我对柳云刚说，"以后再聊。"

"周五晚上学校有舞会，我请你跳舞。七点，我在二楼你们女后宿舍隔断前等你。"

"别别别。"我心里直打憷，我根本就不会跳舞，可是这是第一次有人请我跳舞，我不能拒绝。于是我想了想，说，"还是在舞厅门口见吧。"

他颔首一笑，说，"好的，周五见。"

今天是周三，周五晚饭前，我必须学会跳舞。除去正课、自习，我只有利用晚上熄灯后的时间练习。大操场直接对着宿舍楼，不能让别的同学发现。还有，楼梯口值哨的同学的眼睛也是雪亮的，怎么能逃过他这一关？再有，谁教我？首选李欧。她是我的好朋友，可是不能一直麻烦人家。再说她晚上睡得早，熄灯号一吹，不到五分钟，就打起了香甜的鼾声。找刘蕾？她平时人挺高傲，动不动就说我笨。那只有找组长了，杨梅梅一定会问我开学半年了，一次舞厅都没有去过，怎么会忽然想起去跳舞呢？我怎么回答？脑子乱极了，上课想，下课想，睡觉时，也翻身不停。

周四晚上了，我第一次没有看分到班上的报纸，而是坐在桌前发呆。发呆有什么用呢，看宿舍没人，我抱起一把椅子开始在宿舍练起舞步来。

刚一转，门就开了，杨梅梅进门了，说，"干吗呢？"

"收拾房间呢，"我忙放下椅子，开始整理桌上的报纸。

杨梅梅说，"田小冉，你怎么了？是不是有什么心事，说出来我听听。"我咬了咬牙说，"我想参加明天晚上的舞会，可是我不会跳舞。"

杨梅梅把我雪白的床单往平展地拉了拉，拉过马扎坐到我面前，说，"为什么突然想起跳舞了？每到周末，你不是都到图书馆或者阅览室去吗？"

"因为看到你们周末都出去跳舞了，很羡慕，想跟大家融到一起，你是我们组长，不希望我一个人掉队吧。再说条令上也没规定战士学员不能跳舞对不对？我看到其他系的青年学员（高中生考上学的）也去跳舞了。杨梅梅，帮帮我吧。"杨梅梅点点头，说，"让我想想。"

这时，刘蕾和李欧端着脸盆，走了进来。我赶紧低下头，眼睛盯着桌上的书，一个字也看不进去。

杨梅梅看了我一眼，说，"跟大家商量一件事，明天有舞会，咱们也让田小冉也参加舞会好不好？"

"可是她不会跳呀？"

"再说她是战士学员呀！"

"不会跳，要我们干啥？我们是她的朋友，是她的姐姐，再说，学校也没规定战士学员就不能跳舞。咱们新闻系女生组不能让一个同学掉队，对不对？听说五四青年节，学校还要组织交际舞比赛，咱们女生组怎么也不能落后。"

"杨梅梅，你不要说了，我已经明白教田小冉跳舞的重要性了。小冉，其实学跳舞也不难，我来教你。"李欧马上接口道。

刘蕾想了想，说，"我也教你，只要你不把我的皮鞋踩脏了就行。"

"只有今天一个晚上了，这样，每人教半小时，李欧你教到十一点，刘蕾十二点，我是一点。先学四步，再学三步。等熄灯号吹了半小时后，李欧你们就出去，给值哨的人说练仰卧起坐，找个黑暗的地方。三个小时，石头人都该学会了。"

"我比较笨。"

"笨不要紧，只要用心，就会学会的。"

"谢谢大家，以后宿舍里打水扫地的事全包在我身上了。"

刘蕾高兴地说，"行呀行呀，我同意。"

杨梅梅说，"那不行，打扫室内卫生是我们每个人的职责，我们教你，是因为你是我们班里的一员。什么叫同学，同欢乐，同忧伤，就是同学。我希望我们永远都是好朋友。"

"还可能是生死朋友,我听我爸说,南边形势吃紧了,说不定有一天我们也会上去的。"

这一席话,一下子听得我们个个脸上凝重了许多。半天,杨梅梅才说,"我男朋友他们部队已经上去了。对,同学就是同欢乐,共生死。"

开学半年来,我们有过小摩擦,有过小争执,可是在这一刻,我忽然感觉我的同学们是那么可亲,就像我的姐姐。

李欧怕我踩了她的脚,专门穿了部队发的布鞋。下去时,还戴了墨镜,说,"万一让人认出不好。"搞得像个大明星似的。

我们选了操场的一个角落,此处,绿树成荫,远处看只看到人影在晃,根本看不到在干什么。我像走队列一样立正站着,李欧说讲一下,我笑着没动。李欧严肃地说稍息。我只好遵从她的命令。

她像老师一样背着手,一会儿走到我的左边,一会儿走到我的右边,边走边说:

"在舞会中,慢三和慢四是大家跳得最多的了。慢三又是最基本的舞种之一,是其他舞种的基础。慢三是属于三步,三步,顾名思义,就是每一小节有三拍。它的重音在第一拍,后两拍是弱音,节奏是'强,弱,弱'。在男士请了女伴之后,摆好舞姿,男舞伴前进左脚,女舞伴后退右脚。在慢三中,对于男士,第一小节的重音在左脚,第二小节的重音就换到了右脚,以后都是重音在左右脚轮换。对于女舞伴亦是一样,第一小节的重音在右脚,第二小节的重音就换到了左脚,接着轮换。"

"别整那些理论了,听得我头都大了,直接上手吧。"

李欧嘴里念着,"蹦擦擦,蹦擦擦,"拉着我僵硬的胳膊,拖着我僵硬的腿一步步挪起来。跳了不到五分钟,我就腰酸腿疼起来,一屁股坐到地上,说,"我不跳了,我太笨了,学不会。"

"你还是军人吗,要是,就站起来。"

我只好站起来,又踩到了李欧的脚上。李欧疼得叫了一声,说,"奶奶的,幸亏我穿了棉鞋。"

"你别使劲了好不好,跟着我走就行了,来,一、二、三、一、

二、三。时间过得可真慢，我真希望时间快点过去，好让我快点休息。"我问李欧几点了，李欧说，"跟我跳，别停。""你的一小时时间到了吧？我都感觉到你的手上出汗了。要不，歇歇？"

"不能停，快，听我的口令，一、二、三，转，二、二、三，转，对，好，有进步。"

我受到了鼓励，慢慢地感觉到腿能听指挥了。

这时，我发现一个黑影靠近我们，我一下子扑在李欧的身上。李欧定睛看了看，说，"好像是刘蕾。"我扭头一看，可不是刘蕾，那月光下的脸，比平常更加倔强。

"学得怎么样了？时间到了，我等了半天，也不见李欧回来，就直接来了。"

"我想让你多睡会儿。"

"心里有事，怎么能睡得着。好了，李欧，你快点回去睡吧，明天咱们还要出操呢。"

"我再坚持一会儿，她刚学得有点起色，你回去吧。"

"李欧，你先歇会儿，我来。"

不知是因为刘蕾会教，还是因为我已经掌握了一定的要领，不到半小时，我的腿已经能进退自如了。

还没到时间，杨梅梅也下来了，她们三个一个个地教，还没到预定时间，我已经跳得非常自如了。

"以后不要再说自己笨了，实践证明你人还是聪明的。对不对？"我们走进宿舍后，我才发现李欧和刘蕾走路有些不对劲，问道，"是不是被我踩伤了？"

她俩异口同声地说，"没有，没有。"

半夜，我上完卫生间回来，看到李欧的被子掉了下来，在替她盖被子时，发现她的脚已经青了一片。我又揭开杨梅梅的被子，她的腿上也有轻微的肿痕。我在她们床前站了很久。周五吃过晚饭，李欧帮我化妆，杨梅梅帮我熨裙子，刘蕾则帮我梳头。我任由她们打扮，镜中的我，笑得像花一样。

舞场在教学楼后楼的天井里，虽然在天井里，但是一看就是专业的舞厅，有乐队（学生自行组织的，吹拉弹，样样齐全），四周还有回廊式的椅座，那朱红色的柱子很是气派，我没去过北京，但我在书上看到过颐和园的长廊，感觉很像。

还没到舞厅，远远就听见一曲惹人陶醉的音乐声，李欧告诉我那曲子叫《月亮河》，是外国电影《到蒂凡尼吃早餐》的主题曲。"对了，咱们女生是不买票的，必须要有男生带着进去。谁请你跳舞？"

"外班的一个同学。"

"谁呀？老实交代。"

谢天谢地，她们各自的舞伴都在舞厅门口等着，一看到他们就都迎了上去，柳云刚则微笑着示意我跟他进去。

第一支舞，我并没有跟柳云刚跳，而是跟一个不认识的男生跳了。让我高兴的是，虽然我踏错了步子，但是并没有踩着舞伴的脚。

第二支舞，我仍然没有跟柳云刚跳，跟一个外校的学员跳了。对方不停地说，"放松，放松。"

第三支舞曲起时，柳云刚看来失望了，坐到一边，没有再看我，我这时主动走到他跟前，请他跳舞。他犹豫了一下，终于还是站了起来，说，"我以为你不会跟我跳舞了。"

我微笑着没有说话，让自己尽量地优雅起来，让自己轻轻地跳起来。他话很少，我也话很少，基本都在跳舞。我望了望我的三位室友，她们时不时地微笑着看着我，这时，柳云刚忽然说，"你舞跳得不错。"

"我昨天晚上才学的。"

柳云刚忽然放下了双手，说，"你原来不会跳舞？"

我点点头说，"你是第一个请我跳舞的男生，我一定要以最美好的舞姿答谢你。"柳云刚忽然说，"对了，你看到《青年月刊》了吗？新开了个栏目，叫'人生第一次'，你何不把你学跳舞的这次感受写进去？"

"对呀，我明天就写。"

我们兴奋地聊了起来，"没想到你这个教导员也懂写作？"

"别小看人，我也喜欢文学呢，我们系里的黑板报都是我办的，在学校板报比赛还得过好几次奖呢。还有，许多外国名著我都读过，《包法利夫人》《红与黑》《静静的顿河》，我都读了，真的特别喜欢。虽然不会写，但还是知道什么是好东西的。给你出谋划策还是绰绰有余的。"说着，他忽然叹了一声。

"怎么了？"

"没什么。"柳云刚说着，舞曲结束了。他送我回到座位上，说，"你多大了？"

"二十岁。"

"我比你大九岁，你该叫我叔叔了。"

"美得你。"

后面的曲子我一直都跟柳云刚跳。间隙，李欧悄悄走到我跟前，说，"换个人吧，别老跟那人跳舞，没意思。"

我笑笑，说，"每次他都先来请，不好意思拒绝。"

跳舞时，我刚开始一直很紧张，不敢看别人，等跳得熟练了，只管跟着柳云刚走，因为人家买的票请的我呀。边跳我边留意着周围我的同学们，她们跳得可真棒，你看，杨梅梅竟然跟对方跳国标，刘蕾呢，说是跳舞，莫如说是在展示自我，因为她忽然松开了对方的手，自个儿陶醉地独舞起来。渐渐地，大家都停下来了，看着刘蕾。刘蕾的红裙子像一团火烧云，呼啦啦地一会儿飘到东边，一会儿舞到西边，横扫整个舞场，看得我们目不暇接。

回到宿舍，同学们都问我，说，"那个人是谁呀？哪个系的？怎么这么面熟？"

我说没问。

同学们也就不问了，周末，熄灯号比平时要晚半小时。熄灯号响了半天，我们仍在悄悄地议论着，哪个男学员长得帅，哪个女学员跳得最好，那个被大家称为舞蹈皇后的艺术系的张萌今天跳得并不好，为啥呢？因为请她跳舞的男生比我们班的李欧少了三个人。这又是为啥呢？原来，男生闻不惯她身上的狐臭味。

"狐臭味是什么味道？"我傻傻地问。

"狐臭味只可闻、不可说,你是作家,下周好好闻闻,就知道了。"刘蕾的话,逗得大家前仰后俯。

"哪个班还在说话,睡觉!"值班员在楼道里大声叫道,我们一下子变得悄无声息。听步子远了,我们又窃窃私语起来。外面月光照了进来,落在我们雪白的蚊帐上,落在我们绿绿的军装、红红的帽徽上,我第一次发现我的同学并不像我平常认为的那么不好,相反,我喜欢上了她们,爱上了这间不到十平米的宿舍。

4

虽然时令刚过春分,窗外几株梅花却开得娇艳,香气已悄悄钻进教室,本来是我最爱听的大学语文课,我却听不进去,时不时被窗外的花香诱惑得老想望窗外。天上,有几片白云,有一片像坐着的少女,有片像骑马的少年,两片云一会儿分离,一会儿缠绕,看得我兴致盎然。好容易等到课间休息,李欧拉着我的手就往楼后的天井跑。每次回家过周末,回来她除了给我们带吃的就是给我们带回一连串的新闻,当然,带给我的还有她跟未婚夫之间一些羞于说出口的秘密。

"你知道吗,谈恋爱的滋味非常的美妙,像巧克力,有些甜;像冰淇淋,有些凉;像山楂,有些酸;像橄榄,有些苦;像……算了算了,我也不像你,是个作家,能真实地描述出这种滋味,反正这滋味是世界上最美妙的东西,你二十了,该尝尝。真的,尝一下,你就会觉得爱情真的是世界送给好女孩最美的东西。"

"对了,老实交代,你尝过没?"

我笑笑,望着不远处的盆景里的一树梅花,答非所问,"走,快上课了吧。"

李欧看一下表,说,"这次饶了你,晚上继续审问,你必须老实交代。"

我们手拉着手,刚走到教室门口,系主任远远地招手,我捅了李欧一下,说,"叫你呢!"

"妈呀，是不是没好果子吃了。"李欧最怕被老师叫去，特别是系主任的新闻理论课，听得她脑袋发胀。她摸着军装上的扣子，刚要上前，系主任摆摆手，朝我指了一下。李欧打了我一下，笑着跑进了教室。

系主任没有像往常一样坐在写字台前，头也不抬地说话，而是坐在沙发上，说，"坐。"

"主任，已经上课了。"

"把门关上，坐下。"主任仍然像往常一样黑着脸说。

我关上门，拉过一把椅子，坐到主任对面，这是开学以来，我第一次跟主任单独坐在一起，心里紧张，身上就出汗。我抹了一把头上的汗水，说，"主任，我是不是哪儿做错了……"我脑子里飞快地转着，寻找着种种可能：是跳舞让领导发现了？是吃饭时饭没吃完就倒掉了？还是晚上私自烧电炉子煮方便面吃，让刘蕾告密了！

"你认识军区什么人？"

"军区？哪个军区？不认识呀。"

"那你是怎么当兵的？"

系主任站了起来，走到我跟前，我慌忙地站起来，说："主任，你知道，我家里是农村的，我是从后勤基地来上学的，谁都不认识。"我想，妈呀，完了，是不是要查我当兵的事，我当兵是一个首长办的，难道查出来了，我要被退回去。一想起又要回到僻远的小村庄，我的头一下子大了，眼泪夺眶而出："主任，我真的谁也不认识，我当兵做方便面，是我们班做得最多的，上学，我一直加紧学习写作，开学以来，已经在解放军报发表了五篇稿子。"

"别紧张，别紧张，坐下！"

我不敢再坐了，站着的腿不停地打着哆嗦，主任这时哈哈大笑，说，"你发在军报上的这篇散文《我想去远航》，有意思。"

主任不说好坏，说有意思，是不是就是赞许的意思？这么一想，我放松了许多，才敢抬起头望了他一下，他也望着我说，"好好写。"

"是！"我站起来，敬完礼就要往外走，"哎，别走，我还没说重要的事呢。"

我的妈呀，我的腿重新软了。

"晚上五点半到大门口有人接你去吃饭。"

"谁？"

"去了自然知道了，好了，快回去上课。"

我们宿舍除了李欧请我吃饭，还没有人请我吃饭，能让系主任通知我，这人一定不是一般的人，最起码跟系主任一样的职务，那就是说，是个师职干部。一个师职干部，请一个战士学员吃饭，我的天，这是多么高兴又让人蹊跷的事。

教室的门关着，我运了运气，喊了声报告，里面传出讲授《马克思主义原理》的欧阳老师那尖锐的声音。十几门课里，我最怕这门课，特别是剩余价值论，我如听天书。欧阳老师也不喜欢我，经常在我的作业上，划着大大的叉。

我推开门，一时不知是该回到自己的座位上，还是该给老师解释一下。

欧阳老师看了我一眼，我以为是示意我回座位，我就往座位走，欧阳老师说，"我让你回去了吗？来，站到讲台上，跟大家说，开课十几分钟了，干什么去了？怎么现在才进来？"

"报告老师，她让系主任叫到办公室去了。"李欧站起来说，"我忘了告诉你。"

欧阳老师看了我一眼，我点点头。

"你是战士学员，一定要珍惜学习的机会，不能老让老师为你操心，对不对？"欧阳老师一定认为系主任也是叫我去挨批的，因为他满眼都是对我的不屑。还有台下的同学们，我不能让大家瞧不起我，于是我大着胆子说，"欧阳老师，系主任叫我去，是因为我在军报发了篇小文章。以后我一定不辜负领导和老师的期望，争取写出优秀的作品，成为一个优秀的作家。"说着，我昂起头，噔噔噔地坐回自己的座位。

"田小冉，好样的！"刘蕾带头鼓掌，可惜没有人跟着响应，让我的得意立马减了好几分。

"系主任真的夸你了？"李欧的条子又来了。

我望了望讲台上脸色铁青的欧阳老师，"不信你去问。"

我们左手提着统一配发的写着政治学院的黑色牛皮书包，右胳膊甩着，排着队，唱着歌往宿舍走。马上五点半了，换不换便装，化不化妆，我边走边想。

"注意步子，错了的换过来！"区队长看着我说。

我忙小跑两步，换过走错的步子，一脸的凝重。

同学们出出进进的放包、上洗手间，我则坐在桌前，拿着一管口红对着镜子抹着，思忖如何跟杨梅梅请假。

"傻愣着干啥？快，准备吃饭。"杨梅梅衣着严正地拿着哨子就要走出门，我忙说，"我晚上不在食堂吃饭了，要去看个人。"

宿舍里三个人都放下了手中的活，齐声问，"看谁？在哪？男朋友？"

"瞎说什么呢？去看个亲戚。"

"跟队里请假了吗？"

"系主任知道。"我说着，一看表，妈呀，已经五点半了，提起包，飞也似地跑出了宿舍楼，留下了满脸狐疑的室友们。

我刚跑出校门，系主任就站在路边向我招手，然后我就坐进了主任黑色的伏尔加车上。进到一家豪华的饭店，马上一个穿着大红色旗袍的服务员就迎了上来，笑容可掬地把我们带进一个金碧辉煌的包间，那包间真的大，一进门，里面是个大厅，只有一个人在忙着点菜，从左边拐进去，是饭厅。房间有一股花香味，我仔细望去，原来是餐桌上放着一大束百合。

系主任朝我摆摆手，我学着他的样子规规矩矩地坐在沙发上，这时外面传来了说话声，系主任马上站起来，我也跟着起来，因为急，打翻了桌上的杯子，我要擦，主任拉着我就迎着声音走出门来。

原来是李欧的公公，跟在他后面的还有四五个穿毛料军服的人。

我学着系主任的样子，先给首长敬礼，再伸出双手握手。

首长把我安排在他的旁边，我坐下来，眼睛偷偷地看了看沙发的茶几，破了的杯子已经没了，地上干干净净的，酒红色的地毯上也是干干净净的。我在心里长长地出了口气。

首长先问了主任系里的教学情况，又问了我的学习情况，问得很详细，我都一一做了回答。一时，首长不说话了，系主任说，"小田文章写得不错，首长在电话里表扬了，小田，你敬首长一杯酒。"

在部队时，我喝过酒，所以我很有信心地端起，直接就喝了一杯。首长笑着说，"小姑娘，还能喝酒。来，再倒一杯。"

我又喝了一杯。

首长哈哈大笑，说，"小姑娘，文笔确实不错。好好学，新闻系是个大摇篮，全军闻名，一定会把你培养成一个有用之才的。"

"谢谢首长！"

"还不敬首长酒？"

在主任的命令下，我再次端起了酒，没想到这一杯喝得我看着满桌人影都在动，首长哈哈笑着让我躺在了外间的沙发上。

我是怎么坐到车上的，我想不起来了。车到宿舍楼下时，系主任把我叫醒了，说，"认识我是谁吗？"

"你是孔主任吧。"

"看来脑子还比较清醒，今天的事不要跟任何人说。"

我说是。我拉开门，腿有些打晃，我稳了稳神，关上车门，慢慢地朝宿舍楼走。一直没有听到车响，我推开宿舍楼门时，回头望了望，主任的车子慢慢地驶走了。

我清了清嗓子，展了展军装，让自己极其平稳地走上楼梯。来来往往的学员，没有人看我，证明我没醉态，我推开了宿舍的门。

如我期望的，我的同学们已经下了晚自习，当我一进门，她们立即围了上来，七嘴八舌地问个不停。杨梅梅凑着鼻子闻了闻我，说，"喝酒了，看来是跟领导喝的。哪个首长请你喝酒？"李欧则捧着我红红的脸说，"是不是有情况了？老实交代。"只有刘蕾擦着她新买的相机镜头说，"你们懂点事儿好不好，这叫个人隐私。"

"什么个人隐私，她就小屁孩一个。"

"我，我不是小屁孩。"我刚一说完，忽然呕吐起来，李欧忙拿盆子，杨梅梅扶着我躺到床上。刘蕾边照着我的醉态，说了一句莫名其妙的话："春天来了，万物苏醒，我们每个人内心也蠢蠢欲动！"

果然，最先蠢蠢欲动的是李欧！

周五一大早我们刚吃饭早饭，在等集合时，李欧把我拉到花园边，悄悄说："我现在有个难题，你先帮我解决一下，我重重谢你，你想看什么书，我送你。还有下次，我再带你到我男朋友家去看费雯丽另外主演的一部片子《魂断蓝桥》。"

"先说什么事？我看我能不能完成。"

"你把这首诗用最美的语言翻译好，然后给我详细讲解一下大意，这对我一生都很重要。算了，我还是不拐弯抹角了，我男朋友他爸要考我，说，如果我把这诗解释得他满意，就准备跟我家里商量结婚事宜了。我跟我男朋友结婚，他爸这一关很重要。"

"明白了。把诗给我。"

"晚上我回家时你给我，记住，此事千万不要告诉任何人。上次，你出卖了我，我不可能让你再出卖我一次，再傻的人都可能被别人再卖第二次，对不对？你要是坏了我的大事，那我指定坏了你的大事。你不知道有多少女人想尽一切办法要嫁给我男朋友呢！这次，算给你一次戴罪立功的机会，完成好了，我指定这一辈子是你的贵人，毕业分配呀，调级晋升呀，肯定能帮上你。"

这番话听得我心里百般滋味难以述尽，但有一点，我明白，我没有生活在云彩上，于是我决定为好朋友的终身大事完成这份艰巨的任务。

我打开纸一看，原来是一首古诗：

桃之夭夭，灼灼其华。之子于归，宜其室家。
桃之夭夭，有蕡其实。之子于归，宜其家室。
桃之夭夭，其叶蓁蓁。之子于归，宜其家人。

我一看，蒙了，我最头痛的是古文。我立马跑到图书馆，去查资料。翻了很多书，大概意思明白了，说的是某人娶了一个漂亮的像桃花般的女孩。可是既要有文彩，又要逐字逐句翻译，我想把任务完成的漂漂亮亮，便到政工系找柳云刚，柳云刚又请教了本市著名大学的一位中文系教授，我才明白了这首诗的出处和含意。

《桃夭》是《诗经·国风·周南》里的一篇，是贺新婚歌，即送新嫁娘歌。在新婚喜庆的日子里，伴娘送新娘出门，大家簇拥着新娘向新郎家走去，一路唱道："桃之夭夭，灼灼其华……"红灿灿的桃花比兴新娘的美丽容貌，娶到这样的姑娘，一家子怎不和顺美满呢！果实累累的桃树比喻新娘将会为男方家多生贵子，使其一家人丁兴旺。枝叶茂密的桃树比兴新娘子将使一家如枝叶层出，永远昌盛。通篇以红灿灿的桃花、丰满鲜美的桃实、青葱茂盛的桃叶来比对新婚夫妇美好的青春，祝福他们的爱情像桃花般绚丽，桃树般长青。此诗运用迭章、迭句手法，每章结构相同，只更换少数字句，这样反复咏赞，音韵缭绕；优美的乐句与新娘的美貌、爱情的欢乐交融在一起，十分贴切地渲染了新婚的喜庆气氛。

柳云刚说，"多好的诗呀。真是世界上最美好的祝福，能得到这诗的姑娘，太幸福了。"

"桃之夭夭，灼灼其华。之子于归，宜其室家。"我边走边背，不小心撞到一个人身上，原来是李欧，李欧马上要去男朋友家了，急得不行，我把诗的内容讲解给她抄了一份，又给她详细解说了一遍，李欧听得兴高采烈，抱着我亲了一下，然后说，"要什么书，我送给你。"

5

李欧顺利地通过了准公公的考核，已经跟男朋友领了结婚证，准备毕业后举行婚礼。周六，杨梅梅去看朋友了，刘蕾去拍片了，李欧牺牲了跟男朋友约会的机会，专门谢我。除了给我送了《安娜·卡列尼娜》《红楼梦》《简爱》《这里的黎明静悄悄》《唐诗三百首》五本书，还从男友家里带了鸡蛋和烧鸡，用酒精炉给我烧汤喝。我不好意思白吃，就到学校侧门的烧饼铺买了两个长条葱油烧饼。烧饼原来是装在塑料袋里的。那味道实在太香了，我终是忍不住，想着先吃一点点。可是因为穿着军装，怕被校园里的纠察发现，就把一只烧饼装到裤子口袋里，手插在裤兜里，边走边掰一点，趁人没注意，立即扔进嘴里，嘴里马上就变香了，除了面香，还有芝麻香。

正吃得带劲，迎面走来了柳云刚，他含笑说："买东西了？"我说："是"，心里老想着牙缝里千万不要塞芝麻，嘴都不敢张了。柳云刚好像看出了我的窘态，一直望着远方，让我有时间尽快把嘴里的残敌消灭掉。快到宿舍了，柳云刚的脚步却一直没有停，他说的是自己喜欢的书，我也喜欢听，就不觉间跟着他走到了操场。

李欧在楼上的窗前喊，"快回来，汤都快煮干了。"

我才想起李欧还没有吃饭呢，立即跑回宿舍。

不好意思地说，"我已经吃过了，实在馋得不行，就吃了一个，这是你的。"李欧笑着说，"你的嘴已经告诉我了，快，吃烧鸡，喝蛋汤。"

吃着饭，李欧嘴仍没闲着。说，"对了，昨天我就一直想问你呢，昨天晚上叫你出去吃饭的是不是刚才那一位？"

"不是的。"

"田小冉，我是不是你的好朋友？"

"是呀。"

"我什么话都告诉你，可是你的心里话却不告诉我。你还把我当你朋友吗？"

我知道女孩间的友谊都是靠相互交换秘密建立起来的，可是昨天晚上的事怎么能说，要不是首长跟李欧的关系，也许我会告诉她，可是现在当然不能说了。我也不想失去这个好朋友，但无论如何今天不能再闭口不说了。

"是有一个男人，是我过去的一个战友。"

李欧喝了一口汤，说，"只要不是今天这一个，也就算了。我知道你不像我，心里有话不说出来就憋得慌，但是有一点我必须要提醒你，无论如何不能是今天的这一位。"

"为什么？难道就因为他长得普通，没有你男朋友长得帅。男人，不能光看外表。"我笑着捅捅她的胳膊。

"严肃点，我是干部，也就是说以组织的名义在找你谈话，你不能再跟那个柳云刚接触了。"

"真是官大压死人，别忘了，虽然我现在是战士学员，可老师说了，我们现在是平等的，我们拥有一个共同的名字，都叫学员。"

"我们是平等的？你一个月津贴怎么才12块钱，而我已经拿七八十块了！"

"好了好了，李技士，我听你的。告诉我为什么不能跟柳云刚接触？"

李欧关上房门，说，"在现实生活中，你和谁在一起的确很重要，甚至能影响你的成长轨迹，决定你的人生成败，和什么样的人在一起，就会有什么样的人生。"

"我的天，李欧，李大小姐，你现在成了首长家的儿媳妇，果然见地非凡呀。"

"别跟我贫，我告诉你，柳云刚已经结婚了，孩子都会跑了。你一会儿跟人家跳舞，一会儿去喝酒，现在又是压马路，让人家老婆知道了，万一闹到学校，你想想你还能提干吗？还能有前途吗？这可跟上课接我的条子不是同一个级别。"

"他结不结婚跟我有什么关系，我只不过跟他谈谈文学，我从来没有想到跟他谈对象，跟谁都没想过谈恋爱。"

"你真是笨死了，除了一天看书写稿子，两耳不闻窗外事，你都二十岁了，真的连恋爱的事都没有想过？"李欧说着，一双让人销魂的眼睛呼呼地闪着电，好在我不是男人，根本电不晕，反倒越闪越清醒。

一听这话，我一时无语，想说自己没谈过恋爱，那会让李欧瞧不起，李欧瞧不起了，那么新闻系女生就都瞧不起了，新闻系的人将来都要分到全军各个部队，这么说，全军热爱新闻的人可都知道了，我还在部队怎么混？可是要说谈过恋爱，又会惹出许多麻烦的事来。我想了想说，"有个男朋友，吹了。"

"干什么的？"

"小排长。"

"为什么吹呢?"

"他……他大男子主义思想严重,农村人,一脑子的封建残余。"

"让你三从四德还是从一而终?"

我一时无话,想了半天,才憋出一句话:"让我必须给他生个儿子。"

"我的天,这都什么时代了?这样的出土文物,赶紧把他踢到博物馆去。我给你在军区留意着,帮你找一个,这样你毕业后就分到这个你最喜欢的南方城市了,咱们一起结婚生孩子,我有伤心事了,可以告诉你;你有难过事了,也可以跟我说。还有,你经常到我家住,反正我家房子多,我把丈夫赶走,让他住到别的屋子去,咱们头顶着头,说知心话,好不好?做一辈子好朋友,到老了,成老太太了,还像现在一样,谈心,逛公园,看电影,逛街,你说美不美!"

"好,那我先谢谢你这个大媒人了。"

李欧得意地说,"到时说成了再谢媒不迟。"

"想得美,就是我一辈子不嫁,也不让你帮我找,我有那么笨得连对象都不会找吗?我要找到一个跟自己相爱一辈子的人,至于你嘛,到时,等我有烦心事了,再找你吧,你就当我的垃圾箱吧。"

"你们说什么呢?"杨梅梅推门进来,说,"报告你们一个天大的消息。"

"什么消息?"快说。

"听说南边战事吃紧,又一批部队上去了。"

"这跟我们有什么关系?我们是学生。"李欧一听这话,就没有兴致地躺在床上了。

"这可能是我们遇上的最后一次打仗的机会了,我听说好多同学都开始报名参战呢,连战场都没有上过,怎么算军人?走,跟我到外面去看看。"杨梅梅说着,一手拉我们一个,就朝楼下跑。

果然,通常海报栏里贴满的诗歌欣赏、舞蹈比赛、租自行车的消息已经被大红色的请战书盖满了。围观的男女同学不住地议论纷纷:"我听说我同学说,他哥哥成了战斗英雄,荣立了一等功,现在全国各地做巡回报告呢,军委首长都接见了。""是呀,听说立了二等功就可以提前晋职呀。"

　　我一眼看到柳云刚站在最前边,本想跟他打声招呼,一看到李欧用眼神制止我,便装作没看见,低头往宿舍走,柳云刚却追上来说,"你想不想去战场体验生活,这可是最好的机会了。"

　　"胡说什么呢,让战争走开吧。不过,现在,我先让你走开,以后不要再缠着小冉,注意你是个有家室的人。小冉,咱们走!"李欧不由分说,拽着我的衣袖就走。

　　这时,学校喇叭里响起了男声独唱《血染的风采》。

> 也许我告别,
> 将不再回来,
> 你是否理解你是否明白?
> 也许我倒下,
> 将不再起来,
> 你是否还要永久的期待。
> 如果是这样,
> 你不要悲哀,
> 共和国的旗帜上有我们血染的风采。
> ……

　　"李欧,你害怕打仗不,我怎么觉得心里慌慌的,你听听这歌曲,听得人老想掉泪。"

　　"不要理它,咱们好好上咱们的学。特别是你,再有半年就毕业了,就成干部了,到时,仗也许就打完了,咱们就结婚生孩子,过自己的小日子。走,吃冰激凌去。"

　　晚上我做梦梦见我真的上了前线,拿着枪面对冲上来的敌人,却怎么也抠不动板机,急得乱叫:"李欧,快帮我,敌人冲上来了!"吵醒了宿舍的同学,李欧把我拉起来,说:"没事儿吧。"

　　"没事儿。睡吧。明天还要会操呢!"

　　"同学们,你们没睡吧,我告诉你们,我要上前线去采访。杨梅梅，你睡着了吗？"刘蕾忽然说。

李欧立即打开了台灯："刘蕾，你真的疯了，上前线可不是闹着玩的，要死人的。"

"快把灯关了，小心值班员发现！"杨梅杨说着，披着外套坐了起来。

"死就死了，人总是要死的，死在最灿烂时，总比死在人老珠黄时美丽。你们想过没，这可能是我们这辈子赶上的最后一场战争了。我想好了，我要上前线，我要顶硝烟、冒烈火，要把官兵们最壮美的情景全留在镜头里，这些一生难求的画面肯定能得全国摄影大奖，说不定我的照片还会登在美国《时代周刊》杂志上呢。你们知道谁上过吗？被称为'新闻界第一夫人'的多萝西·汤普森，因第二次世界大战期间进入协国纳粹军营采访出名，被称为'新闻界第一夫人'。爱玛贝科，美国幽默作家也登过《时代周刊》，她的作品被刊登在美国和加拿大超过 900 份报上，拥有 3 千万的读者群。咱们国家，宋美龄也上过《时代周刊》。"

"我可不想上什么《时代周刊》，生命对于每个人，只有一次。死了亲人哭一阵子也就算了，可是要是缺了胳膊少了腿，这一生可就完了。"

"那就不能到首长家了，不能坐小车，不能看内部电影。"我的笑话，实在不合时宜，宿舍里飘荡着一股凝重的气息，谁也没有说话。

"杨梅梅，你倒是说话呀！"

"我很纠结，不是怕死，主要是家里结婚的一切用品都准备好了，准备毕业后就结婚，怎么跟他们交代？"

"田小冉，你这个小屁孩估计也不想去。好吧同学们，祝我凯旋吧。如果我在战场上死了，请你们不要难过，也不要悲哀，把我埋在祖国最美的河山里。对了，我明天就给系里递请战书，然后我要休息一周时间，我要去杭州，去苏州，我要把这个城市里最好吃的东西全吃了，我要去看我男朋友，把自己的一切献给他。"

刘蕾声情并茂的演讲，搞得我们心里七上八下，我知道她是我们班最特立独行的人,她一旦决定了的事,谁也拦不住。

"学校会批准你去吗?"

"马上要实习了,我让实习单位派去不就行了?现在全国各大报纸都有去前线的名额。他们不让我去,我就偷着去,反正我是去前线,又不是去干坏事,最多也就是背个处分。这处分我愿意背着。"

"刘蕾,我佩服死你了,这样,你到杭州、苏州,我给你联系住的地方,我那几个地方有熟人。"

"好的,谢谢李欧妹妹,成全我最后的心愿。"

"我是妈妈最小的女儿,如果我上了战场,妈妈一定会气死的。再说我一个农村孩子,当兵不容易。我给家里发誓提干了,我要给家里盖一栋瓦房,要把爹妈接到城里来享受生活。"我不停地寻找着最真实、最有说服力的的理由给自己辩解。

这一夜,杨梅梅的话最少,但是我起夜回来时,发现她还没有睡着,不停地翻过来、翻过去。

柳云刚参战走了,临走时他送给我一个淡绿色的塑料皮日记本,我打开扉页一看,惊得半天说不出话来。

　　桃之夭夭,灼灼其华。之子于归,宜其室家。
　　桃之夭夭,有蕡其实。之子于归,宜其家室。
　　桃之夭夭,其叶蓁蓁。之子于归,宜其家人。
　　小冉,愿你成为诗中这样美丽的女人,一生幸福!
　　　　　　　　　　　　　　你的战友:柳云刚

两天后,英模报告团就到我们学校来做报告了。英雄们的事迹让我们热血澎湃。泪水涟涟。心里最不能平静的当属我们新闻系的学员了。老师在课堂上再三讲,好新闻不是坐在教室里想出来的,是在火热的生活中采摘到的。为此,我们新闻课也是开放式的,这个城市十年不遇的第一场雪,这个城市第一栋五星级饭店,这个城市在全国最出名的化工厂,这个城市寺院里和尚跳街舞……一句话,凡是这个城市里能称得上新闻的地方,就有我们同学遍及的足迹。

刘蕾的请战申请很快就被批准了，听说解放军报要给她开一个专栏，就是：战地视野，专门登刘蕾来自一线的照片。

杨梅梅和我也准备上前线了。理由是，英模团来的一个英雄，给我们俩带来了一个让我们做出选择的消息。杨梅梅的老部队也上去了，还有，我的初恋也上去了。

我是一个胆小怕死的人，只有一件事可以让我永生追随，一个是文学，一个是初恋，为了两者，生命何足惜！

6

二十年过去了，我从一个普通的学员成长为一名副师级专业作家，可是一想起往事，我仍然是那个半天说不出几句话的笨嘴笨舌的战士学员，无法用语言表达我们奔赴前线前的最后的狂欢。可以说，我们吃尽了我们从来没有吃过的东西，看够了从来没有看过的美景，还有，流了从来也没有流过那么多的泪水。

我们虽然爱做梦，但是我们首先是军人，我们学了射击，学了火炮知识，我们也查看了中山陵的地形，学会了从图看地貌，知道了子弹、大炮是用钢铁做的，它们的杀伤力威力无比，而且它们不长眼，谁碰上，谁就倒霉。战争，让女人走开！绝对不是一句空话。

可以说，我们已经看见了前边等待我们跳的悬崖，里面有鬼哭狼嚎，但是开弓已无回头箭。不，确切地说，我就曾经想回头过，而且，还能回头。

那是一个满天都是星星的夜晚，我跟李欧坐在操场的草坪上，月光把校园的一切都好像镀上了一层水银，我喃喃地说，"李欧，我怕是最后一次看到星星了。"

李欧打了我一下，说，"胡说什么呢？对了，现在没人，你告诉我，你为什么忽然想上前线了？你在军区实习，咱们一起在小白楼住着，我看我爸挺喜欢跟你聊天的，你就住着，等我小叔子东方飞从国防大学毕业回来，你认识认识他，说不上，我们还能成为妯娌呢！别冒傻气，有人为了上前线，立功呀，提前晋级呀，得奖呀，在我看来，都是不值当。因为有了这些，就意味着你可能没有了生命，或者生命残缺了。比如说，你即使没有牺牲，可是你没了胳膊，少了腿，或者失去了眼睛，你说，一个女人，以后咋生活？小冉，你是我的朋友，是我一生的朋友，我不能让你去无谓地送死。你说你一个女人，到前线去干什么。刘蕾去，她是死胆大，再说人又精得连炮弹都躲着她走。杨梅梅，她的老部队去了，作为新闻干事，她不能不去，否则领导会有看法。你说你，笨手笨脚的，射击打得子弹都不知跑哪去了，晚上上厕所，还要人陪着。树上掉下一条虫子，你吓得哇哇大叫，放鞭炮，你都得捂着耳朵，整天置身于炮弹声中，你能受得了？"

说实话，这番话真的让我心动了，一时无语。

"你虽然有些话不告诉我，可是我知道，你突然想上去，如果我没猜错的话，八成是为了爱情，对不对？女人嘛，依我之见，不要命的，只能是干两件事，一件是为了爱情，另一件是为了最心爱的事业。你的事业，不就是在纸上写字嘛，在哪都能写，何必要跑到前线去呢。我知道你们西北部队也上去了，火线上谈恋爱，坦克车里谈恋爱，那是根本没有上过前线、异想天开的作家编出来骗无知青年的，特别是骗你这种没有脑子的文学女青年的。"

我头枕着胳膊，躺在草坪上，望着天上亮闪闪的织女星，说，"李欧，现在，我的牛郎就在前线，你说我是死等着七月七日相会，还是勇敢地去跟王母娘娘斗争，让天河退去，让鹊桥永恒。你说马莎为了心爱的罗易可以去死，祝英台为了跟梁山伯在一起，敢跳进坟墓，我为什么不能去呢？再说，我去了还不一定死呢！你不是说了，我傻人有傻福。"

"是为了那个小排长？你不是说你们分手了吗？"

"可我真的爱过他，真的，我就是想见他一面，你说万一他牺牲了，我却连句道歉的话都没有来得及给他说，我会后悔死的。"

"不就一小排长吗？多的是，我小叔子还是连长呢，你见了他一定会喜欢他的。"

"你不懂，曾经沧海难为水呀！"

"你们是不是生米做成了熟饭?"李欧诡秘一笑,"老实交代。"

"胡说什么呢,战士不能谈恋爱,再说,我们也不在一个部队,坐火车还得走八九个小时呢。"

"那你们怎么认识的?"

"在集团军组织的一次文学讲座上,我是老师,他是学生。讲座结束后,他就老给我写信,信里一首首诗歌,非常美,我就喜欢上了他。"

"那怎么会分手呢?"

我回过头,望着李欧那一双大大的眼睛,我感觉自己心里哆嗦了一下,半天没有说话。

"你说他脾气不好,对不对?有大男子主义思想。这种男人的确不招女孩喜欢。高仓健式的男人是挺男人的,不苟言笑,稳重成熟,可是这种人只能看看而已,不能跟他过日子。你想想,他整天吊着那张阴沉的脸,说一不二,也不会哄女孩子高兴,谁能跟他过长久。我男朋友就说了,喜欢那种男人的女孩都不成熟,女人结婚了,才知道自己需要什么样的男人。"

"李欧,你不知道,我真的很爱他。我以为我上了两年学,会把他忘了,你看咱们系里,还有外系的同学,也有人追我,可是我真的忘不了他。我每天睁着眼想他,闭着眼也想他。虽然我知道我不会收到他信了,可是每次通信员来,我总是盼着他会给我来信,哪怕他就说一句话,原谅我了,我都会重新去爱。"

"你做了什么要让他原谅的事?跟别人好了?"

"李欧,求求你,别问了。这件事到此为止,我不想谈了。"

"你说你爹妈还盼着享你的福呢。他们知道你要上前线不?"

乡村里的爹妈,是我神经中最柔软的那根,我轻易不能碰它。虽然在决定上前线时,我无数次想过他们,他们供我上完小学中学,又四处求人,让我参了军。我呢,做了多少方便面,写了多少篇废稿,不就是想跳出"农门",让父母跟着我享受生活吗?我是家里唯一走进城市的人呀。难道就为了一段所谓的爱情,真的置父母兄姐于不顾,是不是真的太自私了?眼泪慢慢地流了下来,我抹了一把,说,"如果我牺牲了,会有抚恤金,会让我父母生活一阵子的。"

"你要是后悔了，还能来得及。我告诉我公公，他跟咱们学校里的校长很熟。"

"同学们如果知道我中途变卦会瞧不起我的，还有，这会影响我的毕业分配。再说了，现在我还没有入党，火线入党电影电视里不是经常有的嘛。"

熄灯号响了，我们离开了操场。快到宿舍门口了，李欧忽然拉住我的手说，"你真的不想上前线了，我可以给你出个主意，想不想听？"

"说说看。"

"装病，装病我最有经验了，装胃痉挛、阑尾炎、肠梗阻都行，军区总院我有同学在那，一点问题都没有。"

"让我想想！"

"你尽管放心，这事包在我身上。给你一晚上的时间，好好考虑一下。明天上课前，我找我公公。"

这一夜，我翻来覆去，一直想到起床号响，还是下不了决心不去。

我们在食堂吃早饭时，学校里的大喇叭响起了歌声，那是我们最喜欢的歌手费翔唱的。我感觉我就像那首歌里唱的："我的热情好像一把火，燃烧了整个沙漠。太阳见了我也会躲着我，它也会怕我这把爱情的火。沙漠有了我，永远不寂寞，开满了青春的花朵。我在高声唱，你在轻声和。陶醉在沙漠里的小爱河。你给我小雨点滋润我心窝。我给你小微风吹开你花朵。爱情里小花朵属于你和我，我们俩的爱情就像热情的沙漠。"听着歌，我的眼泪忽然间又流下来了，我暗想，写这首歌的人一定经历过死去活来的爱，才能写出这么富有激情的歌曲。

列队上课前，李欧轻轻拉拉我的衣襟，说，"我一到教学楼就给我公公打电话。"

"谢谢你了，我的初衷不改。"

李欧紧紧握住我的手，半天都没有松开。

随着离别的时间越来越近，李欧也不回家了，好像真的再也见不到我们似的，整天跟在我们屁股后面，一会儿给我们要车，一会儿带我们走遍城市的角角落落，帮我们采购了在前线需要的东西，什么卫生巾呀、内衣呀、防晒霜清凉油呀什么的。还不停地说，"放开肚子吃，我请客。"说着，她不停地抹眼泪。我们三个寻找着最恰当的语言来安慰她，结果，再美的语言都不能抵挡那随即而来的悲伤。

这时，又传来了一个让人高兴的消息，杨梅梅的对象郭洪亮要来队里了。

据杨梅梅讲，郭洪亮是大连小伙子，长得足有一米八五的个头，特像费翔。才毕业两年，就已经安全飞行五千公里了。得知他要来时，我们宿舍的空气也像充满了甜滋滋的味道，不，准确的说，是消散了即将到来的忧伤。仿佛一夜之间我们每一个女孩子忽然胸部高耸，装满了毛茸茸的心事。杨梅梅的男朋友要来队了，他是驾驶特种飞机的飞行员，而且……而且长得很帅。这一层大于一层的诱惑如一束山花，芳香弥漫了我们整个宿舍。到来的那一天，我们集体决定盛装去火车站接站。

这主意是刘蕾出的。北京姑娘、著名摄影家刘蕾见多识广，满肚子都是故事，眼珠一转，立马就有一大筐主意。这不一听说杨梅梅的男朋友要来队，她立即召集我们开了一个临时组务会，她说，虽然她不是组长，但是现在组长置身其中，不便出面，那么就由她这个副组长代理主持并布置接待事宜。平时不苟言笑的杨梅梅听得也忍不住笑了，说，"别开玩笑了，现在都什么时候了。"

"怎么叫开玩笑呢？大战在即，也要召开誓师大会呢。好了，大家坐好了，听我说。"她说着，坐到桌前，让我们像在连队一样，都坐在学校发的制式小马扎上，然后清清嗓子说，"今天开会的议题就是如何欢迎我们的男朋友到来！"

她一声"我们的男朋友"，惹得我们都笑了，她眼一瞪，手拍着桌子说，"静一静，严肃点。"

我们立即不笑了，她从桌下跳起来，边走边打着手势说，"一个空军飞行员，一个优秀的空军飞行员，一个英俊的空军飞行员，他不远万里踩着积雪从茫茫林海，坐了汽车坐火车，来到我们江南，来干什么呢？跟美丽的即将上战场的女朋友告别。一个即将当新郎的小伙子，毫无利己的动机，坚决支持未婚妻的伟大事业，把女朋友的事业当做他自己的事业,这是什么精神?这是伟大的爱情主义精神,这是优秀男人的美好精神,我们每一个人都要学习这种精神,并且要以他为楷模,找到这样优秀的男朋友。"说着,她忽然把头扭向窗外,停了有半秒钟,又回头接着说,"特别是在大敌当前,特别是在男男女女一听说爱人要上战场,都纷纷要吹灯的情况下,这样的人,怎么不是最可爱的人?怎么不是我们大家最爱戴的男朋友呢?"

我们听到这话,为她的机智和幽默鼓起掌来。

"所以,我们要为我们的男朋友开一个欢迎会,我提议:一、盛装到火车站去接站。二、请他吃我们亲手做的饭,要求是我们每人为他做一份拿手的好菜。三、为他表演一台精彩的晚会,注意,每个人都要出节目。四、算了,算了,第四条就是他自由活动了,他想跟谁在一起就跟谁在一起,我就不管了,但是每个人要约他,首先要经我们的杨梅梅同学同意。大家看如何,不同意的,尽管说;有补充的,也尽管提。如果不说,就严格落实,不得走样。"

"我说说第二条,这做饭我最赞成也最擅长,干脆就以野餐的形式,每人到我家去做一道菜,然后我们在梅花谷席地而坐,边吃边赏梅。岂不风雅?"

这一提议得到全票通过,接着,大家又纷纷报菜单。

"我做一道菜叫西湖醋鱼。"

"我带啤酒和做红烧排骨。"刘蕾立即接口。

"我不会做饭呀,干脆我负责买面包。"

"我再做几道青菜,锅呀碗呀什么的我全准备了,我男朋友家离那不远。"李欧补充。

"很好,很好,证明我还有些号召力的。晚会,对咱们大家来说,除了田小冉硬胳膊硬腿外,其他人都没问题。不对,田小冉同学也下过海了,实在没有节目,拉着咱们的男朋友跳几圈贴面舞也就OK了,想必杨梅梅同学不会反对。自由活动由杨梅梅同学负责,想必她已经精心计划好节目了。我也不多说了,只是第一条,大家说说怎么个盛装法?"

"当然是穿上我们最漂亮的衣服了,现在是春天,虽然天气有些冷,但是梅花都开了,也不会冷到哪去,干脆我们都穿裙子。"

"穿裙子吗,少了新意。同学们,我们现在要去的是火车站,是南方省城最大的火车站,整天来来往往的客人全是穿着裙子的漂亮女人,一点点都没有新闻价值。我们是新闻系的女生呀,时刻要把新闻挂在嘴上,落在实处。

"你的意思是,咱们都穿军装?"杨梅梅问道。

"你太聪明了,当然比我稍稍的差那么一小拇指。"刘蕾笑着在屋子里来回踱着步子,说,"我们每人都穿着自己的军装,陆海军武警,齐全得像做假似的,你走进哪座兵营,能找着这么齐全的军装,又全是如花的少女,每人手里捧着红红的玫瑰,我敢说一定让我们的飞行员晕倒在站台上。当然,这是军事秘密,杨梅梅,这个消息你一定不能透露出去,否则后果自负。我呢,已经安排好拍照的人了,而且这张照片将要登在我们新闻系学员梦想中的《解放军报》头版上,照片的题目我已经想好了,就叫《男朋友来送行》。"

说实话,我们都听得愣了,这就是刘蕾第一次给我们的惊喜,随着岁月的流失,随着我笔触的延伸,你将会更加淋漓尽致地领略到她带给我们的欢乐和笑声,还有惊讶和激动。这都是后话了。

我们四人早早来到火车站站台上,负责拍照的是一个秃顶男人,姓孙,年龄约有四十来岁,一看架势,就非常专业,穿着全身都是口袋的灰色马甲,戴着网眼猫,傲慢得像天鹅的刘蕾左一个孙老师,右一个孙老师,叫得都酸了我的牙。但一听说他是解放军报的高级记者,我们个个都毕恭毕敬的,也跟着刘蕾不停地叫着孙老师。这个说,"孙老师,你看我留长头发戴着军帽是不是登在军报上不合适,"那个说,"孙老师,你看,我的脸怎么侧才能拍得显小些。"

"你们尽量放松,忘掉我在跟前,越自然越好。"

"我还是特紧张,紧张得都不知道见到他该说什么了。你不要吓他,他比较胆小。"杨梅梅拉着刘蕾的手,不停地央求着。"千万不要把他吓得晕过去了,别看他挺男人样的,能开飞机,可是看到女人脸红得连小学生都不如呢。"

"不会的。对了,孙老师,你说我们要不要见着男朋友敬礼?"

"那当然，军人不敬礼算个什么样子。"

我们每个人都把军装熨得笔直，帽徽擦得铮亮，脸也要收拾得像花儿一样。这是上军报，谁也不敢当儿戏。

我就不详说火车如何到站了，飞行员又如何见我们了，我只简略地讲讲那张果然登在了解放军报上的彩色照片《男朋友来送行》。我们以扇形排列，敬着最漂亮的军礼，飞行员目瞪口呆地站在我们面前，而我们四个，依次的顺序是这样的，从左到右：陆军我、空军杨梅梅、海军李欧、武警刘蕾。图片说明：某军校首届新闻系的女生即将上前线，男友来探望。照片登出来了，虽有不实之处，但我们还是高兴得跳了起来，拉着刘蕾转圈儿，我们是编写新闻的人，没想到自己也成了新闻人物，怎么能不高兴。

当飞行员迈着矫健的大步踏进我们女学员宿舍时，我敢说我们半楼道的女学员十有八九心跳都比平时要快半拍。后来恋爱专家李欧说这就叫"触电"的感觉。起初我们有点拘束，你推我我挤你谁也不敢先吃飞行员带来的食品。杨梅梅就一个个把我们摁在小马扎上，让大家围着飞行员听他讲故事。飞行员大概想在女生面前露一手，滔滔不绝地讲起来。他说飞行员既要能在昼间跳伞，又能在夜间跳。既能进行4500米的高空跳伞，又能进行半低空跳。

"4500米？真了不起！"女学员尖叫起来。在惊叹声中，我发现我们的组长杨梅梅幸福得就像她是飞行员。

飞行员仍在讲。他说第一次跳伞时，觉着就像牵着妈妈的手，一撒手就摸不着那温热的手了。悬在半空中才体会出什么是真正的"绕树三匝，无枝可依"。慢慢地，时间长了，才发现一种腾空的欲望在延伸，才发现这是一种多么令人激动的降落。有谁像我与天共舞，与心飞翔！天空会教你如何做人，会给你容纳一切的胸怀……女学员们听得入迷了，我也是第一次知道了全美陆军82空降师的威名，知道了巴顿、蒙哥马利、艾森·豪威尔、拿破仑等军事家的名字。

飞行员的到来，使我们的宿舍一下子消除了往日的不和谐。他如一片茂盛的水草滋润着我们平淡的日子。我们一个个全变成了淑女。好表现的我们，表演了自己的最拿手的菜，表演了自己最拿手的节目，拉着飞行员到我们的舞厅去跳了半夜的舞，跳得直到乐队都没了人，我们才走了出来。我们一件件地换自己漂亮的衣服，一次次地化妆让自己变得更加漂亮。好像他真是我们的男朋友一样，我们甚至尽情地讨好着他，有时，我们可能做得过火了，缠着飞行员跳舞呀，唱歌呀，有时还会跟他撒个娇之类的，惹得杨梅梅好像喝了山西的老陈醋，那张瓜子脸吊得老长。

"你们不要笑我是落后分子，也不要认为我是落后分子，我要不是为了男朋友安心上前线，我才不提前结婚呢，也就不会怀孕，也就能跟着你们上前线了。"我们才知道，李欧已经怀孕了。知道这一消息的那一刻，我们三个人当时正坐在西湖的断桥上，心里忽然莫名的感伤起来，而不停地给我们拍照的是杨梅梅的男朋友郭洪亮。

刘蕾摸着李欧的肚子说："如果我牺牲了，告诉咱儿子，他有个优秀的干妈，为了拍出世界上最美的照片，把自己的热血洒在了中国的南疆。"

李欧一把捂住刘蕾的手说，"你不要再提那不吉利的词，我跟儿子等着你们归来，到时，咱们疯它个三天三夜。"说着，我们又哭了。

"不要那么悲观，我战友说了，女兵一般都是在后方，再说现在也没有大仗打了，最多也就是个小摩擦。我才不想这么早就死呢，我还没当新娘，还没穿上我那最漂亮的婚纱呢。世界是如此的美好，你看看西湖，多美呀，现在是春天，正是桃花盛开，是最美的了吧，可是断桥最美的还是冬天，要不，怎么有一景就叫'断桥残雪'呢？我提议咱们发誓，无论前线发生了什么，一定都要回来，我们要结婚、生子，还要当婆婆，还要再来这西湖边看桃花，赏积雪。谁他妈不回来，我就一枪毙了她。来，把手都伸出来，我们紧握盟誓。"刘蕾说着，抹了一把眼泪。

然后，我们就尽情地拍照，西湖边，雷锋塔下，苏州园林里，我们穿军装、穿裙子、着戏装，一会儿装祝英台、一会儿扮林黛玉，一会儿又是小红娘，惹得众人都朝我们看。我们放肆地吃肉，放声地大笑，尽情地喝酒，再也不怕吃胖了，也不再怕众人说我们少了斯文。

渐渐地，我们的队伍就分流了。杨梅梅跟她的男朋友永远有说不完的话，两人手拉着手，一会儿你哭，一会儿我笑，像两个孩子似的。他们走得很慢，起初我还叫他们，刘蕾说，"你呀，怎么那么没眼色，让他们多在一起待待吧，他们在一起的时间只有一天了。"这么一说，我们就加快了步子。

我们做了最坏的打算，把最珍贵的东西都留在了学校里，比如说男朋友写来的情书，自己最漂亮的衣服，写给家里最后的遗书，等等。

就在我们即将登上火车奔赴前线时，接到命令，南边战事已停，我们继续完成学业。毕业后，我们各自走向全军不同的部队。杨梅梅调到了北京，现是总部某局局长。李欧离了婚，一个人带着孩子。刘蕾为了拍照，离开了部队，浪迹天涯，一直深入世界蛮荒之地，拍摄当地人真挚而不设防的表情，为参加国际摄影比赛做准备。毕业后，我再也没有见过柳云刚。他是我认识的母校男生里职务最高的，提了将军。

我在一次采访时，不小心从哨所简易楼梯上摔了下来，膑骨骨裂，爱人出国了，女儿在外地上大学。正当我躺在家里的沙发上捧着毕业纪念册伤心时，门铃响了，我架着双拐去开门，怎么也没有想到，竟然是我再也不愿见的大学同学。

李欧屁股还没坐稳，就说，"吃饭了吗？我去给你做，你这几天不能动由我来照顾你，我儿子在北京读书，我来陪读的，现在有的是时间。"杨梅梅则还像当年小组长似的，以主持会议一样的架势做着指示："我们小组的同学都在这，我要提几点要求：一、我们无论谁有难了，大家都要热心地去帮她。二、我们无论谁成功了，大家都要真心地祝福她。三、我们无论谁对谁有意见，当面提，不准在后面做小动作。大家若同意，就把手握在一起，我们是共生死的朋友，这一生的誓言不会改变。"

刘蕾边翻毕业纪念册边说，"我建议等小冉能走路了，咱们到柳云刚的山东老家走一趟吧，听说他父亲病了，没钱住院，我提议咱们给他捐点钱。"杨梅梅叹息了一声，说，"没想到呀，他那么优秀，打过仗，参加过抗震救灾，荣立过一等战功，却在金钱面前，变成了这样，我准备给他女儿安排个工作。"

我握着一双双变得粗糙的手，刚说了"你们"，就哽咽了。

云　端

1

　　陈宜青考虑了三天，决定赴这个约。

　　陈宜青是专业作家，她有足够的时间在家里待着。说实在的，整天在家里待着，要不是上网透气，都不知今夕是何年了。丈夫听陈宜青说要出差，还没等她说完话，就说："去吧，去吧，你去了，我也不回家了。天太热，来回跑，天天都是一身臭汗，还不如住到办公室，空调开着，球赛看着，小灶的饭也不错，天热了，单位每天中、晚饭还有水果供应，既合算又舒服，还省了家里的水费和电费。"

　　"你就不问问我去哪？跟谁去？"

　　"不是报社就是出版社，或者就是作协请你去，反正你每年都要出去十天半月的，有人掏钱，让你们这些作家们游山玩水，车接车送，我有啥好担心的。"

　　丈夫话没说完，一只脚已经迈到了外面。陈宜青本来还在犹豫的心彻底坚定了，于是没好气地说："你就不怕我跟人私奔了？"

　　丈夫迈出门的脚收了回来，这一举动让陈宜青心里热了一下，看来他还是在乎自己的。谁想他直奔客厅，拿了一条烟，边往外走边嘟囔道："你不让我抽烟，现在我可以到单位美美地抽几天了。还有，我吃羊肉、就大蒜、不洗脚，谁也管不了啦。"陈宜青堵在门口，盯着他的眼睛，咬牙切齿地说，"我跟别人私奔了，你也不在乎？"

"哪能呢！你是我儿子最亲的妈妈，是我合法的妻子，我怎么会不在乎？行了，我该迟到了，迟到要扣奖金的。啥时走？要不要我帮你买票。"

陈宜青又被感动了，说，"明天上午的飞机，人家已经买好机票了。你要当心，其他我眼不见心不烦，酒要少喝。"

"亲爱的夫人，你怎么不说别跟你那些狐朋狗友到不干不净的地方去？"

陈宜青扑哧一笑，说，"你不会去的，因为你舍不得钱。"

"那可说不准！现在诱惑太多。再说去，也不用自己掏腰包。"

陈宜青感觉自己想骂人，忙稳稳神，轻描淡写地说，"路上当心。"

"你今天怎么这么啰嗦？走了！"

听见车发动了，陈宜青急了，追出去说，"我明天走，你得送我去机场。"

"往常你不是不让我送你吗？每次都是他们来接你。"

"你就说送不送？"

丈夫从车窗里探出头，接话道，"送，当然送！"

到了机场，陈宜青感觉自己对丈夫还是在意的，毕竟在一起生活了十几年，目光掠过丈夫发际的星星白发，说，"我干脆不去了。"

"怕我真到那些不三不四的地方去？放心，夫人，你夫君还是洁身自好的。实不相瞒，我这几天真有事，手头有几个策划，我好好琢磨琢磨，老板高兴了，咱日子就好过了不是！去吧，好好玩玩，公费旅行，打着灯笼也难找的美事。在这个炎热的日子里，南方多雨，肯定凉快。再说，你不是一直都想去南方吗？这次到水乡、西湖什么的，好好转转。不要急着回家。你不是经常说嘛：远游无处不销魂。"

陈宜青感觉自己的身体在微微地发抖，弱弱地说，"我不去了。"

"你呀，这是怎么了？快进去安检吧，飞机要起飞了。"

"别怪我,我只是在家里实在太闷了,出去透透气。"

"你这是怎么了?又不是小孩子第一次出门。"说着,丈夫递给陈宜青手提包。

"儿子的学习别放松,都快考高中了,考不好可就完了。"

"请夫人一百个放心,儿子在我爸我妈那儿,就像放进了世界上最好的学校里。我父母当了一辈子老师,恨不能把所有的孩子都拉进家里教育教育,何况还是自己的亲孙子。你想让他们对他不好,都难。进去吧。"

陈宜青回头看了看丈夫,感觉自己腿发软、心发虚,一步三回头。

陈宜青三十八岁,有一个上初中的儿子,有一个生活上精打细算的丈夫。至于感情,跟所有结婚十几年的家庭一样,激情过后,大家都是尽职尽责地为儿子、为未来忙碌着。没房子时为房子忙碌,买了房子,又为车焦急。现在买了车,儿子眼看着升高中了,上了高中还有大学呢!大学毕业还要找工作!一想起一件事接一件事,陈宜青觉得体内澎湃的激情就是被这一连串的事情一点点挤去了水分,只剩下躯体在机械地运转。

就在这个时候,一封别致而陌生的约请信寄到了她的手里,一个美丽得好似做梦的事的的确确发生了,发生在一个靠梦想生活的女人身上,她怎么能不双手接住呢!

坐到飞机上,陈宜青掏出手机,写了条短信:我已登机。本想再写详细些,可不知如何写,输入号码时,她才想起那张写着号码的字条被装在了手提包里。她找了一遍,没有。她惊出一身汗,把手机合上,然后把手提包的东西全掏出来,仔细找那张小字条。那小字条上记着她即将联系的人,如果没了号码,她到那个陌生的地方去找谁?

翻遍了,没有!

难道扔到了家里?可是她明明记着是装到手提包里了。

她第三次打开手提包,重新找,空姐已经提醒关手机了,她还是没找着。不行,飞机起飞前,手机一定要关机。这次她细细地找,包括钱包里、提包的夹缝里,总算在钱包里钱和银行卡之间找着了。她打开手机草稿箱，极快地输入电话号码，然后快速发送。

谁知机还没有起飞，对方信息就来了：准时接机，刘。

现在，陈宜青知道了，对方姓刘，应当是刘先生吧。

飞机驶出跑道，颠簸得非常厉害，陈宜青检查了一下安全带，确信它系得安安全全的，然后从飞机前座椅的后背上取出未开包的眼罩戴上，椅背往后调了调，舒服地半躺下。眼前漆黑了，她才发现自己的心脏跟飞机一样在急促地跳动着，脑子里不时回想着三天前发生的事。

三天前的下午，陈宜青照例到单位拿信件，自从当专业作家后，她基本每周一上午到单位晃一下。回到家，照例打开一堆信件和杂志，随意翻翻，不外乎是寄的杂志、约稿信，或者稿费单之类的。最后一封信落款是南京某街某号，她好奇地打开，只有一张纸，上面写着：

陈作家：

　　我的朋友，近好。我一直想找一个志趣相投的朋友游江南，你恰是我博客中的好友之一。看了你的博客，你的许多文章改变了我的命运，我想你是我最合适的旅友。随信寄去机票。凭我对你的了解（如果文为心声的话），你是不会拒绝我精心安排的这次江南之旅的。相信我人已中年，不会犯年轻人常犯的错误。我以人格担保，你将会受到最隆重的接待和照顾。同时，我会为你的创作提供不少素材，我有许多人生故事要讲给你听。

　　　　　　　　　　　　　　　　　　云端漫步

他想干什么？在飞机上陈宜青的脑子里几乎一直都想象着这位网名叫云端漫步的博友。在她的博客上他几乎每次都是坐沙发，虽然留言不多，但是挺开心，毕竟有一个人始终关注着你。她对他并不了解，只知道他是中文系毕业，想当作家，有一定的文学功底，后来却干了与文学没有多大关系的职业。什么职业，对方没说，从他的博客里看，估计是公务员之类的。

好多人都说，网络是个骗局，可是陈宜青认为博客还是比较可靠的，对方的性格呀爱好呀，都通过日志写下来了。虽然云端漫步的日志很少，可是有限的几篇文章文笔还是挺不错的。再说她的骨子里有一种冒险的行为，长到三十多岁了，并没有因为自己的冒险，而真的遇到骗子。比如单身时，她到英国开会，没有合适的导游，她在大街上偶然遇到一名华人记者，很是投机，她就跟着他全英国游了一圈，他没有像人认为的那样，骗她色骗她钱，相反两人倒成了好朋友。她认为许多女人之所以上当受骗，是因为欲望太多，或者呢，是对对方把握不住。她相信自己完全可以把握住别人和自己。比如她的婚姻，就是因为丈夫喜欢她的文章，他们认识不到一周就结了婚，实践证明丈夫人还不错，两人虽不如胶似漆，倒也相敬如宾。虽然这么想，她还是下不了决心，最后促使她下决心的是对方字条中的一句话：相信我人到中年，不会犯年轻人常犯的错误。

一出机场，一个拿着她新出的长篇小说《云破处》的小伙子在极其醒目的地方站着，一看他光滑的前额，还有走路那一步三晃的表情，就知道对方来自一个生活优渥的家庭，而且很年轻。根本就不像经历过什么的人。这样的小伙子约自己来干什么，她的小说改变了他啥样的生活？

"你是刘先生？"

"对。"

"刘先生说看过我的小说，我的哪篇文章改变了你的命运？"

小伙子愣了一下，问，"你说啥？"

陈宜青看到对方不知所措，知道自己犯了心急的毛病，于是说，"我说咱们一会儿去哪里？"

小伙子拉开车门，看陈宜青坐好了这才说，"刘老板让接你到阳光酒店。"

云端漫步是个老板？陈宜青的脑子里立即浮现出了一个长得粗粗肥肥的男人形象，镶金牙戴金链，开口项目闭口合同，一下子感觉糟透了。不过，最终她的理智占了上风，想着无论如何，得见见这位刘老板，不去庐山怎能识其面目？好在，这个城市还有好几个朋友，到时会会他们，到南方玩玩，还是值得的。

刘姓小伙子帮她把行李放到房间，然后说，"陈作家，这是你的房间，你休息一下。五点半，老板会来接你。"说完他轻轻地带上了门。

房间简洁而雅致，白色的布衣床，简洁的白色衣柜，唯一的亮色是挂在床头的一幅色彩绚丽的油画，黑色背景，白色钩花桌布上放着一盘鲜翠欲滴的桃子，让人不禁产生了无尽的想象。陈宜青顾不得洗澡，先到阳台上瞧了瞧，长江就在眼前，这一发现，让她很是惊喜。她到房间转了一圈，再看了看那只桃子，感觉心情大好，洗了个热水澡，计划美美地睡一觉，养精蓄锐，然后会会这个神秘的读者。

四点半敲门声响了，是不紧不慢但果断短促，一听就是那种生意场上的男人，成竹在胸。好像在说，我请你来，你肯定就得来。我说五点半接你，现在四点半就来了，你就得开门。这么一想，陈宜青决定治治对方的锐气，决定不开门。

对方等不急会不会自动报上名来？或者打她的手机？陈宜青站在门后，想开门的手又放了下来。

对方这时不敲门了，大概是思索了片刻，然后脚步声渐渐远去。陈宜青接连跟两三个朋友分别打了电话，然后继续闭上眼睛。

五点，陈宜青走进卫生间，开始精心化妆。她想无论对方是什么人，管他高贵还是世俗，作为著名女作家的自己也要以最美丽的面貌出现在对方面前。

敲门声再次响起，听声音陈宜青断定就是刚才那个人，她一看表，正是五点半。随着门开，一个四十来岁西装革履的清瘦男人微笑着说他就是刘先生。举手投足，不像商人，像什么呢，儒士吧。目不斜视，说话有板有眼。虽不拘谨，但绝对谈不上洒脱。这让陈宜青原来的好奇又增加了几分。

他坐下后，说，"我四点半来看你，你可能出去了。"

陈宜青回答："我在房间，你说的是五点半。"

对方愣了一下，随即说，"不好意思，当时忽然就想来拜访一下，忘了原来的计划。"

陈宜青觉得不好意思了，说，"当时我在洗澡，没有听到敲门声。"

"是我不对。"

"刘先生在哪高就呀？"

"马上就退休了，出来放松放松。所以请你来，结伴游江南。"

"你已经退休了？你不是老板？"

"难道不像？我马上就五十五周岁了。至于老板，梦里当过，现在机关工作。"

原来是政府官员，下位之前，再揩一次国家的油。这让陈宜青一阵不舒服，心里暗想，我就说么，谁没事给你干这么好的事？

"好了，咱们下去吧，车等着，先到江边的餐厅吃个便饭，然后陪你看看夜景。"

上车时，陈宜青迟疑了一下，刘先生说坐后面吧。两人寒暄了一会儿，就到了江边。江边大多是青年男女，像他们三个人坐在一起的，还真没有。小刘端水递茶叫服务员，很是老道，吃饭也很快，三下两下就放了筷子说，"我在外面等你们。"说着就要走。刘先生说不用了，我们马上也走。

小刘没事干了，继续加水，递纸巾，然后沉默着，陈宜青低头吃饭，对方说一句，她小声嗯一声，或是轻轻地点点头，总是很不对味，小刘坐了一会儿，说："老板，咱们还需要加什么菜？"刘先生以征询的目光望着陈宜青，陈宜青说够了够了，还有这么多。小刘离席，陈宜青猜是去买单了。小刘再回来，给刘先生的茶杯里加满了水，然后端着出去了。刘先生接电话非常简洁，大多嗯，好，就这么办，陈宜青断定刘先生是个官员。就两个人了，刘先生也没有多少话，只是问了陈宜青最近写了什么书之类，然后问到南方来过没，想到哪去玩？

"随意，我听你的安排。"

刘先生说："好，我对南方还是比较熟悉的，一定陪你好好转转。"

在两人起身时，刘先生忽然问："你会开车吗？"

"我有三年驾龄。"

然后，两人又是一阵沉默。陈宜青真不能想象十天跟这么一个没有多少情趣的人待在一起，真要命。

车在返回的路上，刘先生说，"小刘，先送陈作家到酒店。"车到酒店门口，刘先生礼貌地下车，跟陈宜青握了手，说，"明天上午七点半楼下见。"

陈宜青想了一晚上，也没有想明白这个叫刘一杰的先生请自己来是何目的。

2

陈宜青再见到刘一杰，居然不敢认了。刘一杰身背尼康照相机的摄影包，头戴白色旅行帽，上着一件米色圆领衫，下着发白的浅蓝色牛仔裤，脚穿一双耐克球鞋，站在车旁。一看到陈宜青，他忙接过行李，放到后备箱，他让陈宜青坐到后座位上，说可以适当休息。陈宜青说我喜欢坐前面，视野开阔。还有一个原因陈宜青没说，她是怕刘一杰开车迷糊，好给他提个醒。领导干部开车，怎么说呢，总让人担心。陈宜青坐好后，他直奔驾驶席。坐在他身旁半天，陈宜青还不能把眼前的刘一杰跟昨天的刘一杰划上等号。今天的刘一杰，看起来让她感觉顺眼些。

谁知一上路，她才发现情况比她预想的要糟得多，刘一杰开车水平果然不行。并线时，老是犹豫不定，好几次差点跟前后左右的车撞上。车动不动就熄火，搞得他自己都不好意思。另外，看半天地图，还是不熟悉路线。陈宜青手一摆，说，"领导，我来开。"

刘一杰半信半疑地说："你认识路？"

陈宜青肯定地回答，"你放心，地图上都标得清清楚楚。"

刘一杰说，"很好。"说着就往后座上一坐，立即把前排的椅子升空，一副要躺下去的架势，说，"累死我了。"

陈宜青笑着说，"看来领导当的啥都干不成了。"

刘一杰回答，"的确是，不过，这次旅行我想好了，不找一个人，不花公家一分钱，让人陪着一点自由也没有。我们想上哪儿就到哪儿，可能你得跟着我受罪。比如像现在开车，比如以后可能找不着路，住不到好的宾馆。

"我最烦那种前呼后拥的接待了，我也喜欢随意地逛。你累了，休息一会儿。"

"好的，"刘一杰说着，不一会儿就呼呼大睡。

从南京出发到乌镇，其实标志非常明显。听着刘一杰的呼噜声，陈宜青心想真是难为了他。到了乌镇，刘一杰很兴奋，看到自己睡得湿透的上衣后背，说，"你别朝后看，我换件衣服。"陈宜青说，"我下去，你在车上换。"刘一杰换好衣服，一下车，举起相机就照。陈宜青则找车位停车，半天才等到一个车位。当她走到刘一杰跟前时，刘一杰还在对着乌镇的大门不停地咔嚓着。

"买票了吗？"

"没呢！"

不买票你飞进去呀！这话当然只能在心里说。陈宜青一句话没说就排在了长长的买票队伍后面，闻着前后一个个人的各种味道，酒味、蒜味、鱼腥味……各种味道钻入鼻孔，刺激得她真想吐。排队、买票这些事在家里可都是丈夫干的。

买好票，两人进去后，刘一杰更是一路狂照不止：线路图、石头、木桥、划船的穿着蜡染布的船娘，岸边撒尿的儿童，一个都不放过。

乌镇美得出奇，细雨中的明清建筑的街巷，水中摇曳的乌篷船，比比皆是的石桥木屋、黛瓦白墙，构成一幅幅天然的水墨画……

可是陈宜青并不能细细地品味，刘一杰一会儿要换镜头，一会儿要换电池，要什么，陈宜青就得给找。她背的大包里，有雨伞、有矿泉水，还有刘一杰的折叠扇、随身听和两部手机。另外一个摄影包呢，装的就是他全部的摄影器材了，有一个超长焦的镜头，有好几节电池。陈宜青咬着牙想，明天我不会再背这些破玩意了，得给他说明白我可不是来当秘书、司机和保姆的。

已经痴迷照相的刘一杰，或蹲或坐，有一次，竟然躺在地上照云彩。更悬的是为了照到水里的睡莲，结果一只脚滑到了水里，人也差点掉了进去。半截湿了的裤腿粘在腿上，让陈宜青忽然觉得他可爱了几分。

直照得后背全湿透了，刘一杰这才想起了同行的还有陈宜青。一看到她背上的摄影包，手里拿的伞，连忙说，"放下放下，来，我给你照相。"说着，他一会儿让陈宜青站在桥上摆个远望的姿势，一会儿又让陈宜青依在水边做拈花微笑状。折腾得陈宜青身上都冒汗了，他还不满意，干脆亲自来帮着陈宜青摆姿势了。一会儿把她的双手放到头顶，一会儿又把她的刘海顺到侧旁。搞得陈宜青哭笑不得。

直到天黑了，两人都累得筋疲力尽，陈宜青说，"是不是得找个住的地方。"刘一杰一听，说，"有道理。这些事我怎么没想到啊。亏你提醒了。"

"因为原来有人给你操心嘛。"

刘一杰像孩子似的一笑，说，"现在不是有你嘛！"

两人走着走着，陈宜青看到一栋靠着河的二层旅馆，说，"就是它了。"

里面是兰花布帐子、八仙桌，很有当地风味。刘一杰皱着眉头说，"没有浴室，再说这被子也不干净，我们到宾馆去吧。"

陈宜青这才把积了一路的不满表现出来了："我喜欢这儿，要去你到宾馆去。"

刘一杰说："好好好，你喜欢就住吧，我到隔壁住了。"

澡还是能洗的，不过是在一只巨大的木盆里。陈宜青慢慢地踩进去，感觉一股惬意油然而起。

两人到离住地不远的小摊上吃的晚饭，刘一杰看了一家又一家都不满意，说，"太脏，沿路的灰尘多。"陈宜青也不理他，坐到一个小摊位上，端起一小盘油炸豆腐自顾自地吃起来。

"好吃？真的好吃？"坐在一旁的刘一杰不相信地看着，一直思忖自己是否也吃。直看到陈宜青把一盒臭豆腐干吃完了，才坐了下来,翘起二郎腿,大声喊道:"老板,也给我来一盘。"刘一杰像吃毒药似的,咬一口看半天,结果不一会儿,就把豆腐吃光了。然后又学着陈宜青的样子要了一盘猪脚,两人吃得很是尽兴。当地的特色美食是酱鸭、蹄膀,还有姑嫂饼、定胜糕……他们一一尝了个遍,直吃得陈宜青笑着说,"我再也吃不了。"

看着夜晚静谧而温馨的水乡,陈宜青很想踏着青石板漫步,刘一杰却说,"我累坏了,从来没有走过这么远的路。回旅馆吧。"陈宜青失望地跟在后面,心想这人真没情趣。快到门口了,刘一杰说,"记着,明天五点,我叫你起来,咱们欣赏清晨的古镇。"

五点,真是的,起那么早。跟着别人,当然不能由着自己的性子。陈宜青点点头。

回到房间,陈宜青看了看表,才八点钟,实在无事可干,就坐到阳台上,细瞧河对面的一户人家,一个男人从河里吊了一桶水,吊到了屋里,这水是用来做什么的呢?洗衣服,水边不就有人洗嘛。喝水,这水可够脏的。想想,没有答案,她心里也就失了兴致。这时忽然想看看刘一杰照的照片,一看差点晕了:大多照片不知是什么原因,人全黑着,像个剪影。有几张倒不是剪影,人却是个轮廓,眼睛鼻子都错了位。

正在这时,刘一杰敲门进来,叹着气说:"洗澡水是凉的,怎么办?"

陈宜青真想说咋不找服务员呀?虽然是这么想着,但还是说:"领导,你等着,我去看看。"

只是热冷水的开关装错了,什么脑子,朝红指示处开是凉水,怎么就不想换个方向?

刘一杰看陈宜青看他拍的照片,说,"照得怎么样?"

陈宜青道:"全是艺术照。"

刘一杰得意地说,"小刘教我的,我看到你在博客上贴的照片,就特想学。前几天才买了个单反机,小刘简单教了我一下,水平马马虎虎。对了,别忘记给相机和手机充电。好了,我睡了!"说着,他和衣一躺,陈宜青还没把他扔得满桌满椅的东西收拾利索,刘一杰就已经打起呼噜了。陈宜青拿起他的一双臭袜子，还有两身已经被汗打湿的T恤，走出了房间。

一大早，陈宜青就听到敲门声，她说："还不到五点呢。"

"我睡不着，走，到河边转转。"

陈宜青只好开门，对方穿着长袖和一条厚裤子，说，"我找不到衣服了。"

"你就带了两身衣服？"

"加这身，三身。"刘一杰一本正经地说着，脸红了。

怎么遇上这么个旅伴，真是当官都把人当残废了。

再照相，陈宜青不敢轻意让刘一杰拍了，每每自己选好景，对好焦后，让他站到自己指定的位置，按快门就行了。刘一杰这才醒悟原来自己的照相水平实在是太差了。不过，他还算虚心，陈宜青让他站哪儿，他就老老实实地站哪儿，让他怎么照，他就怎么照。发现人家选的角度就是好，他便也虚心起来，说，"宜青，看来你不但会写作、会开车、会照相，还会照顾人。我要好好向你学习。"

陈宜青嫣然一笑，答，"因为我没有司机没有秘书么。"

刘一杰说："我的旅行计划是让你看个古镇、游个湖、逛个大海、看座城堡。"

陈宜青看着他，由衷地说，"旅途这么丰富，领导，我怎么谢你呢？"

"不谢，陪你玩的过程就是我在改变自己的时候，各取所需。"这句话把陈宜青刚才涌起的柔情又消散了，便冷冷地说，"从现在开始，各人的包自己背。"

刘一杰背起包，走了一阵，说，"真沉，对不起，过去都是秘书或是司机小刘帮我背的。"

陈宜青没有理他，大步朝前走去。

刘一杰追上前去，拿过陈宜青手里提的水和雨伞，说，"以后这些我全包了。"

陈宜青嫣然一笑，说，"好，有进步，以后住店、逛景点买票也归你了。费用AA制。我们只是旅伴，我不会让你替我花钱的，我这人也怕欠人情。"

"你交代的任务，我尽力完成。不过你是我请的客人，一切费用我出。"

"你为什么单请我？怎么会想到我能来？"

"告诉你吧，我看了你博客上的小说和日志，了解了你许多，知道你爱生活、爱浪漫，想着我约请你肯定会来的。"

陈宜青望着他说，"你们官人还有空看博客？"

"官人也是人。"

"我以为官人就不是人。"

"那你等着瞧吧。"

3

到了西溪湿地度假村，刘一杰津津有味地给陈宜青讲自己如何到基层蹲点、抓典型，听得陈宜青哈欠连连，他还没有要走的意思。陈宜青便推说顶楼有温泉，自己想去泡一会儿。

刘一杰红了脸，反问道，"男女共浴一池？"

"上去看看不就知道了！"

刘一杰迟疑半天，才说，"我不去了，你去吧。"

"好，晚安。"

陈宜青换上泳装，走上三层顶楼的平台。有大小不一形如月牙儿的两个池子，水面上撒满了红色的花瓣，不时有暗香浮动。陈宜青躺在花丛里，抬头望去，天上星星点点，水面灯光树叶影影绰绰，四周静得好似不在尘世，惬意地闭上眼睛。

正在这时，她听到拖鞋噼哩噼啦的声音，睁开眼，发现刘一杰穿着背心短裤走了过来。

"水怎么样？"

"非常好。"

"我怕你一个人在这儿害怕，来保护你了。"

"谢谢。"陈宜青忙把露在水面的腿埋到了水里。

刘一杰并没有看到，而是坐到温泉边的一块假树桩上，远远地望着她，说，"真美。"

陈宜青说，"是呀，这儿的环境真美。"

刘一杰又看了她一眼，望着远处，好像是对着远处的湿地说，"我说的是你。"

陈宜青笑着说，"湿地不会说话，我替她谢你了。"

刘一杰扭过头来，忽然走到她跟前的池边，双手掬水边往陈宜青身上撩边说，"我让你装蒜。"

陈宜青没想到他来了这一招，顾了前面忘了后面，干脆不顾了，便也往刘一杰身上撩水。两人打了一会儿水仗，最后还是成了落汤鸡的刘一杰先告了饶，说，"我现在浑身是水真难受。"

陈宜青控制住没笑，说，"还是躺在水里泡温泉舒服。"

刘一杰说，"那我也下去泡泡？不过男女有别，我是一个严于律己的人，不会犯错误的。我到另外一个池子了。"

"那是自然。"

两人躺在各自的池子里，一时无话。

刘一杰说："唱首歌吧，我看你在博客里写你喜欢唱歌，来一首。"

陈宜青侧脸问道，"你想听什么样的？"

"随意，唱你喜欢唱的。"

陈宜青偎着头说，"那我随意了，想唱什么，就唱什么。"

"只要你喜欢。"

陈宜青说："我这个人怀旧情结特别浓，唱首老歌吧。"说着，轻声唱了起来：

  在那遥远的小山村，小呀嘛小山村，
  我那可爱的妈妈，白发鬓鬓。
  吻干我那脸上的泪水，温暖我那幼小的心。
  妈妈的吻，甜蜜的吻，叫我思念到如今。

……

刘一杰听着听着，流下了眼泪，说，"你的歌让我想起了许多往事。想起了我的老母亲，想起了我的老家。我家在黄土高原，世代农民，高考制度恢复后，我是村里第一个考上大学的。为了供我上学，家里卖了最值钱的老牛。那头牛虽然老了，可是帮我年迈的父母不知干了多少活：犁地、拉粪、碾场，到山底往塬上拉回收割的庄稼。可是为了凑够我的学费，我父亲卖了牛。大学四年，一想起年迈的父母在田地里干着牛马该干的活，我就拼命地学习，拼命地想给老师留个好印象，好毕业留到城里。谁料毕业前夕，我因为没有关系，还得分回县里。我妈听说县城有个亲戚的儿子在省城当领导，提着东西上门想请人家帮忙，结果遭到了冷遇。气得她在返回的路上，脑溢血复发，当场去世。那时我就想好好工作、好好干，一定要让六个弟弟妹妹有个好前程，给妈妈有个交代，也给家人争气，让那些瞧不起我家里人的人睁开狗眼看看我是谁。毕业后，我先在老家的一个山沟里的乡农机站当技术员，一次县里领导检查工作，他看上我了，调我到了县政府办。这时，他有意让我认识了他的女儿，他许诺如果我跟他女儿结婚，就可以当科员、副局长、以后还可能当上局长。为了出人头地，我跟心爱的女朋友分了手。虽然没有爱的婚姻让我难受，可我果然当了副局长，局长。我父亲去世，我没有回家，因为正赶上开党委扩大会，我主持会议，怎么好请假呢。我女儿出了车祸，恰这时上级组织部门来考核干部，我硬着心肠没有回去处理。结果这些所谓的先进事迹往省报上一登，比我的实际能力还有用，我被调到了市里。是的，我算当了个官，有车坐，住着大房子，可我心里苦呀，我也是学中文的，我的骨子里也有许多诗意的浪漫，可官场有自己的潜规则，你适应不了，就会被淘汰。这是我岳父时常给我讲的，他说越到大机关，越如履薄冰，伴君如伴虎，是千古真理。"

"没想到当官这么不容易。"

"当然，你不知道我家里整天都是人，因为我在一个要害部门，整天人来人往。有人把钱放到了卫生间的马桶里，有人把银行卡塞到了沙发缝里。我家的电话整天都要让人打爆了。要工程的，想安置亲属的，还有工程上想偷工减料却想蒙混过关的，我真是很难处理。都是关系，得罪了哪个都不行。不瞒你说，有些人打不通我的关系，就找我老婆，找我岳父，找我的弟弟妹妹们，让他们一次次地来劝我。违反原则的事我肯定不干，不是说我这人有多高尚，而是怕丢官，怕害人。工程的事可不是说着玩的，大是大非我还是有的。有些人送礼我不敢收，求情我不答应，就在晚上给我家打恐吓电话，还有人割我车的轮胎。我经常过着一种胆颤心惊的日子，晚上散步生怕后面有人打我一闷棍，打电话，老怕有人录相或者录音，真是不敢多说一句话，多走一步路。现在总算车到山前，船到岸，苦到头了。"

陈宜青认真地听着，感觉氛围已经变了，便境由心生，说，"我没想到你那么难。"

"是呀，难还好说，许多时，你没有人格，得装孙子。我为了提乡长，书记的岳父病了，儿女们都不愿去，我守了十几天，要论能力，我肯定当上了。可是我还得如此，我没有靠山呀。为了找个靠山，我拒绝了可心的恋人，找了并不爱的妻子，为此我女朋友把我祖宗八代都骂了个遍，那一刻，我的心都碎了。我不怪她，她为我放弃了留到城里的工作，为了我，打掉了五个月的胎。我在这个世界上什么人都不欠，除了她。后来我曾想方设法弥补，想帮她把工作调到城里，想给她儿子安置个好点的工作，结果你猜怎么着，她连一句话都不跟我说。"

"这个女人有骨气。"

"许多人知道当领导很风光，可内心的苦只有自己知道，不敢向任何人说心里话，你不知道你周围谁是你的敌人，谁是你的朋友。说句不恰当的话，知心话都不敢跟自己的老婆孩子说。我听说一个单位的女领导让她女儿给告了，女儿说她妈挪用公款买房子。"

"世上竟然有这样的事？一定是事出有因。"

"你是作家，想想会是因为什么事。"

陈宜青自言自语地说，"母女两个？一定是因为情感，或者准确地说，一定是因为同一个男人。"

"没错，就是如此，听说是丈母娘跟女婿产生了情感上的瓜葛。所以你想一想，躺在你身边最亲近的那个人，都可能是你的敌人，你怎么能不四肢发凉？"

"那你为什么信任我？说到底我是个陌生人。"

"反正我到头了，想好好地活一次，跟一个自己喜欢的女人痛痛快快地玩十天，也不枉到世上来了一次。"

"可是你并不了解我。"

"慢慢了解吧。"

"夜已经很深了，起风了，咱们回去吧，明天还要游西湖呢。"

刘一杰说着，出了温泉。

陈宜青也跟着上来了，刘一杰望了她一眼，迅速收回目光，大步走到前面。陈宜青对自己的身体还是很自信的，再看对方，虽然五十出头了，身体还算结实，没有赘肉，想必经常锻炼。

走在前面的刘一杰好像看出了她心思，回过头说，"我在单位，每天中午都要打一个小时的乒乓球。"

"刚好我也学过乒乓球，啥时比试比试？"

刘一杰说好呀，说着站住了，好像马上就要跟她比赛似的。等她跟上来，他上下望了她一遍，说了一句莫名其妙的话："年轻真好呀！"

陈宜青把泳装往胸前拉了拉，答了一句，"不年轻啦！儿子快上中学了。"

4

到杭州后，陈宜青给大学时的一位女友打了电话。对方很是盛情，他们一到就请他们看昆曲青春版的《牡丹亭》。女友是典型的南方人，皮肤白净，身材修长。但是神态明显憔悴之极，跟几年前陈宜青见到她时，判若两人。

刘一杰上洗手间了，女友把陈宜青拉到一边，问刘一杰是她什么人。陈宜青说也是个作家，来体验生活的。同学诡秘一笑，悄悄打量了刘一杰一眼，说，"骗人，我一眼就看出他是个当官的。"

"当官的额头上写字了？"

"不是，你看神态，有一种居高临下的优越感。"

陈宜青叮嘱她，此话只跟自己讲，别当着刘一杰面说。女友笑着说，"我知道，只是劝你，别像我一样，上当受骗了，哭都找不到地儿。"

正在这时，刘一杰走了过来，两人忙住了话，进去看演出。虽然他们三个都看过汤显祖的剧本《牡丹亭》，可真的在这样美丽的地方看，听着纯正的昆曲，别有一番滋味涌上心头。鲜亮时尚的戏装，青春靓丽的演员，再加上如歌如泣的剧情，直看得三人眼角湿湿的。

看完演出，女同学又请他俩在西湖边的楼外楼吃饭。三人进到一间豪华包间，陈宜青看大家都还没有从剧情中走出来，便提议喝酒。想着，酒喝多了，心情也就好了。谁知几杯落肚，勾起了伤心事。女同学眼泪汪汪的，讲起了自己的爱情故事，更是咬牙切齿。原来她爱上了一个领导干部，两人谈恋爱时，他答应她离婚的，四五年也离不了。前不久，为了肚里的孩子有个爸爸，她求过他，自杀过，一切都无效。最后，两人闹崩了，她决定告他。

坐在一旁的刘一杰脸阴沉沉的，半天才说，"他肯定也有自己的苦衷。"

"不是，他原来对我好得没法说。"

陈宜青说，"算了，想想对方的好处吧。至于孩子，还是做了吧。"

"我不做，我就是生出来要让他身败名裂。"

女同学哭红的眼睛，悲伤无情的现实故事跟刚才看的生死相恋的《牡丹亭》比起来，真是天壤之别。女友消瘦的身影慢慢消失到人群后，他们两人半天没有说话。

"这女人心太毒，你该劝她放弃心中的想法。算了，不说了。别为了她，影响我们游湖的兴致。"刘一杰说，"走，我们去逛西湖。"他们俩漫步西湖，刘一杰忽然指着路边的西湖天地，说，"西湖天地，多好听的名字，走，我们进去玩玩。"

"那多是酒吧，你这个党政干部敢去？"

"怎么不敢去呀？现在就走。"刘一杰说着，像打仗似的大步走进了一家叫"燃烧的火鸟"酒吧。

刘一杰一进去，听着嘈杂的音乐，看着穿三点式跳钢管舞的女孩，站也不是，坐也不是，半天没说一句话。陈宜青知道他是第一次来，熟练地要了啤酒、点心，跟他玩掷骰子。他不会玩，陈宜青讲半天，他还是不明白，猜得一点儿也不靠谱，只好一杯一杯地喝酒。要他跳舞，他说不会。陈宜青喝了一会儿酒，说，"那我下去玩玩！跟一个男人跳了一曲又一曲舞。她实在不能忍受刘一杰一动不动地坐着，在酒吧这样的地方显得特别另类。不，准确地说，是特别的不合时宜。

跳第三支舞时，刘一杰一把拉住她，跟她跳起舞来。他跳得舞实在不敢说好，就像机关的公文一样，有板有眼。真的是不多行一步，胳膊也不敢多弯一下。跳舞跳得满脸都是汗，让陈宜青开心极了，故意逗他，说，"是不是第一次跳这舞？"

"是的。"刘一杰老老实实地回答。

"不是说你们领导干部经常去娱乐场所，有人帮你们买单吗？"

"我从来不去那种地方，谁知道帮你买单的是什么人。搞不好，将来坏你事的就是替你买单的人。"

"你真是党的好干部。"

"谢谢领导夸奖，我做得还很不够。"

陈宜青笑着说，"再接再励更是好同志，拟提拔使用。"说着，故意把握着刘一杰的手忽然松开，刘一杰一下子在舞池像失去同伴的少年，孤立无助地站在茫茫无际的原野上。陈宜青趁灯光关的一瞬间，躲在一个大柱子后，仔细地观察他。

刘一杰在人群里被疯狂扭动的男男女女挤来推去，脸色特别难看。陈宜青知道玩过火了，亲昵地拍了一下他的肩。刘一杰回过头来，发现是她，一把把她的胳膊扭在身后，疼得陈宜青差点掉下泪来。

两人出了酒吧，陈宜青生气地甩开他的手，说，"你弄疼我了，没想到你下手这么狠。"

刘一杰冷冷地说，"你要弄我，让我在人堆里丢人。"

"人家跟你闹着玩嘛！"

"我可不喜欢这样的玩法。"

"那我明天就回去！"陈宜青说着，急步朝前走去。

走了半站路，陈宜青发现刘一杰并没跟上来，便赌气打了一辆车返回宾馆。

陈宜青刚洗完澡，手机响了，她以为是刘一杰打来道歉的，想着就是不理他，没想到却是跟自己一起毕业分到同一个城市的闺中密友李娜。

李娜吞吞吐吐了半天，最后语无伦次地说："我不知该给你说不说？算了，也不是什么要紧事，我就是想你了，问个好。"陈宜青想她一定有事，否则不可能千里迢迢地打电话来，而且是半夜。便问："娜娜，快说，什么事？"

"没啥事，我就是想问你啥时回？"说着，对方挂了电话。

陈宜青越想越不对劲，又把电话打过去，说："快说，什么事，我最烦人把话说了一半，留了一半。"

"那你别生气。"

"好吧，你说。"

"你不要说是我说的。"

"好吧，我答应你，快说。"

"你丈夫跟一个女人有私情，让我撞见了。我不知道你出差，晚上到你家时，发现两人惊魂未定的样子，很是狼狈。"

陈宜青没有说话。

李娜在电话里再三问道："青青，你没事吧。都怪我，我说了不该说的，是你非让我说的。你千万不要想不开。这种事说是大事，就是大事。说是小事，它真的比针尖还小。你就当出门踩上了一滩狗屎，在家腿被家具撞了块青疤。狗屎一洗就干净了，青疤一周后连痕迹都看不清了。再说，我们家那丑闻不也是让我慢慢消化了嘛！现在

191
云端

爱情是什么，爱情就像 U 盘，无论男人女人，都可随意地插，只要不死机，染上毒也没问题，杀了毒，照常可以用，反正也死不了人。"

陈宜青听着大学语文老师蹩脚的比喻，没想到自己竟然笑出了声"娜娜，你太不了解我了，我有那么脆弱吗？"

李娜："那就好。我只是想告诉你，怕你吃亏。再说我已经发现了，要是不说，就觉得对不住朋友。你是作家，那么敏感，怎么会没有发现呢？我感觉他们关系好像很久了，因为那个女人对你家好像很熟悉。"

陈宜青没有回答朋友的问话，而是答非所问地说："你知道我现在哪里吗？在云端，我跟我心中的那个他过着伊甸园的生活。"

"明白了，那你们就扯平了，我也就用不着安慰你了。"

放了电话，陈宜青发现自己并没有难过，相反有一种解脱感。也许一切已经有了征兆，只是自己没有想到，比如丈夫对自己出差的无所谓，好像还盼着自己出去一样，还有在家里的种种迹象。比如，回家太晚，比如，对自己一会儿冷一会儿热。自己怎么这么木呢？如果丈夫知道自己跟一个男人结伴而游，会如何想呢？

她忽然冲动地拿起电话，想给丈夫打个电话。电话拨通了，丈夫的声音里，她能听出其中的紧张，明白女友说得一点也没错，她轻轻地放了电话。

接着她的脑子马上转到了刘一杰身上，想想，自己做得不对。可是，要让她开口道歉，她还真说不出。

现在，在美丽的西湖边，陈宜青彻头彻尾地体会到了自己的人生惨败：丈夫跟另一个女人躺在自己的家里，自己结伴而游的男人却因为一个小小的玩笑跟自己置气。陈宜青感到一股悲凉涌上心头，一夜没睡。

第二天到吃早饭的时间了，她没有像以往一样早早地起来到花园里散步，而是在屋子收拾起了行李。

一直到八点了，满头大汗的刘一杰忽然捧着一束上面还沾着露水的花说，"我错了，玫瑰花替我道歉了。"

闻着花香，陈宜青当然不可能生气了，本来自己就有错嘛！

5

大海上，沙滩金黄，白浪滚滚。衬得被称为小巴黎的石头镇更多了几份神秘和韵味。因为不是周末，再加上是个小渔村，很少的几个人生起篝火，人们情不自禁地跳起舞来。陈宜青和刘一杰都喝了不少酒，两人跳得一步三摇。跳着跳着，陈宜青感觉自己晕得一点儿也踩不到鼓点，说："我想到海边走走，清醒清醒。"刘一杰陪着她走了一会儿，陈宜青躺在沙滩上，说，"真想就这么永远躺下去。"刘一杰忽然抱住了她，陈宜青推开他说，"看星星。你看星星离我们多近呀！"

刘一杰没有再坚持，问道，"知道我为什么喜欢你吗？"

陈宜青抬起头，眼睛望了他一眼，没有说话。

"我看到你跟儿子在博客里写同题文章，太有创意了。告诉我你是怎么想起来用词典的某页某行某个词来确定写作题目的？"

陈宜青没有直接回答，而是笑着说，"我有翻词典的习惯。儿子写作文不好，我想为啥不能以游戏的方式锻炼他写作文呢。于是我告诉他说，儿子，咱们写同题作文吧，轮换着翻词典，谁翻到哪一页哪个字，双方确定后就可写篇同题作文。"

"还有，我看到你家里布置得那么有艺术情调，看到你做的饭菜，打扮得赏心悦目的样子……凡是生活中有趣的事物都拍成照片发在博客里，让人看了还想看。我就想如果我是你的丈夫，一定会把你当宝一样看待。"

不提丈夫便罢，一提丈夫，陈宜青又想起昨晚朋友的电话，她的眼泪忽然就流了出来，她以为她不在乎的，看来昨天晚上只是某件事刚发生时，人还处在麻木状态。只有清醒以后，才会慢慢疗伤。这个过程是最折磨人，也最痛苦的。好在是晚上，他看不见她的眼泪和心中的疼痛。她嘴硬地说，"是"。

"你的博文里，有一篇讲的是你们去郊区看玫瑰，为了多转几个地方，你先选择了到百花山看草甸子，然后看玫瑰。可你丈夫不同意，为了两个地方都去看，你硬是一天爬了两座山。虽然玫瑰没看到，因为花没开，可是你兴奋的心情我全能理解。"

"还有你写的另一篇，你们俩一起去逛公园，原定的是A公园，后来公园门没开，去了B公园。A公园门开了，你要去，丈夫却不去，本来就是踩下油门的事，他硬是让你自己打车去。两公园之间不到一公里，丈夫却扔下你，扬长而去。"

"还有一次你为了看电影，上午买票时也买了晚上的，你想跟丈夫一起看。可是丈夫死活就是不去看。你把另一张票撕了，然后一个人去看，晚上十一点钟，一个人孤单地打车返回。我能想象出你当时绝望的心情。我认为一定是你亲身体验过，否则写不了那么逼真。你说是不是？"

这些都是陈宜青在文章里写的，不过不是以日志的形式，而是以小说写的，可是刘一杰把她身上的伪装撕开了，她强硬地拒绝回答。

走在回住地的路上，陈宜青忽然说，"我问你一个问题，如果你能回答上来，就证明你喜欢我的话没错。"

"你说。"

这是她来之前问丈夫的问题，现在她要问一个男人了。"你说你了解我，你知道我喜欢吃什么，喜欢穿什么，喜欢逛什么？"

刘一杰不假思索地说，"你喜欢吃各地特色小吃，喜欢穿休闲装，喜欢逛公园。"

"我喜欢吃什么样的饭菜，穿什么的休闲装，逛什么样的公园？"

刘一杰笑了，在海边猛跑了几步，回头说，"这更难不到我。你喜欢吃从来没吃过的各地小吃，如果我没记错的话，你喜欢吃英国的烤黄鱼，喜欢吃韩国的寿司、日本的料理，至于国内，那太多了：桂林的米粉、阳朔的啤酒鱼、四川的担担面、陕西的凉皮、云南的米线、扬州的炒三丝……穿什么样的休闲装，当然是纯棉布的，式样别致的，比如肥得能扫地的裤子，上面呢，却穿件贴身的纯棉短衫。显得身材挺拔又洒脱。还有牛仔系列也是你的首选。至于逛什么样的公园，当然不是有名气的大家爱去的那种，而是自然的、田园风光的公园。比如什么梨花园、稻香湖、森林公园、薰衣草公园、葵园之类的……我安排的这次旅行，就是因为了解你的这种特点，所以我选水乡不是选的是大家都认为好的周庄，而是乌镇，选的不是海边名城，而是海边小镇。当然西湖，是我的最爱，因为我想就冲着文人骚客流下的诗句，你一定也喜欢。"

刘一杰的话还没说完，陈宜青倒在了他的怀里。

此时大海里浪涛更加凶涌，夹杂在其中的另一种声音也出现了。先是像雨，像风，像浪花，像猫儿的呢喃。总之在这美好的夜色中，或许是因为大海，许是因为男人喝了力量，女人喝了漂亮，男女同时喝了较量的酒，或者什么都不是，只是他们借着这歌，这酒和大海，表达了他们情感最深处的一种渴望。完事后，陈宜青说，"我已告诉我丈夫，我要跟他离婚。"

"我知道你对他并不满意。"

"你呢？"

"我跟妻子已经分居很久了，原来拉不开脸，是为了孩子，也是为了前程。现在，这一切都不成问题了，我女儿今年就上大学了，我的前途也到此为止了。我想了一下，如果我能活到七十来岁，我生命中也就只有这十几年是自己的了，为了这十几年，我一定要好好珍惜。"

"离婚后也不见得能找到合适的。"

"但是实在没感情，在一起也是一种罪过。你不知道，我那个老婆，跟她在一起，我真的都崩溃了。她领导女儿当久了，说话、办事都盛气凌人。你不知道那说话的腔调，我怎么给你说呢，眼睛根本不看你，嘴呢，好像都懒得张。生活没品味，情趣更是没有，整天就是东家长西家短，要么就是打麻将，二十多年了，我一直在忍受着。而你，像一缕风，吹到我心里，今生遇到你，是我的福分，如果你能跟我生活在一起，我一定会让你过得幸福，至少在你想看电影或者逛公园时，陪着你去。"

"你愿意爱一个退休的老头吗？我五十五岁，比你大将近二十岁。"

"让我想想，这毕竟是大事。"

刘一杰跪在沙滩之中，说，"天上的星星做证，雪白的浪花作证，我一定会对你好的。"

陈宜青双手握住他的双手说，"让我好好想想。"

"我们结婚后，先转国内，然后转国外。钱是什么，钱是一堆没有生机的废纸，只有你花在你喜欢的事身上，它才能散发出夺目的光彩。说实话，这次跟你在一起，我玩得很开心，已经突破了人生的种种第一：第一次陪着一个不是妻子的女人玩了好几天；第一次拿起相机拍照，第一次跟着一个女人泡温泉，第一次逛了自己认为色情的酒吧，第一次亲了一个不是自己妻子的女人，第一次知道人生还可以这样开开心心地活……"

"还会有更多的第一次。"陈宜青搂着他的脖子，喃喃地说。

6

第二天清晨，在离开海边的路上，他们乘坐的大巴在山道转弯时忽然一只轮子悬到了半空。就在那一刻，刘一杰几乎是一把抱住了她，紧紧地，就在那一刻，陈宜青发现自己渐渐爱上了他，刘一杰也说，"我也爱上了你，咱们结婚吧。"

"你能离婚吗？"

"我不爱她，过去为了前程，现在反正我也马上退休了，没什么顾忌了。到年底，我就退休吧，到时我带你出国玩去，你不是爱花吗？我带你去普罗旺斯看薰衣草，到日本看樱花，还有荷兰初夏怒放的郁金香，也不要错过。"

陈宜青笑着说，"我还要看德国的天鹅城堡，佛罗伦萨的老桥，塞纳河的左岸，美国的夏威夷，日本的北海道，波尔多的葡萄园，挪威的森林、威尼斯的圣马可广场……"像机关枪似的，说了半天，陈宜青自己都忍不住笑了，说，"我以为自己是百万富翁呀，不过，说正经的，到国外旅行，一直是我的梦想，为此我一直在挣钱。"

"明天我带你去一个最美的地方，那儿玫瑰盛开，还有一座白色的城堡，听说是一位很有钱的富翁为了招徕游客，模仿英国的温莎城堡修建的。吸引了许多游客，大多情侣竞相到那去参观。温莎城堡里发生的那个让人们称颂的不爱江山爱美人的美丽的爱情故事，你一定听说过吧。"

"当然了，我到英国专门去看了温莎城堡。英王爱德华八世为了一位美国的有夫之妇，放弃了王位，两人相爱后，他曾在温莎城堡两次向她求婚，后来王室不同意，他只好放弃王位，被贬为温莎公爵。他和心上人在温莎城堡住了数月后，就到法国定居．两个人过着幸福的生活，一直到他去世，才回到温莎城堡。"

"是呀，"刘一杰补充道，"英王没当国王之前是威尔士亲王，他就读于皇家海军学院，长得风度翩翩，是个富有人情味的绅士。他长相英俊，神态忧郁，是许多女人心中的白马王子。谁知他却迷上了长得不漂亮又结过两次婚的沃利斯·辛普森。"

陈宜青说，"因为她知道他是孤独的，她能洞察他内心深处的孤独感。他们是在参加一次行猎活动时认识的，不过她并没给亲王留下什么印象。渐渐地，相见增多，间隔缩短，谈话深入……后来，辛普森夫人成了亲王贝尔凡得宫的常客。"

刘一杰补充道："辛普森夫人，出生于美国平民家庭，受过很好的中等教育，但因为早年丧父，家境一般，无力读大学。随后移居英国。她具有美国人的独立精神，意志坚强，幽默乐观，见解独特，同时也很有女人味。她不漂亮，但体态轻盈，优雅高贵，有教养。她布置的家舒适得令人叫绝；她张罗的美式晚宴会赢得国王的赞赏；她能让疲惫孤独的威尔士亲王，说出不能对任何人说的心里话。就像懂自己的心思一样，她懂得这个男人的每一个用词和字眼……听说她住宅中那张喝鸡尾酒的小桌，亲王就非常感兴趣。亲王体验的是同样属于生活本质的、同样需要珍视的温馨、舒缓、诚挚、从容，一个可以让流浪的心灵停下来落落脚的地方。一句话，一个有情趣的女人的生活方式，迷住了亲王。"

陈宜青望着远方，说，"国外浪漫的爱情故事，还有不少，如德国的天鹅城堡、意大利的老桥、施特劳斯的兰色多瑙河、泰姬陵……"

"是的，我也要浪漫地活一把，为了自己。生活的一半我献给了工作，献给了我的家人，我的弟弟妹妹，现在我要为自己活了。那个城堡非常漂亮，我一定要带你去看，以表示我的决心。听说那楼是一座白色的宫殿，周围被大草坪围着，宫殿后面是梯田式的喷水花园。"

陈宜青听到对方的描述，更加向往那个神秘的城堡。她不能确定自己现在是否了解他，但是她直觉他们在一起一定会幸福。

什么样的城堡，里面是否有价值连城的油画，有布置的高雅的图书馆，还有许多她所不知道的东西？

听说有一张象征爱情的巨大的有轮子的床，可以升空，还能随意推到田野、水边，据说有不少的浪漫恋人就躺在这样的床上，倾听着夏夜的虫鸣，做着世界上最美好的事情。

到底是什么样的床，陈宜青想了一夜，兴奋得没有睡着。

清晨五点，她房间的电话忽然响起，是刘一杰。

陈宜青脸红了，说，"想我了？"

"我马上过来。"

"好。"

刘一杰一过来，就紧紧地抱着她，两人不一会儿，就处在火的海洋中。陈宜青感觉他这次好像一下子放开了，而且有那么一种狠的感觉，甚至有些勉为其难的非常想做好一切的心思。于是她就更加的配合，想着离回去还有好几天，还不至于贪到这个地步。就笑着说，"别吃得太饱了，今天咱们不是还要看那爱情城堡嘛，那巨大的床如果放在星光之下，我真想象不出来有多么的美。"

刘一杰翻身下去，抹了一把脸上的汗水，说，"去不了啦，我单位有急事。你想玩，还是想回去？"

"我跟你一块回去。"

"我的机票已经订了，你还是再安心玩几天吧，我已给有关部门打电话让他们好好接待你,这是联系方式,他们会有专人陪你去的。"

陈宜青望着他,说,"你走了,我还留着干什么,我要跟你一起回去。"

"别,别,你好好玩玩。"刘一杰说着,起身穿衣服,说,"对不起了,本来想让你好好玩的。可是真的有急事。还有,我们的事注意保密,好吗?"

"是不是你老婆不同意离婚?"

刘一杰没有回答,从口袋里掏出一叠钱放到她手里,说,"再见,你多保重。"说着,他就拉开了门。陈宜青顾不上穿睡衣,就把钱递给他,说,"别着急,好好处理。我也回家。"

"那好,你让宾馆的人给你订票,我马上就到机场了。你走时小心些。"

"我去送你!"

"千万别。"

刘一杰走了,美丽的大海好像一下子失去了魅力,陈宜青一点玩的心情也没有了,立即收拾行李启程回家。

7

自从海边分别已有半年,刘一杰跟陈宜青再也没有联系,博客也关闭了。可是她还是认出了他,在她所在城市晚报的头版上,登了一则某部副部长刘一杰检查工作的简讯。字数不长,却配了一张醒目的照片,那个新上任的副部长正是她一辈子都忘不了的刘一杰。她非常高兴,立即想向他表示祝贺,才发现他的手机变号了。领导嘛,变号是正常的。可是这社会,只要知道他的职务,就能找到他。她没费多大的工夫,就通过关系,查到了他的电话号码。

打不打电话,她犹豫了。他一定是躲着她,否则他会跟她联系的,想起他在旅行时对她的种种好,她想他也许并不是她想象的那样绝情，一定是刚上任工作忙。自己那么想他，打个电话，也不算掉份吧。

她是凌晨六点打的电话，她知道他睡得早，起得也早。果然，他接了，一听是她声音，半天没说话。

陈宜青感觉刺骨的寒冷，像雪花落到了额头，透心的冰凉。如刻花的玻璃，坚硬而锋利，她半天才感觉丝丝的痛如鞭子抽在了身上。她说："我打错了。"说着，就要放电话时，刘一杰那带有地方方言的普通话飘进了耳中："宜青，你怎么知道我这个手机号码的？"可能感觉这么说话不合适，马上又解释说，"对不起，我就是问一下，这个号只有很有限的几个人知道。"

"我就是不告诉你。"

对方忽然轻松一笑，说，"不告诉就不告诉，我一直很忙，想着等安顿好了，给你打电话的，明天有空不？我请你吃饭。一直没见你，挺想你的。"

"好呀！"看来他还是她认识的样子。一股暖流涌上心头，陈宜青说，"明天见。"

他送给她一套衣服，一看袋子，就是名牌。他说："下次见面时，穿上，一定好看。"

"还有下次么？领导那么忙。"

"尽量找时间吧。对了，你找我有事吧，需要办啥事，你尽管说，如果我能做到的，我尽力办。"

陈宜青压住心中的不悦，尽量平和地说："难道我找你就是为了办事？"

他想笑，可是没能笑出来。停了一会儿，说，"通过跟你交往，我算对你有了更深的了解。给你提个建议，不要轻意相信别人，告诉别人了，他们非但帮不了什么忙，只会坏事。"

陈宜青反问道："你指什么？"

"我没什么意思，只是提醒一下，有则改之，无则加冕。有些事只可自己偷着乐，而不能说出来，话，只要说出来，就可能是祸害。"

她敏感地捕捉到对方内心的虚弱，故意装出一副惊慌的样子说："我把我们的事告诉别人了，怎么办？"

"谁？"

"我闺中密友。"

"女人的嘴更靠不住，你为什么会说呢，你应当守口如瓶。那人是干什么的，可靠不？有没有什么证据在她手里？你别忘了，女人最容易反目，一旦反目，什么事都能做得出来。你还年轻，路还很长，千万不可轻意相信任何人。"

陈宜青看着他从来没有过的慌乱和紧张，一股怜悯之心涌上心头，说，"我跟你说着玩的，你以为我是三岁小孩呀。"

刘一杰好像一下子如释重负，端起高脚杯慢慢品了一口红酒，说，"我会时常约你的，但是因为我许多时侯，身不由己，如果出不来，你不要埋怨。"

"我知道，新的工作只会使你更忙。"

"忙是次要的，主要是怕人。刚才我为什么要问你我的电话号码谁告诉你，就是怕别人捣鬼。有些人别有用心，在你根本不知道的情况下，给你使绊子。人际关系非常复杂，你一定要当心。对了，我最小的妹妹也在咱们这个城市，在一个部门当个小领导，整天为人事关系累得焦头烂额。一会儿给我打电话说被好朋友出卖了，本来是两个人的私房话，却给说了出去，搞得她在单位很狼狈。一会儿又给我说，要是不跟朋友说真话，就不会有好朋友的。女人之间的友谊，大都是靠交换秘密而稳固的。我告诉我妹妹，只有真正成熟的人，才会保守秘密。她现在慢慢在进步。"

"我知道了。"陈宜青嘴里说着，心想，真是难为面前这个男人了，为了教育我，连自己的妹妹都搭上了。只是他真的在这个城市里有个涉世不深的妹妹？怎么没听他说过。

"还有，我在南方跟你说的许多事，特别是官场上的内幕，有些不一定在我身上发生过，可我为什么要给你说在我身上发生呢？因为你是作家，我有一种表现欲，想得到你的好感，怎么动人就怎么编，所以我说的许多事都不一定是在我身上发生的，是在我的同事和朋友身上发生的。你可以把这些事情都写进你的小说里,但是别告诉别人,你告诉了别人,别人就不会像你那么想,而是利用此大做文章,特别是我的政敌,然后让我一败涂地。你知道,我走到这一步很不容易,没想到快退休了,领导却又用了我,我要珍惜。"

陈宜青望着面前的这个男人,暗自思忖道:人常说为了圆一句假话得编无数的假话来引证,现在她发现他为一句真话却要说无数的假话来否定它,他真的很可怜。也许他是怕我报复,胡说八道。想想她知道他的事太多,以此为要挟,怎么办?他一定想起了他讲给她的种种为官之路上的艰辛,浑身冒虚汗。就是在这样的想法中,决定跟她见一面,修正自己过去说的许多真话。同样,对她的态度既不能太热,又不能太冷。过度的冷热都对他不利。

她脑子飞速地转着,表情却装作是认真地听着,还不时地点点头。

刘一杰紧张的心情仍然放松不下,他觉得一定是自己的讲述还不够真切,否则她怎么一点都不产生共鸣,不用语言来表达对自己的支持呢?这点头也许只是礼貌问题。

于是他就更加尽情发挥,这次发挥,他不再是自己像说单口相声那样,只让自己表演,而要产生互动,让对方参与进来,这样才能产生良好的效果。

不用说,这样的努力是徒劳的,因为陈宜青跟他想的大相径庭。

"你听到我说的话了吗?"

"什么?"

刘一杰明白了,对方思想跑毛了,他并没有责备,而是端起杯,跟她干了一杯,还握住她的双手,给了好一阵抚爱。这一招还真灵,陈宜青再次感觉到对面她曾经爱过的男人活着多么不易,便用轻柔的话说,"你放心并要绝对的相信我。"

这时,饭店一阵钢琴声《四季》响起,紧张的气氛中出现了轻柔的温馨。

"以后我会找机会让你去游玩的,即使我不能去,我也会安排人带你去的。"

"我想跟你一起去。"

"找机会吧。对了，你是不是离婚了？"

其实陈宜青并没有离婚，她回去以后丈夫忽然对她好了起来，而且对她一路盘问，也许心有预感。她也因跟刘一杰的关系，对丈夫理解和关心起来。两人的外遇，忽然加深了彼此的感情，这是他们夫妻俩都没想到的。现在一听刘一杰问话，故意说，"离了。"

刘一杰的手立即松开了，好像一下子发现了一条蛇缠在了他的手上，他要急于摆脱。

一切的预感都没有错，他是想跟她继续保持地下关系。一旦她想走到地上，那么他会逃得远远的。当然，逃得远远的，还会给她些许的抚慰，稳住她。

果然，刘一杰说话了，"你以后有什么事尽管给我打电话，我一定会帮你的。"

"其实许多婚姻都是一样的，不像爱情。再好的恋人结婚了，都沦为普通的夫妻。大家都是搭伴过日子。"

"你还继续搭着？"

"这次调整干部她帮了我，我不能再伤她……你对我好，我知道，如果你爱我，就请你理解我，我走到这一步很不容易，你看我的头发全白了，看发根，上面全是染的。"

"你不认为没爱的婚姻是一种罪过了？"

刘一杰没有说话，这时他的电话响了，他说话的声音很小，说，"你不用接我，我一会儿打车回去。"

她看着他，一字一顿地说，"部长，以后我不会再打扰你了，我们之间什么事也没有发生过，你也没告诉我任何事，你绝对放心，安心干好你的事业。对了，我现在把咱们那次旅行你帮我出的一切费用，全部还给你。"

"你这是何苦？是我请你，而且……"他说着，拉住了她的手。

她挣脱开他的手，说，"部长，你不怕这儿有人发现？不怕，有人拍张照片挂到网上？"

刘一杰果真迅速地往窗外看了一下，窗外是一条护城河，静静地流过。他回过头，说，"你恨我？"

陈宜青把钱放在他手边，想站起来，却被对方拦住了。她只好又重新坐下，说，"怎么会呢？我恨你什么呢？咱俩原本就不认识。相信我，如果你还相信我的话。"

"宜青，你不要这么说，你这么说了我很难过。我对你还是有感情的，可现在是人在江湖、身不由己。"

"对了，把这套化妆品给你那个请咱们看演出的杭州女朋友。就说我谢谢她。"

"你是怕她把咱们的关系说出去？"

"你想到哪里去了？我只是为她可怜。只要曾经相爱，就不要在乎结局。对了，他们俩怎么样了？"

"她告了他，他现在已经被免职了。"

陈宜青是故意这么说的，其实朋友根本就没有那样做，朋友现在找了一个男朋友，两人生活得挺幸福。

"你该劝劝她，如果她不那么做，她那个朋友可能还会照顾她、爱她，如果她这么做了，就只有一个下场，身败名裂。这种事对男人来说，最多免了职，可是对一个女人来说，一生可就完了。她还那么年轻，还有将来，她应当好好想想。"

"谢谢你对她的关心，我想她不需要别人对她的生活指手画脚。"

"可她是你的朋友，你有责任提醒她，免得她走入歧途。人，有时有许多一闪念的想法都是正常的，不少都是不合乎道德和理念的，只要不让它付之于行动，就没事儿。可只要付之行动，就造成了千古遗恨。比如说你那个朋友如果不告那人，也许他会帮她解决所有的难题，给她安排个比较舒适的环境，保护她，或者暗中悄悄地爱她。可是如果她一旦撕破了这张纸，那就只能自食苦果。"

"你不要再说了，我不爱听。"

两人接下来的对话越来越不投机，沉默了一会儿，还是刘一杰打破了沉默，说，"我们为什么不能好好的，还像以前一样，像好朋友一样？"

"你觉得你还能回去吗？"说完，陈宜青走出酒店，才发现刚才强忍的泪水像决了堤的河流一样,蜂拥而出。她感觉自己像做了一场梦,一场春梦。

她想,刘一杰一定会等她走远了,才会走出门的,一定是的。她走进对面的咖啡厅,然后一眼不眨地望着饭店方向。

十分钟后,刘一杰走了出来,朝四周望了望,并没有拦车,而是慢慢地走着,那神态是她所熟悉的,也曾是她所喜欢的。他走得并不急,仔细地打量着大街两边,然后,他忽然轻松地笑了,风吹着他的灰色风衣飘了起来,那是她给他买的,她感觉自己的眼泪流了下来,她并没有擦,而是一直看着那风衣渐渐离她而去。虽然艳阳高照,她却感觉他在风雨中挣扎着,被官场,被命运的风吹着,被世俗的雨淋着。他不是春风得意,不是一个事业成功的男人。他走得那么无助、那么迷茫。他本该生活在云端的。她渴望自己打开心扉,展开爱的翅膀,柔软而轻盈的翅膀,把他带走。她能做到的,可是她为什么就不想做呢?

这时电话响了,她一接,一个女孩子声音飘进了耳中:"陈姐,您好。我是刘一杰的妹妹,我哥让我向你学习……"他真的有一个妹妹?他对自己还有感情?陈宜青在矛盾心理中,一时不知这电话是真是假,是挂还是不挂。

你为什么要这样

1

办公楼二层的卫生间坏了，田小童每次都上四层解决内急。一天去好几遍卫生间，同事们都奇怪，田小童放着离得最近的一楼、三楼的卫生间不上，为啥偏偏要上顶层？办公楼是二十世纪七十年代初建的老式楼房，没电梯，楼层高，又窄，一趟转下来，已经有些气喘了。四楼既没有社领导，又没帅哥，田小童这葫芦里卖的是啥药？一定会有人这么想。田小童不知是心理作用，还是其他，总感觉每天上班来，有双眼睛紧紧地盯着自己，即使一个人在办公室，她也感觉那双眼睛盯得她毛骨悚然。于是她尽量不在公众视野里露面，每次就餐她都去得最晚，去了也坐在最不显眼的位置，跟谁也不打招呼，埋头吃饭尽快走人。

田小童在四层楼道碰到记者部主任刘云坤好几次了，每次话到嘴边，都咽了下去。计算机和英语成绩都出来了，田小童最关心的是刘云坤的成绩。刘云坤个小、体胖，但文章写得棒，得过好几届全国好新闻大奖，又是这次副高职称晋升候选人之中资格最老的。如果他考试过关，职称百分之百都得给他。不能张口问，就察言观色吧。刘云坤的办公室正对着卫生间，田小童洗了手，正要出门，刘云坤笑眯眯地端着茶壶从水房过来了。

刘云坤平时就属于乐呵呵的人,现在跟过去没什么两样,继续开着不大不笑的玩笑:"田老师,来检查工作了?"田小童也笑着打趣道,"来检查我们敬爱的刘主任,屋里是不是藏着美女!"

"进我办公室的美女你可是第一个呀。请进!"

"你这个青瓷茶壶太可爱了,哪年的?我得细细瞧瞧。"田小童发现自己玩笑开得不妥,极快地转移了话题。

"我用一年了,还没人说这茶壶漂亮,看来遇到知音了,请坐。"刘云坤说着递给田小童一根烟,说,"软中华,我保证是真的。"

一听"知音",田小童的脸蓦地红了,半边身子倚着桌边笑着打趣道,"刘主任,你真是官僚,我们同事十年了,你啥时见过我抽烟?"

"美女吸烟是有些不雅,那就品茶。"刘云坤的茶几上放着一套同样是青瓷的四个茶具,他拿出一个慢条斯理地用开水烫了,倒上茶,递给田小童,细小的眼睛眯成了一条线:"尝尝。"

田小童轻轻一品,言,"龙井吧。"

刘云坤又是一句:"知音呀,到我办公室来喝茶的人不少,可真的品出是龙井的人只有你田小童一个呀。"

"你还得再叫我知音,你电脑里这段音乐是不是古琴《良宵引》?"

"真是知——音呀!"刘云坤话还没说完,自己倒笑得语不成句了。

三个"知音"让田小童很受用,她环顾了一下刘云坤的办公室,除了整面墙的书就是四大盆的绿色植物,有茉莉、滴水观音、水竹,整个窗台也被绿萝稠密的枝条缠绕着,依稀露出大肚子的白底黑横纹瓷盆。绿色叶子、白色花盆虽然别致,但让田小童心里一动的还是每个花盆都擦得都干干净净,在阳光下散发着柔和的光亮。

"主任花养得生机勃勃呀,我也喜欢绿萝,好养又养眼,吊下来绿意盎然。还有这么多的文学书都是我喜欢的,《浮生六记》《小窗幽记》《洛丽塔》等。我们在一个办公楼里待了十年,只知道刘主任是最优秀的记者,还不知道您这么有情趣?"

"因为我其貌不扬呀!"刘云坤说着,哈哈大笑。

田小童再一次感觉自己又说错话了,不敢再轻意开口,刘云坤呢,好像一时也找不到话题了,田小童起身刚说:"我……"走字还没说出口,刘云坤却开腔了:"时间真快呀,我工作都快三十年了,还是个记者,被该死的英语又堵在了高级职称的门外,想起来真窝囊呀。你说我们学中文的,考古汉语也行呀,偏偏考什么英语,害得我从年前到考试就没有消停过,一本英语书都翻烂了,结果还是没考过。"

田小童心里咯噔了一下,然后极快地应答说:"主任的业务水平,全社谁不佩服!"说着打量着刘云坤办公桌前的小黑板,上面花花绿绿地写着:(1)《网购生活面面观》。(2)《整改"回头看"看点在哪里》。田小童笑着说,"你看看,光看标题就知道是篇好稿子,刘主任的大作每篇我都要仔细研究的。"

刘云坤摆着手说:"过奖了过奖了。"

"对了,主任,我写了篇关于山村教育的通讯,涉及到一些不太好把握的问题,怎么感觉都别扭,你帮我把把关。"这是田小童忽然冒出的念头,她自己都没想到嘴里怎么就突然冒出这么一句来。

刘云坤说:"只要你能瞧得起我这个老朽,就拿来我学习学习。"

"看主任说的,我改好后马上就给您送来。"

田小童下到三楼拐弯处,看到一楼电子屏前几个人正在指指点点,仔细一瞧,光荣榜上的消息是刘云坤的文章又得全国好新闻大奖了,还被评为全国新闻出版先进个人,又要参加总部的表彰大会。因为一直往下瞧,田小童感觉头有些晕,定定神,若有所思地朝二楼自己的办公室走去。

十月底了,评定职称的事往年早就开始了,到现在田小童连自己的对手是谁都不知道,你说她能不着急吗?可文化单位就是这样,你心里越急得坐卧不安,表面上越要神定气闲,特别是在一些敏感问题上如果操之过急,势必适得其反,要知道,现在干部晋级晋职,都要民主测评。啥是民主,当然是大家投票呀。这里的大家指两类人:一类是全社所有满三年以上的具有副高职称的人；另一类是社里三十多个部门领导及社领导。田小童调到这个综合性报社工作以来，业务领先，为人低调，也没跟谁红过脸，她认为自己的群众基础是过硬的，是经得住层层考验的。

这么一想，田小童下楼的步子迈得轻盈多了，在二楼楼梯口碰到办公室的秘书刘萌。长着一张娃娃脸的刘萌，刚从大学中文系毕业分来，写材料老请教田小童。第一次来找田小童时，田小童很吃惊，因为她跟这个比她小七八岁的女孩几乎就没说过话。问为什么来找她，刘萌诡秘一笑，反问道，"你猜猜？"田小童摇摇头，刘萌背着手在田小童的办公室走了两圈，然后一屁股坐到田小童的办公桌上，摇晃着腿说，"办公室秘书没有这点本事就没法在办公室混。"田小童究追不放，说，"说具体点。"刘萌停住晃动的腿，右大拇指压着左手指头说，"第一，田老师你从基层一步步调上来，有多年的实际工作经验。第二，田老师你到报社十年来，基本掌握全社情况。第三，田老师你文字功底扎实，业务水平在全社女同志里面遥遥领先，在男同志面前也毫不逊色。第四，田老师你为人真诚，不会拒绝请教。"话说到这份上了，况且刘萌左一个田老师右一个田老师，叫得田小童心里美滋滋的，只有义不容辞了，每次刘萌来请教，田小童总是先给归纳标题，再逐字逐句分析每段内容。刘萌脑瓜也灵，一点就明，进步飞快。一来二去，两人就成了知心朋友。这不，刘萌一见到田小童就大声说，"田老师，后天就述职了，你准备得怎么样了？"田小童忙示意她小声点，然后把她拽到楼顶平台，问，"你咋知道？"

"你这个人呀，怎么这么迟钝，人家挨个评委都找了，而且都到书记家去过了，你还不知道时间。"

田小童知道刘萌说的人家是谁，沉吟片刻，问，"刘主任考试没过，是不？"

"它奶奶的，刘主任多好的人呀，你说都快五十岁的人了，哪学过英语？偏偏得考英语，今年一开春又是请家教，又是上培训班，还是没考合格。社里听说要给报技术6级，上面没同意。"

"以后记着，在单位不要大呼小叫，你刚到报社来，小心一点。"

"我就看不过某些人仗着有点关系，仗势欺人。你不知道，她亲口说的，说社领导还请她吃饭呢。你不知道，当了个小头目，她就不知道自己叫啥了，经常对着社里的老主任老记者们指手画脚的。有一次，打电话对刘主任说，刘云坤，你上来拿下表格。你想想刘主任资格多老呀，业务多好，她比人家小十多岁哩，怎么这么没大没小，听说刘主任对她可有意见了。对了，这次你可要小心她，她老爹原来就是市委的某个领导，她从打字员干到现在，人脉很广。这次职称只有两个名额。不，只有一个名额了，另一个给李权是铁板钉钉，社里不给他也不行，他虽然职务偏低，但不给他就得换岗。"

"好了回去吧，办公室还有一大堆事。"两人说着，就朝办公室走，这时田小童的手机响了，是人事干事通知她参加后天的职称述职。

回到办公室，田小童把述职报告重新看了一遍，感觉内容扎实、基调平实，然后打印了一份，到楼下网络室去拿时，碰到了也在打印东西的张蕾，也就是刘萌一口一口说的那个"她"。田小童本想向张蕾打个招呼，可张蕾看了她一下，没有说话，田小童立即收起笑容，拿起稿子闪人。稿子页码放错了，显然张蕾看过了。如果田小童没猜错，张蕾一定把田小童的述职报告读了，回去还会重新修改自己的述职报告。张蕾属于妩媚漂亮的那种女性，个子高挑，皮肤白净，一缕头发总是遮住半边脸，特别是在人多时，总时不时地撩拨一下。她原是机关某局的一个干事，因为行政上不去了，听说有了副高职称，就可调到五级，能在高干诊室就医，可干到六十岁，就调到报社改任专业技术干部，从事业务工作。她处事灵活，关系颇广，来了不到两年，业务基本熟悉，又当了组长。

田小童拿着电话号码本把这次评定的人员细细过了一遍，十二个人参评，只有两个名额，李权确实是特殊情况，应当给，那么说穿了，十一个人竞争一个名额。按资历和业务成绩，田小童认为自己是不二人选。话是这么说，可是有些事人为因素居多，给各部门主任和副高以上的老编辑们打不打招呼，田小童想了半天，最终决定谁也不打，作为文人，她相信大家应有最起码的公正。这么一想，心绪平静,她把马上准备出的版样从头到尾看了一遍,又发现了几处错误,摇摇头,说,"现在的年轻人呀,咋就这么不认真。"改后送到主任屋子,主任是个和善的老头,是他把田小童从一名实习生一直培养到栏目主编,田小童对他既有对父亲的敬重,又有朋友般的信赖。主任在版样上签完字后,田小童半天才说:"主任,后天我就要参加职称民主评议了,请您关照。"

"知道了,放心吧,我会实事求是。"

"这次听说只有两个名额,一个已经定了李权,另一个名额,我们十一个人在争。"

"别担心,写好述职报告就行了,相信组织。"

"谢谢主任。"田小童看着主任低头看稿了,就给主任杯子里加了水,然后轻轻地带上了门。

2

中午闺蜜李一一打来电话,李一一跟田小童是大学同学,她分在一家院校当老师,去年评上了副教授。田小童把十一个参评人员的情况给李一一详细说了。李一一说:"我的天,还真不好评价。你说十一个人,太年轻的咱不说了,我认为你的对手至少有两个,张蕾,从机关来的,有背景,这是一方面,最主要的是她的的工龄在你们之中是最长的。摄影记者张东建,虽年轻,但作品货真价实的得了好几项全国好新闻大奖。可以说,你们三个人都有参评的资格,谁评上都有能摆到桌面的理由。"

田小童一听,急着说,"难道我真没戏了?怎么办?快帮我想想办法。"

"办法总是有的,那就看你是否动脑子了。"李一一直讲到中午上班,田小童才略有所思,明天就评职称了,也就是说只有下午晚上的活动时间了。可是怎么活动,身在外面的李一一是无法说清楚的,但是她的一句话让田小童印象深刻,是人就有缺点。田小童必须在最短的时间里以最快的速度，找出关键人物的弱项，把工作做到前面。

那个关键人物是谁呢？她首先想到了主任，可是昨天主任已经明确表态了，这是一个坚持原则的人，如果再找，不但办不成，还会给对方留下不好的印象。那么直接找社领导，可是几个社领导，田小童除了工作上的关系，从来没有更深的交情，现在她真的不敢肯定社长能给自己说话了。社长也是人呀，而且社长年轻，仕途还很长，如果上面打招呼，他不能不考虑到自身利益。

一直快到下班了，田小童还是没有想到切实可行的办法，正在这时，刘云坤从门前一闪而过，忽想起刘萌的话，她的脑子立即闪出一个念头，何不向他请教呢。刘云坤现在已经身在其外了，想必也会帮自己一把，况且刘云坤在社里资格老，社长跟他是大学同学。一想到这里，田小童立即把自己写的一篇通讯打出来，上到四楼，刘云坤不在，她就坐到办公室耐心等待。

下班铃响了，刘云坤才慢腾腾地走了进来，一看到田小童拿着稿子，说，"火都烧眉毛了，你咋还有闲情谈稿子？"

田小童说，"也急呀，可是当记者的，稿子是大事。这么晚了，咱们一起到外面吃饭，我请客。"

"你真是稳如泰山，大战在即，还跟我这个废人在一起，不怕误了战机？"

"在全社我最佩服主任你了，再说我们还是知音呀。"田小童说着，禁不住笑了。

"跟知音在一起聊天，我快乐多多。"刘云坤笑着，就要去开车。田小童说，"你别开了，遇到知音不喝酒说不过去。你等我一下。"说着，田小童到车库去开自己的红色凯越。

两人坐到车里，刘云坤笑着说，"你也得喝。"

"放心，我找代驾。"

田小童提出去吃名典私家菜，刘云坤想了想说，"咱们吃面条去。"南方人田小童最不爱吃的就是面条，但看刘云坤决心已定，就选了不远的西贝莜面。她让刘云坤点菜，刘云坤是陕西人，当然知道哪种好吃。

刘云坤点了肉夹馍、羊肉泡、水果沙拉,要了一瓶53度的烈性酒。田小童都吃不惯,但她还是很认真地吃着,表面上一点儿也看不出她不爱吃的迹象。

饭吃得差不多了,田小童就说起自己新近抓的几条线索,让主任把关。她说得很认真很详细,刘云坤一一回答完,看了田小童半天说,"嘿,田小童,我真的不了解你了,职称这么大的事你到现在还不急?明天可就要投票了呀!"

"急也没用,你知道我这个人只顾埋头干业务,我连社里一个领导家在哪都不知道。"

刘云坤沉吟片刻,说,"你也没有跟各部门领导打招呼?"

"不好意思张口,就主任你平时跟我们平易近人,我才跟你讨个主意。"

"嗯。我认为这次评职称,你会选上的,论业务,论人品,论资历,你都是不二人选。你别看有些人,没大没小,张牙舞爪的,我相信大家的眼睛是雪亮的。"

"听说人家活动得厉害。"

"活动也没用,职称是对知识分子最准确的评估,你得了好几个大奖,采写的稿件在全社青年编辑里也是属一属二的。我认为你综合素质绝对胜出。"

"谢谢主任,我知道你在社里德高望重,请你帮帮我。本来,我去年就该调七级,就因为没有职称,耽误了。今年再不能耽误了。"田小童说着,刚端起酒杯,眼泪就流出来了。她不知道为什么听到刘云坤的一席话,忽然就想哭。

"放心,我跟社长说,凭我这老资格,他还是会给面子的,我再跟要好的几位编辑部主任和高评委也说说,大家的眼睛是雪亮的,怎么能让歪风邪气助长我社的风气。职称是敏感问题,社里处理不好,就会影响大家的积极性。"

"我再敬主任一杯。"

"你已经喝了三杯,我也喝够了,再喝我们就回不去了。"

"找代驾吧。"

正说着，刘云坤的电话响了，刘云坤一看号码，摆了摆手，让田小童安静，然后说，"小张呀，啥事？职称？嗯。我心里有数。"

刘云坤打完电话，说，"张蕾她做人那么差，我给她投票，不证明我跟她一样吗？"田小童却听出了另外的意思：你张蕾平时眼睛好像长在天上，看都不看我一眼，还让我投票？门儿都没有。

账是刘云坤抢着结的，他说："我工资比你高，听我的。"

到院门口后，"能一个人回去吗？"田小童住在爱人单位分的公寓房里，刘云坤住在离她家有两站路的报社家属院里。

"没问题。"话是这么说，田小童上楼时不是头碰到门，就是身体撞到墙上，刘云坤扶着她上到电梯，田小童说："你回去吧，我没事了。"

刘云坤看了看她，望了望四周，说："也好，那你慢点。"

在电梯里，田小童整了整衣服，在镜子里看自己满脸通红，除了头疼，神志还算清醒。然后稳稳神，一步步走出电梯。丈夫一看到她的醉态，冷冷地说，"你看你那样子。"

田小童直奔卫生间，出来不由自主地走到书房的窗口，刘云坤站在花园里正朝着自家方向望着，她打开书房的灯，朝外招了招手，刘云坤转身回家了。这人心真细，一股感动涌上心头。

回到客厅，田小童兴冲冲地给丈夫说了事情的经过，丈夫说，"你这人，真是读书读得脑子进水了，一个编辑部主任有啥用，他有能耐怎么英语没有过关，怎么五十岁了还没有评上高级职称。钱白花了是小事，误了时机是大事，现在还读什么书，赶紧想办法。"

"是人家刘云坤掏钱的，再说都到这时候了，我去找谁？"

爱人白了她一眼，突然说，"这人岁数都不小了，怎么会干赔钱的买卖，是不是对你另有所图？"

"你说什么呢，人家刘主任可是正派人，业务好，又是多年先进。"

"我还知道他老婆跟他离婚了，正闲着。"爱人哼了下，恨恨地关了电视，进了卫生间。

正在这时，座机响了，是李一一打来的电话，说，"我的姑奶奶，跟什么人进餐，还关手机？"

田小童说完，李一一半天才说，"田小童，你好幼稚，事已如此，也只好死马当活马医了。"

一听这话，田小童心里咯噔一下，看电视、上网就全没心情了。翻翻社里中层以上的领导号码，想了半天，还是没打，暗自思忖：我就不信，这世间没有公道。

一夜没有睡着，天快亮了，田小童才眯了一会儿，刚打开手机，就看到刘玉坤发来的一条短信：安心睡觉。

一股暖流涌上心头，思索片刻，回复道：你让我很温暖。要发时，又重新删掉，重新发了句：多谢！

3

上午民主评议结果一出来，不出半小时全社人就都知道了。李权13票，排第一，田小童得票11票，排第二。张东建、张蕾各7票，并列第三。按惯例，一般党委会是下午开，决议都是依照民主评议的结果，在下班前上报部里。也就是说，田小童已经稳操胜券了。她长舒了口气，自己技术8级已经五年了，虽说年纪轻，但说明进步快嘛。一想到自己一个电话也没打，还得了这么高的分，田小童是欣慰的。她听说其他单位为了职称，有人给领导送了二万元，没想到领导忽然间退休了。本来按以往惯例，领导到年底才退的，偏偏今年新的干部政策是时间到了最迟一月即退。气得送钱的人有苦说不出。还有的单位，评职称闹得不可开交，上级派了工作组亲临指导，再想想自己单位党委一班人的公正客观，田小童一股感恩之情涌上心头，给刘云坤发了条短信：晚上聚聚！

下午一上班，田小童就收到了刘云坤的回复：情况有变，赶紧行动。

田小童立即将电话打过去，刘云坤叹了一声，说："你们这次情况很复杂，我无能为力了，你赶快想其他办法吧。"说完，就挂了电话。

晚上下班时，众人在班车上议论纷纷，田小童听了半天，才知道大概情况，党委会没有如期上报，为啥呢，正高那边投票不严，少了一票不说，还有当事人自己给自己投票的，有人给领导办公室送礼，都让监控录相了。物证人证，当然得重新投票。正高出了问题，副高没啥问题，难道还要重新投票？大家议论半天，有人说副高不会再议，又有人说副高也要重新再议。

田小童这次一点办法都没有了，她惟一依靠的刘云坤这次也爱莫能助，怎么办？田小童愁得又吃睡不香了。

给李一一说了半天，李一一思考了半天，才说："你当编辑多年，就没有认识几个当官的？"

田小童说："认识的多是文人嘛，能办多大事。"

李一一说："现在知道平常不跟人交往的厉害了吧，我就给你说，人是群体动物，不能太清高，你老是不听。"

"好了好了，我烦着呢。"放了电话，田小童人在办公室，心已经不知飞到哪里去了，她想另外十一个人，不知他们都在想什么，又在做些什么。心想，就这么着吧，评上评不上只有听天由命了。可是李一一的话又刺激了她，她打开手机把通信录从头翻到尾，又从尾翻到头，终于查到了一个在市委当局长的领导的号码，他们在一起吃过饭，不知这人是不是还能想起自己，当时在饭桌上，这人对自己很是热情，一会儿给她夹菜，一会儿又给她留号码，甚是殷勤。可惜聚会后，她也没有主动跟人家联系，现在冒然打电话，人家肯定会瞧不起自己，可是实在又无法，她号码拨到最后一个，犹豫了一下，立即拨通了。

没想到这个领导记性还挺好，事隔两年还记得田小童，听到聚会，倒也爽快，约到了第二天晚上。翌日一上班，田小童立即调出自己的述职报告及相关资料，打印了一份，然后想给领导送什么东西呢？给怕人家不收，买衣服，又怕买得大小不合适。反复思虑半天，决定买件羊绒衫。回想了半天，感觉领导个头不高也不低，不胖也不瘦，就利用中午休息时间到双安商场买了件鄂尔多斯羊绒衫，还附上退换条。在最后出商店门时，田小童又下决心，买了一张一万元的购物券，订了离家不远的湘鄂情饭店的位子。

天快黑了，坐在饭店大厅，田小童还是想不起领导长啥样。她紧张地注视着来来往往的人流，生怕认不出领导。既然是领导，就要有一定的规格，怎么能坐到大厅呢。如果定了包间，不认识领导就好办了。田小童想到这里，立即定了个小包间，然后给领导发了短信，告知包间的名字。

领导一进来，她暗暗叫苦，坏了，领导长得人高马大，自己买的羊绒衫领导根本就穿不进去，而且领导皮肤黑，宝蓝色的羊绒衫穿着效果也不佳。领导为人和蔼，问长问短半天，田小童双手把菜单递给领导。领导不愧是领导，点菜时，要了海参、要了鲍鱼，还要了一大堆时令鲜菜。最后要酒时，征求田小童意见，田小童故作轻松地说，"您随便点。"领导又要了一瓶茅台。

领导很是健谈，从英国首相坐火车上班，普京亲迎移民俄罗新的法国国宝级影星，一直说到国内一女士到超市买的德芙巧克力吃出活蛆，每一件事说得都好像自己亲身经历一般，一直说到酒足饭饱，拉着田小童的手问她找他有什么事。

田小童强忍着心中的难受，把职称的事详细地跟领导说了一遍，然后说，"现在社会风气太不好，如果论实力肯定是我。"领导一听，立即说："没问题，我给他们打个招呼，让他们落实，这事好办。"田小童一听，心就放到了肚子里，立即站起来给领导敬酒，自己先喝完，说："局长麻烦你了，听说后天就上报了。"走时，她把买的衣服递给领导，又把信封递给领导，领导拿着小小的信封，问里面装着什么，田小童慌乱地说，是自己的简历。领导没再问，田小童又把自己已经准备好的资料全给领导。领导走了，田小童结账时，发现这一顿饭，两人竟吃了四千多块钱。虽然有些心疼，可一想终于可以高枕无忧了，不禁长长地出了口气。

中午吃饭时，她碰到了刘云坤，刘云坤说："你那事办得怎么样了？下午三点又要投票了。"

田小童望了望四周，说，"我一会儿到你办公室。"

当田小童说自己找了某某局长，她说估计问题不大。刘云坤一听那个领导的名字，说，"你呀，真是做事太盲目，那人因为犯错误已经调离原单位了。你把你的述职报告、获奖作品、论文，给我三十二份。我准备给每位评委一人一份。"刘云坤忽然很严肃，"我们不搞那些，就凭自己的能力说话。"

田小童惊问，"他说没问题的，怎么会转业了？他这个骗子。"她很想说出自己送的东西，可话到嘴边，又咽了下去，眼泪再次流了下去。

刘云坤看了她半天，说："放心，相信组织。"

"你帮我说话，不怕别人说闲话？"

刘云坤哈哈大笑，说，"任人唯贤，不怕。"

田小童把自己的个人材料交给刘云坤后，说："主任，事成不成，我都会重谢你。"

刘云坤微笑着说，"怎么谢我？"

"我力所能及。"

刘云坤看了她一眼，笑了笑，没有说话。

这笑让田小童心里一哆嗦，但她还是肯定地点点头。

下午上班时，主任打电话让田小童到他办公室去，田小童进去后，主任仍在写东西，看她进来，也没有停下手里的活计，主任这可是第一次端起了领导的架子。一时无趣，田小童就望着对面主任书柜上的书，一一地打量着。

"坐吧。"主任放下了笔。

田小童坐到主任对面，主任看着她，忽然问道，"田小童，你今年多大了？"

"三十九了。"

"不小了呀，怎么还净干糊涂事？"

"主任您的意思是……？"

"记者部的刘云坤为你职称的事四处找部门主任，找社领导，还到部里去汇报。刚才还在社长屋里为你呼吁呢。怎么你的情况他比我这个部门主任还了解？他不惜一切去呼吁，让我做主任的都不好做人，好像我就不关心自己的部下似的。咱们关起门来说，你是个女同志，一个男人忽然为了你的事上蹿下跳，难道外人能不猜测这里面有啥名堂？"

田小童听得一句话也说不出。

"小童，你是女人，要学会自爱。否则适得其反，就不好办了。回去吧。"

田小童听得心惊胆颤，回办公室时，看到楼道里两个女同事交头接耳地说着什么，心想肯定是说自己与刘云坤的，越想心里越难过，她不能确定是否把主任说的事给刘云坤说，说了怕刘云坤跟主任有矛盾，主任以后对自己不好，不说，怕刘云坤这样再三的努力果真影响了评议，那真是偷鸡不成，反蚀把米了。

下班前，她约了刘云坤吃饭，然后给爱人打电话，说晚上不回家吃饭了。爱人一句话没说，就挂了电话。田小童感觉一股悲凉涌上心头，在职称这件事上，她多么想跟爱人沟通，可是爱人不是怀疑她跟刘云坤关系不正常，就是恶语相击，周围的人与己无关，更不会关心你。就连闺蜜李一一，刚开始打电话还比较热情，后来动不动就借口忙着呢，三言两语就打发了，刘云坤好像成了自己困境中的绿地，遇到他，总能得到安慰，哪怕只是几句关心的话，也让她信心倍增。

快到下班时，刘云坤忽然发来短信说："最近我们不要来往，免得给人留下口实，你的事我心里有数。"

田小童一看，心里一紧，忙回复道："好。"

回到家里，爱人竟然把门反锁了，田小童很想砸门，又怕左邻右舍知道，在门口呆了半天，在门口的成都小吃吃了一碗担担面，给爱人发了条短信："我是清白的，你不要太过分，否则后果自负。"她回到办公室，在沙发上躺了一夜。第二天清晨洗脸时碰到单位的同事，他们看到田小童住在办公室，很是奇怪。特别是张蕾，把她上上下下打量了一遍，哼了一声，走了。田小童想他们也许又到刘云坤屋里去查看了。田小童冷笑一声，关上了办公室门。

4

又一轮的民主评议，正高副高重新投票，副高结果跟前一轮一样：李权排第一，田小童排第二，张东建跟张蕾第三。社里刚报了审报名单，下午机关就打电话来说，"你们上报的人里面竟然有计算机没有过关的，这是怎么回事？尽快查清原因，上报处理意见。"

张东建计算机两个模块没过关，除了人事干事，怎么有外人知道？这个揭发的人内部一定有人，而且来头太大。刘萌悄悄告诉田小童说，"你不知道，职称这事，搞得很大的领导都出面了。唉，张东建真是，智者千虑，必有一失。"

"多大的领导？"

"你不知道，市里一号呀。"

第二天，社里的人事干事忽然被人打了，有人说是张东建，可是无论是人事干事，还是张东建，都失口否认。反正年轻英俊的人事干事鼻青脸肿地走进办公楼时，惹得大家猜测纷纭。

田小童庆幸自己没有干让人不屑的事。可是凭心而论，张东建是个优秀的记者，他虽年轻，但是业务非常扎实，跟田小童不相上下，抗震救灾他是第一个奔赴现场，他也是全社唯一的范长江奖获得者。她为张东建感到有些遗憾。

半月后，接到上级部门通知，李权、田小童、张蕾三人同时填申请职称资格表，在填写工作成绩、获奖作品、发表论文、述职报告PPT制作等方面，田小童一点都不敢疏忽，做完又让刘云坤过目。刘云坤像雕刻玉石似的，一点点地寻找着瑕疵，即使是一个标点符号都要斟酌半天。坐在旁边的田小童除了给刘云坤的杯子里添水，就不知干什么了。她不时地打量着刘云坤，她发现自己最近越来越迷上了这个胖胖的男人。

报表送上去半个月，三人同时准备答辩。

田小童问了答过辩的人，可能是因为文人相轻，或者其他不便说的原因，问者大多都说忘了，或者说题挺偏的，你要好好准备。田小童是个办事认真的人，不厌其烦，一个个地问，几乎把单位答过辩的人都问遍了，虽然大家说得都很简单，但是所有人的说法一归纳，基本程序就搞得八九不离十了。比如，去时一定要带《新闻出版手册》一书，因为是从计算机题库里抽题，抽到两道题后在答辩前有二十分钟的时间开卷准备。述职是脱稿进行的，述职时一定要吐字清楚、条理清晰、语速要慢。评委主要是针对本人的论文现场提问。

田小童认为只要沉着应对就没问题。李权是搞发行工作的，对业务不熟，听说答辩，见人就问，抱着一本书认真阅读，认真的样子一点儿不亚于一个高考的学生。田小童看着他满头花白的楼上楼下地跑，心里一股怜悯涌上心头，仔细地给他讲她认为需要明白的内容。

中午，一直不跟她说话的张蕾忽然进来了，说，"你管好自己就行了，管那么多干什么。你不知道，答辩有百分之十的淘汰率。再说咱们单位只有两个名额，很可能答辩时要淘汰一个。"

田小童看了她一眼，没有说话，继续坐在电脑前写稿。

"我给你说话呢，你知道不知道有他就可能没有你？"

"请你出去！"田小童说着，站起身，打开门，目光朝着门里，张蕾气呼呼地走了。

答辩前一天，刘云坤把田小童叫到办公室，询问准备情况。听后连声摇头，说，"题不会出太简单的，一定会出偏题、怪题，比如说像发行、刊号、年检之类的这些平常人不注意的编务问题都要准备好。而且这么厚的书，你要把自己没把握的主要问题的页码标出来，这样你才会在最短的时间里找到答案。还有述职报告和论文答辩，用张纸记下提纲，这样以防忘记。特别是一定要注意刊号之类的问题，这个问题没几个人能真正搞明白，你要看懂。对了，你说咱们报纸是叫刊号吗？"田小童想了想，"说杂志叫刊号，图书叫书号，这个报纸我还不知道。"

刘云坤拿起一张他们社的报纸说，"你找找咱们社的刊号。"

田小童从来没有注意过这样的问题，拿起报纸从头到尾翻了一遍，在第八版最下角只找到了社址、电报挂号、邮政编码、查询电话、发行科电话、"广告经营许可证"编号、广告部电话、定价、印刷厂名称，却没有刊号。"

刘云坤把《新闻出版工作手册》翻到213页说，"第二十八条规定：正式报纸出版时须在每期固定位置标出：国内统一刊号；出版日期、期号、发行方式（邮发的应标明邮发代号）、报社地址、电话、电报挂号和邮政编码、定价、印刷厂名称、"广告经营许可证"编号。"

"可是我怎么没有找到刊号？"

刘云坤又把《新闻出版工作手册》翻到252页，说，"你看规定：中国标准报刊号应印在其刊头下方，其中国际标准刊号（ISSN）在左，国内统一刊号在右。"

田小童重新合上报纸，果然报纸刊头醒目位置写着报名、日期、刊号、邮发代号。

"作为办报人，我们一定像熟悉自己眼睛一样熟悉它。"田小童红着脸点点头。

回到家，她按刘云坤说的一一做了详细准备，特别是把书中最后几页不常用的中国标准刊号一章仔细看了一遍，对照着自己报纸的国内统一刊号做了比较，在此章加了提醒卡片，然后又在一些敏感问题的章节上，做了标注。想了想，又给李权打电话让他一定要带上《新闻出版工作手册》，把刘云坤给自己讲得也给他一一说了。田小童刚一放下电话，爱人就说神经病。田小童没有理他。

抽题时，田小童抽的两道题，一个最拿手：简述舆论监督类节目的报道原则。一是坚持建设性监督。开展舆论监督的目的在于治病救人，要始终坚持重在建设、站在党和人民的立场上，以改进工作、解决问题、增进团结、维护稳定为出发点。要服务大局，紧紧围绕党的中心工作，抓住那些群众关心、政府重视、具有普遍意义的问题，有针对性的开展舆论监督，要注重舆论监督的社会效果，着眼于推动问题的解决，向积极的方面进行引导。二是坚持科学监督。开展舆论监督，应当有科学的态度，用科学的方法做到事实准确、客观全面、以理服人。三是坚持依法监督。舆论监督受法律保护，也必须在法律规定的范围内进行，严格依法办事。舆论监督报道的内容必须符合宪法和法律，不能违背党的路线、方针、政策，不能泄露国家秘密，不能干扰和妨碍政法机关依法办案，不能侵犯公民、法人及其他组织的合法权益。舆论监督的手段、方法必须符合法律规定，获取新闻素材、核实报道内容都要通过合法的途径、程序和正当的方式，不能采取非法和不道德的手段进行采访。

第二个题真是天意，正是刘云坤提到的，也是田小童老早就准备好的：以 CN 为标准的国内统一刊号有关规定是什么？田小童以中速流利地回答了这个问题：国内统一刊号以 GB2659 所规定的中国国别代码"CN"为识别标志，由报刊登记号和分类号两部分组成，前者为国内统一刊号和主体，后者为补充成分，其间以斜线隔开，结构形式为：CN 报刊登记号/分类号。

田小童刚从答辩会场出来，刘云坤的短信就来了：顺利吧。

田小童略一思索，马上把电话拨过去，激动得抑制不住，与平素的自己判若两人："你在哪？我马上要见你。"话一说出，连她自己都不相信这是从自己嘴里说出的话语。

"晚上如方便，到我家来吃饭吧！庆贺你的胜利。"刘云坤好像也没了以往的拘谨，呼应了田小童的热情。

田小童答应后，真的是归心似箭了，下午五点，正是下班的高潮，南来北往的车流人流挤得田小童的车速慢了许多，一会儿红灯，一会儿又是红灯，虽然田小童心急如焚，可也让她有足够的时间去想象即使到来的晚餐，自己该如何表达由衷的谢意。快到家时，她把车拐到肯德基门前，买了一份套餐，哼着小曲回了家。

洗完澡，她精心打扮起来。这时，爱人下班回来伸到厨房里瞧了一眼，看到田小童在打扮，阴着脸说："你要出去？"

"对，我晚上不在家吃饭了，可能回家晚些。"

"你去干什么？"

"去见朋友。"

"什么样的朋友？"

"说了你也不认识。"

爱人把手里的包往沙发上一扔，又狠劲踢了一脚茶几，这一动作抵消了田小童对他的歉意，她装做没看见，可着心化起妆来。

"你走了，我吃什么？"爱人直直地站在洗手间的门口，冷冷地盯着田小童，田小童本想说自己已给他买了他最爱吃的肯德基，可是爱人凶巴巴的样子让她实在讨厌，她仍然一声不响地抹着口红。

爱人盯着她高高的胸看了一眼，说，"怕是跟男人约会吧，你看看，你穿得像不像个鸡。"说着，在田小童没防备时，忽然一把抓住她的头发说，把脸快要贴到穿衣镜子前了，说，"你照照，你满脸的淫荡，实在让人恶心。"

这些话荡涤了田小童心里留存的最后一丝对他的留恋，她一把推开他，几乎是小跑着走出洗手间，换鞋时，一眼看到厨房案板上还散发着温度的肯德基，气不打一处来，拆开肯德基，狠狠地扔进了垃圾箱。

田小童在楼道里停留了片刻，长长地出了口气，好像把多日以来郁闷在心里的怒气也清除了出来，然后她照了照化妆镜，紧皱的眉头已经解开了，衣服也平平展展的，然后她让自己轻松地面对着电梯门微笑片刻，自我感觉心态已调整到良好，然后轻轻地按了电梯。

自从那次到办公室住后，她回到家里很少跟爱人说话。爱人对她倒是客气了许多，提议两人谈谈。田小童也想真诚地跟爱人谈谈，可是越谈越谈不到一起，到底是什么地方出了问题。他们的婚姻虽说是人介绍的，可也是谈了半年多，不说有多深爱，至少结婚十几年来，除了没有孩子，其他方面还说得过去。可不知道自己从什么时候起，对爱人越来越无所谓了。即使做夫妻之间那种事也很是勉强。她知道这很不好，可是身体是装不了假的。与其这么别别扭扭，还不如分手。田小童一想到这，心里猛的一惊，怎么有了这个念头？毕竟一起生活了十年，可是他竟然用那样的词汇羞辱她，还扯掉了她的一缕头发，现在头皮还隐隐发痛……这么一想，田小童感觉自己好像对即将要发生的事有了最为充分的理由。

5

田小童是在天黑透后,才悄悄走进刘云坤家的,她最怕见到社里人,可是楼上楼下全是同事。她想天黑了,碰到熟人的概率相对来说就少些,可是没想到一上楼,就碰到了下来倒垃圾的刘萌。

"田老师,你这是去谁家呀?快,到我家坐坐。"刘萌大着嗓门,田小童想示意她声音小些都来不及了。

田小童一时语塞,说,"不了,不了,你吃了吗?"她想以此搭讪来给自己如何应答留点思考的空间。

"没呢,我一个人,怎么着都是吃,你这是到谁家吃饭啊?我跟你一起去蹭饭吧。"

田小童看到又有人下楼了,好像是张蕾的样子,心一横,大声说,"我到传达室拿完稿子,忽然想起你就在楼上住,就想来看你,没想到碰上刘主任,他让我到他家去蹭饭,你也去吧。"

"好咧,他家就在我家楼上,我把东西放回去,咱们一起去。"单纯的刘萌上楼了,田小童却感觉心里五味杂陈,一时乱得无法梳理。她把一路酝酿好的那种隐秘的情绪重新调整到一个恰如其分的境地,然后微笑着边看手机微信边显得很自然地等刘萌。现在楼上楼下的,无论谁下来,她都不紧张了。唉,刘萌,你这个小姑娘,这个小娃娃,这个让我……正想着,刘萌已经笑眯眯地下来了,边走边大声喊,"刘主任,开门,我们来蹭饭了。"

刘云坤真不愧是个成熟的男人,好像一点儿也不意外多了一个不速之客,开门时满脸都是笑,说,"两位美女,快请进!"说着,把她俩让到沙发上,让他们稍等片刻,说饭马上就好。

整个家布置得极其简洁,宽大的客厅当成了书房,整面墙全是书,放着轻柔的音乐。田小童刚坐下,一桌丰盛的饭菜已展现在面前。望着从厨房到饭厅忙忙碌碌的刘云坤,和有说有笑的刘萌,田小童很是恍惚,一时不知说什么好。

刘萌一直在跟刘云坤说话,田小童在这热情的说话声中,把自己装扮得很像一个随便来蹭饭的同事,倒是刘萌一直不停地说,"小童,你放松点,刘主任人可好了,见人不笑不开口。"

"就是,放松些,来,小童,吃虾,刘萌,你也来一个。"刘云坤热情地给她们每人剥了一个虾递到手里。

三人喝着红酒,吃着菜,刘云坤基本上一直在跟刘萌说话,田小童最多附和一下,话说得很少,菜倒是吃得挺多。

刘萌健谈,话匣子一打开,就关不住了,一会儿说,国外正在流行的十大健康生活方式,唱歌,晒太阳,雨中行,少吃肉,饭后息,挺起胸,静坐思,天伦乐,步当车,行善事。说着,就嚷着要给每个人测试。刘云坤笑着说,"除了天伦乐我做不到外,其他还差不多吧。"刘萌笑着说,"刘云坤,得分九十分。"又问田小童,田小童本身就醉翁之意不在酒,一时没听清他们说什么,就不好意思地问,"你说啥?"

刘萌又说了一遍,田小童说,"我差不多都能做到吧。"说着,她看了看刘云坤,她发现刘云坤好像挺喜欢跟刘萌聊天似的,根本就不像自己想象中的那样,是盼着自己单独来庆贺的,心里就怅然若失,说话也提不起兴致。

刘萌的话题永远说不完,这不,又说郊区的静之谷温泉度假村可漂亮了,里面既有森林公园,还有滑雪场,最有名的是泡温泉。

总算吃完了饭,她想刘萌会提议回家,如果刘萌回去,自己怎么办?要么也回去?或者借口有稿子让刘云坤看?她一时拿不定主意。

刘萌去上卫生间了,她想刘云坤或者给他暗示些什么,可是刘云坤没有,仍然笑呵呵地说着话,跟刘萌在时一个样。

刘萌出来了,田小童装着上卫生间,坐在马桶上,想给刘云坤发个短信,可一想,这样也不妥,终没有付诸行动。

刘萌提议三人打牌,田小童感觉自己有些孤注一掷了,她从包里掏出一篇还没有来得及看的稿子,递给刘云坤,说,"主任,帮我看看这稿子。"刘云坤接过稿子认真地看起来,她想刘萌会走吧,可是刘萌却拿着摇控器看起了电视连续剧《甄嬛传》来。

妈的，真的没长眼。

她再次狠了狠心，说，"刘萌，天不早了，要不咱们不打扰刘主任了，撤吧。"

"等我这一集看完吧，看皇后是不是死了，你们说你们的稿子。"

刘云坤认真地给田小童说起一二三来，田小童随便地应付完，趁刘萌看电视的档儿，走进刘云坤的书房，进去半天了，她以为刘云坤会跟进来，可是半天刘云坤也没有进来，还是坐在那里一字一句地帮着田小童改稿子。

刘萌看到电视上的一个人说烟视媚行，就问这个词是啥意思，说好像有人说是形象女子轻佻的意思，田小童说她认为这是形容害羞不自然的样子，并举例说《吕氏春秋·不屈》："人有新取妇者，妇至，宜安矜，烟视媚行。"

刘云坤想着说，"田小童现在不就是这样吗？别看她不苟言笑，人是很生动的，属闷骚的那种。"田小童羞得满脸通红，举起手来，想打他，还是没打下去，把伸出的手收回摸了一下头发。

时间过得真慢呀，田小童不得安宁。内心的嘈杂声响成了片，使她根本没有办法命令它们消停，她真想用妖娆的文字撕开心灵深处的疼痛与绝望，可是在别人的家里，又当着第三者，你能怎么办？她只好坐在一边，有一搭没一搭地听着刘云坤的讲解，说实话，除了看到他嘴在动，她根本没有听到他在说什么。

终于一集看完了，刘萌站起来，说，"咱们走吧。"田小童跟着刘萌慢慢地往门口走，在刘萌走出门的一瞬间，田小童终是忍不住了，说，"刘萌，你先走吧，我突然想起来稿子还有个问题要请教刘主任。刘主任，你方便不？"

"方便。"

刘萌一蹦一跳地上楼了。

门关上了，终于，屋里只有他们两个人了。田小童看着刘云坤，刘云坤看着她，笑着说，"坐吧。"

好容易盼到两人在一起了，田小童却紧张得不知说什么好，只好坐在沙发上不说话。

刘云坤坐在沙发的另一边，微笑着说，"有什么问题？"

田小童看了刘云坤一眼，没有说话，开始流泪。

"职称解决了，高兴得哭了？"

田小童轻轻地说，"我太感谢你了，没有你，我就评不上职称。"

"你要是没有资格，我根本无能为力。"

田小童摇摇头，说，"我此时的心情你应当能理解。"她感觉自己脸红耳赤，话也说得语无伦次。

"当然能理解，高兴呀，终于评上了，这样就可以稳稳地干到退休了。"

刘云坤仍是笑咪咪地坐在那儿，像个兄长。田小童看了看表，已经十点半了，她觉得自己应当采取行动了，这毕竟是自己第一次干这事，跟丈夫在一起时，是他主动的，她好像从来就是一个被动的人，可是现在不能讲究自尊不自尊的问题，现在是谢恩的时刻，是刘云坤呀，如果没有刘云坤，她肯定评不上。再说，现在评上评不上都关系不大了，已经让她认识了一个好男人，而这个好男人，自己认识了他十年，才第一次发现他的种种好。

她站了起来，叫了一声刘主任，却不知怎么办，就慢慢地朝他走了几步。她实在是太没这方面的经验了，每走一步都很艰难，离刘云坤还有几步了，她终是没勇气再往前挪了，坐在了他的旁边。她说，"真热。"

天已很凉了，热的是她的心。

他说，"要不，我开窗子。"说着，站了起来，她也站了起来，他终是主动了，抱住了她，她以为一切美丽瞬间就要开花了，她双眼迷离，只等着有人引她到她一直向往的彼岸。

刘云坤抱住她，轻轻笑了一下，说，"天晚了。"

什么是晴天霹雳，天晚了，就是；什么是世界上最凶狠的武器，天晚了，就是。一句"天晚了"，让田小童一下子从梦中醒了过来，她一把挣脱开他，抓起包，冲出了刘云坤家的房门。刚跑了几步，她又放松了步子，然后慢慢地走下了楼，她已经顾不上看身后是否还有人了，她眼里已经没有整个世界了，只有羞耻。

回到家里时，丈夫不知去了哪里？垃圾箱里她扔的七零八落的肯德基倒是没有了。田小童又一次冲了澡，好像把自己的羞耻也冲掉了。

6

答辩结果出来了，田小童在 60 个答辩人中排名第十，李权排名第五十七，张蕾五十九，三人顺利通过。李权抱着一束香水百合，跑到田小童办公室，兴冲冲地塞到她手里说，"要不是你，我这次肯定被淘汰，如果被淘汰了，我老婆没有工作，女儿马上又要上高中，我四十多岁的人到哪再找工作？"

跟刘云坤再见面，两人还是微笑着，可是在田小童看来两人关系却再也回不到以前了，不，严格地说，是回不到评职称的那段时间了，那是一段两人并肩战斗的日子，紧凑而丰盈，现在是什么呢，怎么就像一团系得紧密的绳子，忽然间松散开了，散得让人一下子找不着着落了。好几次，田小童走到刘云坤的办公室门前，却再也没有理由进去了。也不是没有尝试过，总怕人家说你评上职称了，就不理我了，可是她去了，两人之间却没了话。他说："职称解决了，好事。"她笑着说，"还没批。"他说："迟早的事了。"瞬间，两人无语。她找话，"主任最近在写什么呢？""胡乱写呢，应付工作。""我又写了几篇稿子，请你帮我看看。""不敢当呀，你不是已经是主任记者了嘛，我还是个一般记者。"她看着他的眼睛，心里是责怪的。他笑着说，"说的是真话。"她看花，她喝茶，他呢，只坐在那听她说一句，应一声。他在应付，她在受熬煎。一时间，大家都很别扭，于是，一方提出走时，另一方好像一下子得到了解脱了似的，马上说："好的，你慢走。"这样的冷遇多了，田小童也就不去了，再见面，还是微笑着，甚至装着十分的热情，可奇怪的是，田小童明显感觉他们两人的关系连同事都做不成了。

事情怎么变成这样子了？如果能让生活回到起初，即使评不上职称，是不是也没关系？田小童反复自问。

年底，刘云坤突然向社里递交了病退申请，说自己不想再给组织添麻烦了。刘云坤的辞职申请社里没有批，理由是他的业务拔尖，社里会给部里打报告，继续留任工作。

转眼间，就要过春节了，社里组织联欢会，去的就是刘萌说的静之谷。虽然度假村里的森林公园光秃秃的，但是在雪地里滑雪的人倒不少。田小童转了一圈，没有看到刘云坤，她回到酒店，在一个稍大的温泉里，一眼发现了刘云坤正在跟李权泡温泉。田小童知道因为有外人在场，刘云坤一定不会躲着她，她便笑嘻嘻地说，"两位，能允许我跟你们在一起泡吗？"

李权回头一看，笑着说，"我正求之不得呢。刘云坤，你呢。"

刘云坤笑嘻嘻地说，"跟美女在一起，其乐无穷呀。"

田小童回到房间，拿了泳衣，在更衣室换时，仔细地打量了自己半天，身材还是很苗条的，又没有生过孩子，丰满又苗条，不禁得意地笑了。她最怕刘云坤不在，进去时，刘云坤竟然还在，只是又多了两个人，一个是张蕾，一个是总编。

这要在平时，她是不屑跟张蕾在一起的，可是现在有了刘云坤，即使跟敌人为伍，她也不在乎。

张蕾明显是冲着总编来的。

田小童下了水，在他们稍远的地方，李权热情地说，"小童，身材很好呀。"张蕾看了她一眼，说，"对了，小童，你皮肤是不是让什么咬了？怎么红了？"这人在任何时候都不忘记挖苦田小童，这要在平时，田小童一定会回击的，现在当着总编面，不，严格地说，总编，她犯不着去巴结，主要因为在刘云坤面前，她要给他留下好印象，即使他不接受，她也要展示最美的自己。

在水里的总编也没了平素的板正样，好像让水也滋养得温润了许多，他不时地打量着田小童，那绝对是一双男人的眼睛，这眼神让田小童更多了几份自信。

总编笑着说，"小童，你该请客了。评上职称，不请客说不过去呀。"

"好呀，同志们想吃什么，明晚我请大家。"田小童笑着，用余光看了眼刘云坤，刘云坤微笑着，没有说话。

张蕾说："吃海参，到海参坊怎么样？"

"行呀。"

总编又笑了，说，"跟你开玩笑呢，你跟张蕾都评上了，祝贺。对了，你们看月亮，真美呀！要不，咱们大家来个表演。泡在水里，听着歌声，真的是一种享受呀。"

田小童说，"我不会唱歌。"

"那张蕾唱一个。"

张蕾唱了首《北国之春》，唱得不错，但因为她逢活动就唱，大家听得多了，就不惊奇，赞了几句，也就把关注的视角变了方向，张蕾稍稍有些失落。

刘云坤唱了《为了谁》，唱得真好，让田小童一下子想起了评职称时的一件件往事，当大家鼓掌时，她没有鼓，让张蕾取笑了一阵。张蕾说，"田小童，你也来一个吧。"

李权说，"张蕾，田小童在社里待了十年，你什么时候看到她唱歌了，人家不会唱，你就不要勉强了，我替她给大家唱一首。"

"不，我唱一个。"田小童说，"我唱一首《女人花》。"田小童得知刘云坤要病退，想到这次联欢可能是他最后一次跟大家在一起了，心里非常失落，她想表白，可刘云坤不给她机会，她就想联欢时一定要借歌表达自己心中无可言说的情愫，于是专门在KTV学了半个月，凡听过她唱歌的人都说她有梅艳芳的范儿。

田小童望着外面的星空，以她充分的理解深情而低沉地唱了起来。

我有花一朵
种在我心中
含苞待放意幽幽
朝朝与暮暮
我切切地等候

有心的人来入梦

女人花摇曳在红尘中
女人花随风轻轻摆动
只盼望有一双温柔手
能抚慰我内心的寂寞

我有花一朵
花香满枝头
谁来真心寻芳踪
花开不多时
啊堪折直须折
女人如花花似梦

我有花一朵
长在我心中
真情真爱无人懂
遍地的野草
已占满了山坡
孤芳自赏最心痛

女人花摇曳在红尘中
女人花随风轻轻摆动
只盼望有一双温柔手
能抚慰我内心的寂寞
女人花摇曳在红尘中
女人花随风轻轻摆动
若是你闻过了花香浓
别问我花儿是为谁红

爱过知情重
醉过知酒浓
花开花谢终是空
缘分不停留
像春风来又走
女人如花花似梦

田小童唱完，大家愣了半天，才反应过来鼓掌，李权说，"小童，你行呀，真是真人不露相，一露就惊人呀。"田小童笑了笑，感觉自己心中的话总算表现出来了，她看了看总编，总编那双男人的眼睛让她窥探到他心底的秘密，还有，张蕾的眼神让她看出了她的嫉恨，她再望刘云坤，刘云坤脸上没有表情，但是她相信她击中了他。戏演完了，她该退场了，否则她认为自己会失态，于是她笑着说，"我还要有事，先回去了。"

说着，她挺起自己美好的身体慢慢地爬出玫瑰水池，在众人的目光下，款款地退出。

她认为这是自己在同事面前十年来表现最好的一次，从此，她就无需表演了。

她正在看电视时，手机响了，她一看，是刘云坤，她忽然很委屈，坚持不接，电话响了五分钟，就在她下决心接时，却挂了！电视里演的什么，她一下子全没心思看了，再打过去，电话却无人接听。

第二天，大家在一起打保龄球时，没有见到刘云坤，田小童一下子没有了玩的心境，听说刘云坤办公室有事，提前回去了。她发短信解释晚上在洗澡，没听见电话响。他说没事儿，只是问她感觉好些了吧。

后来她到刘云坤家去过几次，都锁着门。她感觉所有的日子，瞬间都没有了色彩，好似世界空空荡荡的，她的心也空空荡荡的。她感觉自己像一个孤儿，被遗弃在了世界之外。从此，她发现她一下子像遇到了秋风的花，说凋谢就凋谢了。

她终是按捺不住心中的疑虑，给李——打通电话，把事情的经过跟李一一说了一遍，听得李一一笑个不停，说，"这个人你说倒也怪，送上门的肉竟然不吃，奇葩，绝对的奇葩。"

"会不会是看不上我？"

"胡说什么呢，你才貌双全，虽不是如花似玉的年龄，但也别有风韵。"

"那他为什么不呢？我真的想不通，我都做到了自己最大限度的诱惑，可是他熟视无睹，让我好不羞惭，你说以后我还怎么跟他相处？再说，如果他为人浅薄，把此事当作炫耀自己魅力的资本，你说我怎么还在报社混？"

"你太多心了，他能说什么，两人之间的事，又没有证人，他说有，你说没有，谁能当真？"

"我跟他工作十年了，为什么看不透他？"

"让我想想，不重女色，就是重财，会不会想让你给他送礼？现在平白无故帮人的人比大熊猫还稀奇。"

"到他家去的第二天，我给他送了一张一万元的购物卡。上午送去，下午就被原封不动地退了回来，短信是：你这样我就生气了，我们之间不必这样。"

"我感觉他真的挺好的，真的。你不知道，跟他谈话非常愉悦，我从来没有这么开心过。真的，他其貌不扬，可是人真的挺有魅力的，很有生活情趣，他的家收拾得根本不像个单身汉的家。你不知道，他竟然还会唱歌，还挺有专业的范儿，说什么，唱歌能改善颈部、面部血液循环，还能增加人体的肺活量，减缓肺功能衰退。还说什么唱歌要大口形、大眼睛、大呼吸。还有他做得一手好菜。你跟他在一起，感觉他好像比你还有活力。"

"你是不是爱上他了？"

"胡说什么呢！"田小童矢口否认，脸却红了，她庆幸是在电话里，对方看不到自己的窘态。

"没爱上他，那你急什么！色攻来下来，钱也砸不倒，看来可以给此人申请吉尼斯纪录了。对了，他是不是有新的对象了？"

"据可靠消息，没有。"

"你们以前在一起时,他有没有对你有那种表示?"

田小童仔细地回想了一下,有的,那么多人,为什么他帮她,肯定是喜欢她的,她一个女人,无职无权,家里也没有背景,除了能给他爱还能有什么。还有,在为职称忙碌的日子,他的眼神总在她注视他时,他好像已盯了她好久,看她看他,忙躲开眼神。庆贺的那天晚上,她明显感觉他是喜欢她的。抱着她的手是强劲有力的,身体的关键部位也是有强烈反应的。

"不能怪我,是他说天晚了的,这不就明摆着让我走吗?我再不走,就太伤自尊了。"田小童仍然百思不得其解。

"我分析他不是那意思,你一走,他就觉得没了面子,以后对你才冷起来的。"

"可是我的心思他应当知道呀,我就差跟他明说我爱上他了,我到他办公室去过好几次,每天看不到他我心里就空荡荡的,好像再也不能适应没有他的日子了。有时我想,是不是我把他逼得打了退休报告,真的,如果这样,我真想死。"

"行了,行了,你这人都快四十岁了,怎么还这么纯情?这车轱辘话说了一百遍了,管他怎么想呢,你能做到的都做了,他还不接受就不能怪你了。再说,事已经办成了,他不理你也就算了,又不是什么重要人物。现在社会,一个无职无权的男人,没什么好留恋的。好了,我要跟一位官人吃饭去了,他答应给我一个项目的。记着,跟男人在一起,要实际些,别玩风花雪月,人到中年了,别像个纯情少女,净整那些没用的。"

好朋友都不理解你,你还指望谁。田小童放下电话,心里更空了。

一开春,听说刘云坤又打了病退报告,这次社里终于同意了,上报部里,也批准了。他已去度假了。田小童一次打电话,刘云坤说开车畅游祖国的大好河山呢,正在九寨沟的诺日朗瀑布下,再一次打电话,刘云坤说自己正在巴黎,观看卢浮宫呢。

田小童的眼泪一下子涌出来了,说,"我们为什么不能回到从前?"对方停了半天,才说,"好好干吧,你会是一个优秀的记者。"

说着，电话断了，田小童再拨，手机已关机，她很气愤，他撩拨得她心中水波潋滟，他却装成个没事人一样任她自生自灭，这怎么可以？便在手机上写了条短信：你把我悬在了半空，得让我下来！写完，很坚决地按了发送键。

等了一天、两天、十天了，对方仍没有回复，田小童往刘云坤的邮箱里发了一封邮件："我的生命中不能没有你，我等你回来。不管十年、八年，我都等，我已经离婚了。"要发时，她又把"我已经离婚了"这句删掉了。思忖良久，又全部删掉，重新写："刘主任，你既然不接受我的谢意，为什么还要帮我？有才华的不只我一个，请你坦诚地告诉我理由，否则我一辈子也不会心安的。我妈说了，欠下人情是永远无法心安的。我的报答不是庸俗的那种，总之，我必须要为你做一件事！！！必须的。"读了一遍，然后发了出去。

等了两天，还是没有回信。她想，马上到刘云坤家去，钥匙在刘萌手里，只要能进家里，总有事情可以做的，她这么一想，心中刚熄灭的火焰又熊熊燃烧起来。